UNE CHIENNE DE VIE

TA MOORE

UNE CHIENNE DE VIE

TA MOORE

Publié par
DREAMSPINNER PRESS

5032 Capital Circle SW, Suite 2, PMB# 279, Tallahassee, FL 32305-7886 USA
www.dreamspinnerpress.com

Une chienne de vie
Copyright de l'édition française © 2017 Dreamspinner Press.
Titre original : Dog Days
© 2016 TA Moore.
Première édition : septembre 2016
Traduit de l'anglais par Anastasiya Reznik.

Illustration de la couverture :
© 2016 Anne Cain.
annecain.art@gmail.com
Les éléments de la couverture ne sont utilisés qu'à des fins d'illustration et toute personne qui y est représentée est un modèle

Édition e-book en français : 978-1-63533-734-1
Édition imprimée en français : 978-1-63533-733-4
Première édition française : avril 2017
v 1.0

Édité aux Etats-Unis d'Amérique.

Avec mes remerciements aux Cinq, qui m'ont poussée à croire en mon talent d'écrivain, ainsi qu'à ma mère et à mes grands-parents, grâce à qui je me suis sentie capable de tout.

« *Les écologistes s'inquiétaient des conséquences de la réintroduction du loup gris en Grande-Bretagne. Ce qu'ils ne savaient pas, c'était que nous ne l'avions jamais quittée.* »

I

L'HIVER S'ÉTAIT abattu comme un marteau. Le froid donnait l'impression d'avaler des aiguilles et le vent emmêlait les cheveux de Jack avec la neige. Les bourrasques le bousculaient telle une main et essayaient de le repousser vers le haut de la colline. Personne ne se souvenait d'un hiver plus rigoureux – et sa famille avait la mémoire longue – or septembre ne faisait que commencer. C'était un temps étrange. Un temps sauvage.

Ses bottes glissaient sur la glace qui figeait la terre battue du vieux chemin, et lorsqu'il traversa la lande, la bruyère givrée crépita comme de petits os sous ses pas. Le temps qu'il atteigne les pierres anciennes, son tee-shirt s'était solidifié avec la sueur gelée et le froid s'était immiscé jusqu'à ses bijoux de famille. Si un habitant de Lochwinnoch l'avait vu, il aurait cru que Jack avait perdu l'esprit. Et Dieu seul sait ce qu'il aurait pensé de la scène sur le loch.

Le vieil homme se tenait nu comme un ver dans l'eau sombre, à deux mètres du rivage rocailleux. Les tatouages qui le couvraient des hanches aux omoplates, dont l'encre avait viré du noir au bleu avec l'âge, ressortaient sur sa peau pâle de froid. Le reste de la famille était accroupi sur les rochers ou assis jambes croisées par terre, à attendre.

À l'attendre.

Le frère de Jack se fraya un chemin à travers la foule, en écartant leurs proches sans ménagement.

— Tu es en retard, dit Gregor, le souffle vaporeux autour de ses lèvres. La prochaine fois que tu ignores un appel, je te casse les jambes, le menaça-t-il en enfonçant un doigt dans la poitrine de Jack. Tu ne pourras plus aller bien loin, comme ça.

Jack lui sourit, sans humour et de toutes ses dents.

— Si tu me touches encore une fois, je…

— Les garçons. Ça suffit.

La voix paraissait ténue, son timbre habituel dépouillé par le vent, mais elle les maîtrisa malgré tout. Un rictus aux lèvres, Gregor recula. Jack hocha la tête au dos large et marqué de cicatrices.

— P'pa.

Le vieil homme se retourna, la glace accompagna son mouvement en craquelant autour de ses genoux. Après des heures passées là, debout, l'eau s'était figée autour de lui.

— Jack.

Le vieil homme se passa une main sur le visage pour essuyer le givre sur sa barbe, puis pointa le pouce par-dessus son épaule.

— Tu vois, ça ?

Mal. La neige faisait l'effet d'un rideau, ne laissant presque rien entrevoir entre ses ondulations. En plissant les yeux, Jack pouvait tout juste distinguer une chaîne de lumières quitter le village. Elles partaient en direction de l'ouest, vers la route.

— Ils s'en vont.

— Oui.

L'ancien prit un air suffisant. Il ne nourrissait pas de réelle rancœur à l'égard des humains qui vivaient là, mais la colonie l'avait offensé le jour où elle s'était établie.

— Ils évacuent. Nous ont aussi envoyé une lettre.

Tout le monde éclata de rire, un bas grognement amusé qui roula.

— Qu'est-ce que ça signifie ? demanda Jack.

Son père se gratta la barbe. Avec la vague de froid, ils passaient plus de temps en fourrure que sans, et les ongles du vieillard étaient maintenant assez affûtés pour couper les poils poivre et sel dont elle était composée.

— Le Grand Hiver arrive enfin. Nos prophètes disaient vrai. Ils avaient vu juste, ces pauvres fous.

Un élan d'excitation parcourut la foule. Les yeux brillèrent, noirs et avides, tandis qu'ils poussaient des cris de joie et applaudissaient, frappant leurs cuisses de leurs mains. Ils attendaient ce jour depuis très, très longtemps… Depuis l'époque où Hadrien [1] s'était retourné contre les monstres dans ses légions et les avait bannis à l'extérieur du mur. Rome leur avait tourné le dos, mais sur ces anciens sommets, ils avaient trouvé des dieux qui partageaient leurs crocs et leur faim. Des dieux nés dans les contrées froides et les rudes hivers, qui leur avaient promis un jour un monde à dévorer.

Ce jour était enfin arrivé.

1 14e Empereur romain (117-138). Il a construit le mur d'Hadrien, une muraille au nord de la Grande-Bretagne, censée protéger les Romains des barbares.

Alors, pourquoi Jack sentait-il jusqu'à la moelle qu'un malheur approchait ?

Son père sortit de l'eau, rejetant d'un signe distrait de la main un jeune garçon qui tenait une couverture, et avança jusqu'aux frères. Il était poilu comme un sanglier, ce manteau gris s'étendant sur sa poitrine et ses épaules, et si large de muscles qu'il paraissait trapu, jusqu'à ce que vous vous retrouviez à lever la tête pour le fixer. Par habitude, Jack redressa le dos et du coin de l'œil, il vit Gregor l'imiter.

Ils faisaient la même taille, tout comme ils avaient le même visage, les mêmes yeux et les mêmes cheveux blond sable. La seule différence se trouvait dans ces douze minutes d'avance dans la vie que l'un avait sur l'autre, mais leur mère avait toujours refusé de leur avouer lequel était venu le premier. Même le jour de sa mort, elle avait préservé ce secret.

Sans tenir compte de leur posture machinale, l'homme imposant posa une main lourde sur l'épaule de Jack.

— Et cela signifie autre chose, mon garçon. Cela me brise le cœur, mais ça veut dire que tu n'es plus l'un des nôtres. Tu dois partir.

Au début, Jack ne sentit rien. Peut-être le frisson était-il plus profond qu'il le croyait. L'annonce de son exil lui nouait doucement le ventre, un sentiment de défaite aussi inévitable que la pesanteur.

Gregor lâcha un rire surpris de triomphe. Du revers de la main, leur père le lui fit ravaler et l'allongea au sol.

— Perdre l'un des nôtres n'a rien d'amusant, gronda-t-il. Ni en de meilleures conditions ni dans celles-ci. Et mon garçon, tu as perdu de peu. Il n'y avait même pas douze minutes.

S'appuyant sur le coude, Gregor se renfrogna et s'essuya la bouche. Le sang s'étala, vif comme du crayon gras, sur son poing. Son regard était sombre et amer sous la ligne droite de ses sourcils.

Tous deux désiraient savoir. Jack demanda le premier.

— Alors, pourquoi ? l'interrogea-t-il, la tristesse laissant place à sa colère. S'il n'est pas plus âgé, ou meilleur, alors pourquoi me bannir, moi, et pas lui, P'pa ?

La bouche du vieil homme se tordit d'agacement, ses lèvres blanchirent et il détourna le regard.

— Tu le sais très bien. Je ne prends aucun plaisir à le faire, mais puisque tu ne comptes pas changer de comportement, tu dois partir. Les choses sont ainsi.

— Quelles choses ? demanda Jack.

Il savait, et ce depuis qu'on l'avait convoqué, mais il voulait faire cracher le morceau au paternel.

— Si j'avais douze minutes d'avance, P'pa, pourquoi Gregor peut-il rester et moi, il me faut partir ?

Le vieil homme secoua la tête…

— C'est la fin du monde, fils. Il est trop tard pour changer.

— *Quelles choses* ? insista Jack, sa voix râpeuse dans sa gorge.

Si cela avait été *juste*, qu'il avait été faible, ou malade, ou s'il avait perdu un défi, il aurait pu l'accepter. La loi du plus fort gouvernait leur vie à tous. Sauf qu'il était un bon fils, un bon loup et que c'était injuste. D'un coup d'épaule, il rentra dans l'espace vital de son père, et sentit son odeur animale et musquée dans l'air.

— Si tu comptes condamner ton propre fils à l'exil, aie au moins le courage d'en citer la raison !

Des yeux tombants et froids croisèrent les siens. On y trouvait du chagrin, de la pitié, mais aucun regret. Puisque le père refusait *toujours* de parler, Jack bouillit jusqu'à la stupidité. Il bouscula le vieil homme, en frappant ses lourdes épaules du talon de la main. Son père recula et tout le monde retint son souffle. Cela faisait trente ans que personne n'avait pas porté la main sur le Numitor, et la dernière avait été la mère de Jack, sous le coup de la colère.

Voyant rouge, Jack y songea l'espace d'une seconde. S'il défiait le Numitor et l'emportait, les mots de l'ancien ne vaudraient plus rien. Rien de ce que penseraient les autres n'aurait d'importance…

Jack ne vit même pas son père bouger. Ils se foudroyaient du regard, et l'instant d'après, la main du vieil homme se refermait sur son cou. Il pressa son pouce, couvert d'une épaisse couche de corne à cause du labeur, contre les pulsations rapides du pouls de Jack.

— Je n'ai pas de comptes à te rendre, petit, lui dit son père. J'ai prononcé ma décision. Tout ce que tu as besoin de savoir, c'est que c'est ma putain de volonté.

Jack embrassa la foule du regard et vit semblables comme amis, côtoyés depuis tant d'années qu'il ne faisait plus de différence entre les deux. Tous évitaient de croiser son regard. Sa bouche forma un sourire forcé, car à quoi bon jouer la comédie ?

— Alors, ça s'est joué à la longueur d'une queue, c'est ça, P'pa ? lâcha-t-il, en sentant le mot glisser sous le pouce de son père. Si j'étais allé coucher de temps à autre avec une minette du village, tu m'aurais laissé rester ?

Le vieil homme le relâcha. Jack vacilla, déglutit difficilement et s'interdit de se frotter le cou. Il voulait battre en retraite, supplier, mais garda le menton bien haut et soutint le regard noir de son père avec provocation.

— Tu n'as pas ce qu'il faut pour changer, dit son père. Et tu n'as pas ce qu'il faut pour servir. Il ne te reste plus qu'à partir, mon garçon. On peut faire ça à la manière douce ou forte, mais tu *vas* partir. Ou je t'enverrai chez les prêtres.

Cette menace le fit réagir, détourner le regard dans un aveu silencieux de défaite. Il n'était pas un lâche – il en avait pris des raclées – mais l'idée de finir prêtre l'effrayait. Mutilé. Castré. Contraint. Non, il préférait encore partir.

Jack courba son cou raide, ravala une fierté qui l'érafla comme des pierres, et se soumit.

— J'irai.

Le vieil homme lui tourna le dos et s'éloigna, arrachant la couverture des mains du garçon qui le suivait et la jetant par-dessus son épaule. Laissé seul, Jack baissa les yeux vers son frère, et sur un coup de tête, lui offrit sa main. Sur son lit de mort, leur mère les avait suppliés d'arrêter de se battre, les maudissant de s'être battus comme des chiens lorsqu'elle les portait en son sein. Eh bien, maintenant, ils n'avaient plus de raison de se battre. Gregor avait gagné.

La rage forma une grimace hideuse sur son visage et il rejeta l'aide de Jack d'une frappe, en heurtant leurs phalanges. Il se releva et cracha un glaviot de sang coagulé par terre.

— Je n'avais pas besoin qu'il m'accorde cette victoire. J'aurais très bien pu l'obtenir tout seul. Je l'aurais obtenue et regagné mon visage, ainsi que mes douze putains de minutes.

Jack se relâcha dans cette hostilité familière et un sourire méprisant lui retroussa les lèvres. Finalement, leur père lui avait donné un dernier cadeau.

— Mais c'est raté, n'est-ce pas ? dit Jack, avant de se pencher en avant pour murmurer à l'oreille de son frère. Et maintenant, les autres ne se souviendront que de ça : tu n'as pas mérité ta victoire, on te l'a simplement… offerte.

Sur ce, il l'abandonna, en gardant son sourire jusqu'à ce que la nuit le cache de la meute. Là, il se laissa aller et vida ses poumons dans un souffle désespéré. Il chancela, tomba à genoux sur le sol dur et se passa une main sur le visage. Banni. Seul. Il lui suffisait d'y songer pour que sa poitrine craque de colère, de cette peur chaude et poisseuse. Jamais, de toute sa vie, il ne s'était retrouvé seul. Il ne savait même pas comment s'y prendre.

Le froid mordant masquait l'odeur, mais le sol gelé n'était pas propice à la furtivité. Jack entendit assez tôt pour se ressaisir le crissement des pas d'un individu qui approchait. Il se redressa en titubant et en grognant devant le vent qui le malmenait, avant de se tourner face à l'intrus.

Il espérait voir venir son père, qui aurait changé d'avis. Il s'attendait à voir Gregor, revenant pour une dernière bagarre. À la place, un prophète apparut dans son champ de vision, boitant, estropié et miteux dans ses lourdes couches de charité hivernale.

— Qu'est-ce que tu veux ? lança Jack, qui recula d'un pas, avant de tenir sa position. Pourquoi me suis-tu ?

Le prophète sourit largement et afficha les trous entre ses dents, à l'endroit où l'on lui avait arraché les incisives.

— Les choses changent, lui dit-il, lui renvoyant les mêmes mots à la figure. Ton père a tort. La fin du monde change tout. Si tu le veux vraiment. Le veux-tu, Jack ? Es-tu prêt à en payer le prix ?

Au bout du compte, non. Il n'était pas prêt.

II

D'HABITUDE, EN cette période de l'année, les rues de Durham étaient noires de monde. Entre les touristes qui partaient en direction du château afin d'avoir un aperçu de l'endroit où l'on avait filmé *Harry Potter*, les étudiants à la recherche de manuels d'occasion dans la boutique d'Oxfam, l'ONG britannique, et les résidents qui essayaient simplement de vivre au milieu du remue-ménage. Cette année-là, les rues étaient désertes et les boutiques condamnées avec des planches de bois. Seuls restaient les employés municipaux, qui traversaient avec peine l'inondation en cuissardes de pêche pour juger des dégâts de l'affaissement des fondations, et les quelques pauvres âmes qui n'avaient pas de meilleur endroit où aller.

Danny se tenait dans l'entrée de la faculté de St Chad's, en frissonnant et en frottant ses mains rêches de froid l'une contre l'autre, tandis qu'il voyait la vieille Land Rover sortir lentement du brouillard laiteux, tombé à la dissipation de l'orage. Elle bondissait puis retombait violemment sur une route pavée cabossée, ses roues se heurtant aux ornières et aux nids-de-poule creusés par le gel. Le conducteur était un fermier du coin, son fils l'avait persuadé d'aider au transport depuis que l'autoroute avait été fermée.

— Al, dit Danny lorsque le SUV s'arrêta près de lui.

Il baissa la tête pour regarder à travers la vitre. L'air recraché à l'intérieur par les volets d'aération fut suffisamment chaud pour lui embuer les lunettes, quand il le frappa. Danny les essuya et fit briller les verres avec un dernier coup de manche.

— On vous doit une fière chandelle. Ce sont les derniers étudiants. Dieu merci, ils ont rouvert les lignes de train, ce matin.

— Enfin une bonne nouvelle, alors, lança Al, en retirant son chapeau, avant de passer une main gantée sur son crâne en sueur.

Il indiqua le pare-brise du côté passager, où une fissure en toile d'araignée s'étendait d'un trou de la taille d'une balle de golf.

— La grêle de la nuit dernière, ça. Elle a détruit la plupart des fenêtres de la ferme, aussi. Quel temps de fou !

— Ça ne devrait pas durer *plus* longtemps, répondit Danny.

C'était la réponse type pour tous les commentaires sur la météo. Cela faisait maintenant deux mois que le temps n'avait pas changé, et ces mots commençaient à perdre de leur sens.

— Vous tenez le coup ?

— Pour l'instant, dit Al d'un air grave. J'ai songé à tout fermer et à partir pour Birmingham, chez ma sœur. Ils ne sont pas aussi touchés.

Danny grimaça d'incertitude : pas d'après les derniers bulletins d'information. Mais ce n'était pas à lui de retenir Al à la ferme. Le temps s'installerait pour de bon ; il serait là à leur retour. Alors, Danny se contenta de frapper le capot de la voiture.

— Faites tourner le moteur, dit-il. Je vais chercher vos passagers.

Il repartit en direction du bâtiment, les pieds craquant dans les flaques à moitié gelées dont le hall était parsemé. Il restait douze étudiants, assis sur des valises et des chaises recouvertes de bâches en plastique. Il les pressa à sortir et à monter dans le taxi.

Larry s'attarda au bord du trottoir, en glissant une main dans ses cheveux ébouriffés.

— Peut-être que je devrais attendre encore quelques jours, M. Fennick, suggéra-t-il. Si le temps le permet, ils disent qu'ils pourraient rouvrir les routes vers l'Écosse. Je pourrais rentrer chez moi.

— Si les routes s'ouvrent, ta mère descendra chez sa sœur, lui rappela Danny. C'est bien ce qu'elle t'a dit lorsqu'elle a appelé, non ?

La bouche tordue, Larry le reconnut avec un « oui », mais ne bougea pas.

— Je vais aux Cornouailles, intervint Rhiannon, en lui passant devant et jetant son sac à dos à l'intérieur. J'ai entendu dire que des surfeurs prenaient des vagues de neuf mètres sur ces plages. Je vais en profiter à fond !

— On aimerait bien que tu reviennes quand l'université rouvrira, rétorqua sèchement Danny.

Il poussa Larry dans la Land Rover et les étudiants restants montèrent après lui. Lorsque le petit Neil se pressa enfin à l'intérieur, accroché à son ordinateur portable comme s'il s'agissait d'un talisman contre ces mois perdus sur sa thèse, le SUV semblait prêt à éclater. Quelque part au-dessus de Durham, un coup de foudre gronda sinistrement dans les nuages.

— Et vous, professeur ? demanda Alison, en baissant la vitre tout juste assez pour mettre son nez dehors. Ne partez-vous pas ?

8

— Une fois que vous serez en lieu sûr, je fermerai tout et rentrerai à la maison, répondit-il. Ne vous inquiétez pas pour moi. Faites attention sur la route.

Il recula et glissa ses mains dans ses poches, en dansant impatiemment d'un pied sur l'autre sur le trottoir. Al klaxonna – juste au cas où – et s'éloigna lentement du bord. La Land Rover partit lourdement en direction de la gare, son derrière criblé de trous disparaissant dans le brouillard tel un dinosaure battant en retraite. Danny attendit de ne plus entendre le vrombissement du moteur pour rentrer chercher son sac et fermer l'endroit à clé. En baissant la tête pour poser sa lourde sacoche sur ses épaules, il hésita. Le sol carrelé de l'entrée était boueux et fissuré, les cartons fixés aux fenêtres cassées étaient trempés et l'eau s'en écoulait le long du mur. Il sentait qu'il ne devrait pas se contenter de fermer les portes, mais l'endroit resterait désert et tous ses rafistolages ne seraient que temporaires. D'ailleurs, on ne disait pas de lui qu'il était « bricoleur ».

Il inspira un bon coup, goûta la pluie fraîche dans l'air, et sortit en verrouillant la porte derrière lui. Le vent s'était levé. Les bannières en loques du festival, attachées aux lampadaires, claquaient et ondulaient, celles qui n'avaient pas encore été déchirées battaient telle une voilure. Danny rentra la tête dans ses épaules et marcha face au vent, en serrant sa sacoche en travers de son corps. Il avait l'impression d'être un mime, du moins jusqu'à ce que la pluie s'abatte sur lui. Là, il crut se noyer comme un rat. Ses cheveux se collèrent à son visage en une masse trempée de mèches entremêlées, dont la longueur lui rappela qu'il comptait aller chez le coiffeur, et il faillit s'étouffer dans la pluie battante qui lui fouettait le visage.

En baissant le menton, il contourna agilement la librairie aux volets fermés et entra sur la place du marché. Le vent le frappa d'une autre direction, le faisant chanceler, et il sentit l'odeur de l'ozone sur sa langue une seconde avant que la foudre frappe.

Elle tomba sur le trident au manche levé de la statue de Neptune, éclatant la pierre en morceaux noircis. Haletant, Danny jura et jeta ses bras au visage, en jappant lorsque l'éclat l'atteignit. Ses avant-bras arrêtèrent la force des plus gros bouts, mais le reste dispersa des douleurs, lancinantes comme des piqûres de guêpes, sur tout son front et sa mâchoire. Il tentait encore, en clignant des yeux, de se débarrasser des points éblouissants qui s'étaient gravés dans son champ de vision, lorsque le coup suivant s'abattit, produisant assez d'électricité statique pour lui dresser les cheveux malgré la pluie. Puis un autre, et encore un.

Les fourchettes de la foudre titubaient à la manière d'un ivrogne à travers la place. Sur leur passage, elles traçaient des motifs charbonneux sur les pavés et éclataient les vitres. De petits feux embrasèrent l'herbe et se répandirent derrière les fenêtres, en luttant obstinément contre le vent et la pluie battante.

Au milieu de la scène, Danny demeurait figé, bouche bée comme un idiot. Il savait qu'il devait courir, mais une espèce d'instinct atavique le retenait. Comme si la foudre était un prédateur et qu'il suffisait de ne pas attirer son attention.

Par ailleurs, c'était magnifique, dans le sens le plus terrifiant du terme.

Un grognement rompit la paralysie qui le clouait sur place, un son guttural et creux qui le fit sursauter et regarder autour de lui. Un loup le fixait, voûté et trempé, sous la pluie. C'était clairement un loup, des yeux verts sur sa large tête à ses cuisses musclées. Seul un ignorant aurait pu le confondre avec autre chose.

Le loup observait Danny.

Surpris, il inspira une bouffée d'air, mais ne sentit que l'odeur de l'eau stagnante et de l'ozone.

— Oh merde.

Danny se retourna pour courir, les pieds glissant sur la pierre mouillée, mais le poids lourd des muscles, de la peau et de la fourrure le frappa d'abord. L'impact lui fit perdre l'équilibre, expulsa le souffle de sa poitrine et le jeta dans la fenêtre d'un café abandonné. Il avait été condamné, mais le contre-plaqué détrempé craqua vite sous le choc, en laissant Danny et le loup passer à travers, dans la boutique.

Chaises et tables volèrent lorsque les deux atterrirent sur le sol. Danny attrapa le loup par la peau du cou, il enfonça les doigts et bloqua ses coudes pour tenir ses crocs très, très blancs loin de sa gorge. La bave lui coulait dessus et le loup grognait sur lui, la peau plissée à partir de ses longues canines. Il n'avait rien des loups fatigués qu'on voyait errer au zoo. C'était un vieux loup-garou d'Écosse, gros comme un poney et musclé comme un bœuf. Son poids fit craquer les côtes de Danny, en lui comprimant les poumons.

Il grogna en retour.

— Qu'est-ce qui ne va pas chez toi ?!

Les yeux verts sous leur masque de fourrure noire s'étonnèrent, et l'instant d'après, un homme nu était à califourchon sur les hanches de Danny, les mains tendues contre sa poitrine. Son corps n'était que des lignes de muscles sculptés et puissants, et des tatouages indiquant son rang descendaient autour de ses côtes jusqu'au bas du ventre. Il avait les cheveux courts, d'un blond fauve, et les mains de Danny y étaient enfouies. Virant au rouge, il les retira aussitôt.

— Chez moi ? s'étonna le loup, dont la voix était teintée d'un accent des Highlands, les hautes terres de l'Écosse.

Ses sourcils droits se courbèrent au-dessus de ses yeux d'un vert particulier.

— Ce n'est pas moi qui étais en train de danser avec la foudre. T'es-tu cru prêtre ? Cherchais-tu à lire l'avenir dans ta cervelle grillée ?

— Va au diable, Jack, jeta Danny. Et bouge de *là*.

III

JACK NE bougea pas. L'enfoiré.

À la place, il baissa la tête, lova son visage dans le creux du cou de Danny et inspira bruyamment. Danny serra la mâchoire et le toléra une minute, puis repoussa son visage. La barbe naissante sur ses joues lui gratta la paume de la main.

— Tu as fini ?

— Voilà une chose qui n'a pas changé. Tu as toujours une bouche.

Jack se dégagea de Danny et se releva sans effort. L'eau de pluie perlait le long de son corps, privé du manteau de fourrure qu'il venait de quitter. Il s'étira, ses muscles secs et allongés roulant sous sa peau bronzée, et se gratta le torse, nullement déconcerté par le fait qu'il était mouillé et en tenue d'Adam.

Évidemment, se dit Danny avec une sèche irritation, tout en réajustant ses lunettes sur ses oreilles. La nudité n'était pas taboue chez les loups. Il fut un temps où elle ne l'était pas non plus pour Danny. Mais étrangement, il ne lui semblait pas prudent de regarder cette peau tatouée et marquée de cicatrices. Il détourna les yeux de l'eau qui gouttait sur les muscles saillants du ventre de Jack, aperçut son membre qui pendait au repos entre ses maigres cuisses et finit par poser le regard sur sa clavicule.

La voix sévère de son directeur de thèse résonna dans son esprit : « Mes yeux se trouvent ici, M. Fennick. »

Il lui avait fallu *beaucoup* de temps pour s'habituer à regarder les gens dans les yeux. Mais retomber dans ses vieux réflexes sociaux fut rapide. En gardant les yeux rivés sur la gorge de Jack, il se leva et exagéra sa posture toujours aussi mauvaise pour perdre quelques centimètres. Il restait trop grand, mais c'était l'effort qui comptait.

— Qu'est-ce que tu fais ici, Jack ? demanda-t-il. Ce n'est pas ton côté du mur.

Jack se frotta la mâchoire, en passant son pouce sur le contour du menton.

— Ah bon ? dit-il, feignant la surprise. Il va falloir que j'envoie un mot à P'pa, alors, pour lui rappeler qu'il avait cédé ses prétentions. C'est triste

12

de vieillir, ça vous change un roi loup des îles britanniques en propriétaire d'un sombre marais.

Et on dit des chats qu'ils jouent avec leur nourriture. Les loups étaient pires. Danny grimaça et leva les yeux vers le sourire denté et aiguisé de Jack. Il hésita. Sur un loup, un sourire n'était pas nécessairement amical, or il y avait *beaucoup* de dents.

— Je ne contestais pas... Ce n'est pas ce que je voulais dire, Jack, se corrigea-t-il. Mais les loups vont au Nord pour offrir leurs respects. Le Numitor ne s'aventure pas de l'autre côté du mur ni hors de la nature. Toi non plus.

Il y eut une pause, puis Jack répondit pensivement :

— Les choses changent.

Danny pouffa de rire.

— Mais pas les loups.

Il aurait tout aussi bien pu dire « mais pas toi ». Ils avaient déjà eu une discussion similaire sur un rocher escarpé dans les Highlands, au-dessus d'un lac bleu et sous un ciel d'une même couleur curieusement parfaite. La rencontre s'était mal terminée, avec des étreintes, des coups de poing et des insultes, et il serait dommage de remettre cela dans un café à l'odeur de moisi.

D'après son regard noir et son silence, Jack s'en souvenait et était d'accord sur ce point.

À l'extérieur, la foudre s'était épuisée à marteler le sol et à se diffuser. Ses étincelles d'électricité dansaient toujours dans les flaques. Il restait donc la pluie, qui tombait de côté comme si on l'attendait ailleurs. Tout comme Danny.

Il inspira profondément, déplaça machinalement sa sacoche sur son corps, telle une amulette, et changea résolument de sujet.

— Je ne m'attendais pas à te voir. Voilà tout.

Jack se rapprocha dangereusement et se mit à le renifler, en lui tournant autour. Sur la nuque de Danny, les poils se dressèrent de gêne et d'une sensation chaude et pesante. Il n'était pas loup, mais il n'était pas humain non plus, et c'était ce qu'il s'attendait à désirer en grandissant. À moins que son sexe soit idiot, avec un faible pour les très mauvais garçons, et incapable de tirer des leçons du passé. Il changea d'appui, en ignorant le poids douloureux de ses testicules et le mélange enivrant de phéromones qui suintait de Jack comme la morve. Peut-être était-ce un peu des deux.

13

— Je ne m'attendais pas à te voir non plus, lança Jack, qui réduisit le cercle sur Danny et lui flanqua un coup d'épaule. Aux dernières nouvelles, ta mère te croyait à Leeds.

Danny détourna le regard et observa Jack du coin de l'œil. Combien de temps avait-il conservé sa forme animale ? Plus vous faisiez appel au loup, plus il déteignait sur vous. À première vue, rien de plus logique, sauf que les histoires sur les transformations prolongées étaient remplies de monstres.

— La dernière fois qu'on a échangé, oui. Quand j'ai emménagé ici, j'ai pensé que ça lui serait égal. Elle ne franchirait pas le mur, pas pour me voir.

Jack l'attrapa fermement par l'oreille et le pinça, lui arrachant un petit cri.

— C'est toi que je ne vois pas franchir le mur pour la rejoindre, lui fit remarquer Jack.

Il la tordit et relâcha sa prise. Danny serra la mâchoire et se massa amèrement l'oreille, dont la chaleur se diffusa sur sa tête. Il arrêta en plein frottement lorsque Jack ralentit derrière lui et demanda :

— Depuis quand y a-t-il des loups à Durham ?

Ah. Danny s'agita, s'éclaircit la voix, mal à l'aise, et attrapa la sangle de sa sacoche. Il ne souhaitait pas revoir sa famille en partie pour ne pas avoir à s'expliquer. Les loups ne séjournaient pas à Durham, pas de manière permanente. Le nord de l'Angleterre constituait une zone de passage pour leur espèce, que ce soit pour remonter voir le Numitor ou fuir la disgrâce vers le sud.

Pour Danny, ce n'était pas un problème, mais pour Jack…

Jack avait grandi au sein de la plus ancienne meute de Grande-Bretagne, avec ses rancunes et ses règles vieilles de plusieurs siècles contenues dans des *hurlements*. Ses semblables étaient de sang si pur qu'ils voyaient le croisement avec de vrais loups préférable au mélange du sang avec les humains, et les cabots comme Danny représentaient un exemple vivant de loup raté. Sauf qu'ils adoraient leurs règles bien plus qu'ils ne détestaient les chiens.

— Nous sommes nombreux, lança Danny, sous la contrainte.

Jack le prit brusquement par la peau du cou, sa poigne ferme le faisant sursauter, puis il le relâcha. Il revint dans son champ de vision, en reniflant ses doigts.

— Je sens le papier, la menthe et la soude, dit-il. Je sens l'odeur des humains, de la sauce curry et de la transpiration. Mais pas la nôtre.

Obstiné, Danny releva complètement la tête et croisa son regard pâle d'un vert sauvage, avec un air de défi.

— Je ne suis pas un loup.

Le sujet d'une autre ancienne dispute que Jack esquivait toujours.

— Tu fais *partie* de la meute.

— Plus maintenant.

Jack plissa les yeux, la colère tirait les traits de son visage anguleux.

— T'ont-ils chassé ?

— Non, lâcha Danny.

Il avait peu d'affection pour la meute de Leeds, mais après tout, il n'aimait pas plus sa meute d'origine.

— Je ne *veux* pas de meute, Jack. Je n'en ai pas besoin.

Jack le fixa comme s'il était fou. Danny haussa les épaules et bascula son poids sur les talons.

— Regarde-moi, je suis nourri, vermifugé, j'ai un boulot et un endroit pour vivre. Je vais *bien*. Je ne suis pas un loup. Je n'ai besoin de rien que la meute ait à offrir.

Il criait presque à la fin et sa voix courroucée les étonna tous les deux. Peu de gens osaient crier sur Jack, et Danny n'en faisait pas partie. Il grognait, il questionnait et parfois, il l'ignorait, mais il ne le provoquait jamais directement. Danny referma la bouche si fort que ses dents claquèrent, et il leva les mains en l'air. L'eau fraîche lui coulait lentement sur la nuque.

— Jack…

Il voulut s'excuser. Avant qu'il en ait le temps, Jack l'attrapa et le poussa contre le comptoir. L'impact lui coupa le souffle. Son corps s'arqua en arrière, suivant la courbe du plastique, et se colla aux restes pourris d'une tarte au citron et de scones.

— Ce que tu veux n'a pas d'importance, grogna-t-il, en tournant ses poings dans le doux tissu de sa veste.

Ses muscles fermes se contractèrent sur ses épaules tandis qu'il acculait Danny.

— La meute assure notre survie, garde notre secret.

— J'ai vingt-huit ans, je n'ai pas besoin qu'on me sauve. Ni qu'on m'*adopte*.

Il posa les mains sur le torse de Jack et l'écarta. Il gagna ainsi quelques centimètres. Jack recula à son tour. Danny sentit son membre raidi contre sa cuisse, cet habituel mélange troublant de désir et de soumission le frappa au ventre à la manière d'une batte.

— Tu n'as pas ton mot à dire.

— Va te faire foutre.

Cette fois, détendu et intéressé, Jack sourit les lèvres fermées, avant de balancer des hanches et de frapper la cuisse de Danny de son érection.

— Si tu veux…

Son cœur bondit dans sa poitrine, l'envie lui tirailla les bourses et son sexe grossit d'anticipation. C'était une mauvaise idée, mais l'espace d'une seconde grisante, il s'en ficha. Toutes ces années, il n'avait pas été chaste. Cependant, il avait découvert, notamment grâce à Jenny, que c'était *différent* avec des humains. Ils ne sentaient pas comme il fallait, ne le *voulaient* pas comme il fallait. Jack, si. Toujours.

Sauf qu'il avait failli lui croquer le pied pour quitter la meute, quitter sa mère et sa fratrie, tous ses cousins et ses oncles et ses cousins germains éloignés au cinquante-troisième degré par alliance. Jack, aussi. La meute avait de bons côtés, mais elle était également limitative, hermétique et se montrait souvent cruelle.

— Je ne veux pas, répondit Danny d'une voix fine et peu convaincante, avant de se racler la gorge. Je ne veux pas ! Lâche-moi.

— Es-tu sûr ?

Danny le repoussa à nouveau, en posant son avant-bras contre le torse imposant du loup.

— Oui.

Jack se pencha en avant, ses cheveux blond sable chatouillèrent le menton de Danny, et il le lécha, avec un coup de langue humide de la clavicule à la mâchoire. Le professeur laissa échapper un son qui se rapprochait du petit cri, bien qu'il voulût un grognement.

— Peut-être une autre fois, conclut Jack. Mais tu pars quand même avec moi, Danny. Tu ne peux pas rester seul ici.

Il le relâcha – aussi éhontément nu et avec l'organe dressé qu'il l'avait été nu et au repos – et se recula. Ses yeux verts perçants restèrent rivés sur Danny, plissés juste assez pour que de fines ridules apparaissent à leurs coins, tandis qu'il attendait.

Danny réajusta sa veste d'un coup d'épaules et tira, gêné, sur son pantalon – loin d'être aussi imperturbable.

— Je ne suis pas seul, reprit-il. Écoute, Jack, on ne t'a pas envoyé me chercher, alors oublie que tu m'as trouvé. Oublie que je t'ai demandé ce que tu venais faire de ce côté du mur. Ça ne me concerne plus. Rends-moi service : oublie-moi.

Jack pencha la tête de côté, l'air perplexe, ses sourcils se rejoignant au-dessus de son nez agressivement droit.

— Ne sois pas idiot, Danny, lança-t-il.

Il plia le bras et indiqua l'orage qui se déchaînait sur la ville, dans son dos, en dévoilant la couronne de gui tatouée dans le tendre creux de son aisselle.

— Les prophètes ont toute l'attention de P'pa, Danny, et ils croient qu'il s'agit de la fin du monde. Je suis peut-être le premier loup à franchir le mur, mais je ne serai pas le dernier. Tu veux vraiment te retrouver à partager un abri avec les humains, quand P'pa nous affranchira ?

Le souvenir d'une chasse traversa l'esprit de Danny, la puanteur du sang sur l'urine, le béton et l'alcool. Fourrures et crocs tachés pourrissaient rapidement tandis qu'il coagulait et caillait. Leur cible était un exilé marqué, condamné à devenir prophète et fuyant la castration, mais il n'avait pas été leur seule proie, cette nuit-là. Personne n'avait dit à Danny quelle faute l'exilé avait commise pour mériter la mutilation, mais l'idée que ce soit assez grave pour que le Numitor leur lâche la bride pour la nuit, lui avait apporté du réconfort.

Alors vous imaginez, sans laisse ?

— Impossible, protesta Danny. Le Numitor a passé son règne à tenter de garder notre existence secrète, à établir les règles qui nous séparent des humains. Il ne les révoquerait pas aussi facilement.

Jack serra les lèvres et détourna pour la première fois le regard, en passant le dos de sa main sur sa mâchoire.

— Le choix ne dépendra peut-être pas de lui.

— C'est le *Numitor*. Qui oserait rejeter sa décision ? Séléné [2], en hurlant ses ordres à la lune ?

L'amusement fit trembler la bouche de Jack l'espace d'une seconde, puis s'envola. Il eut l'air sombre et étrangement coupable.

— Tu ne veux pas être là pour le voir, Danny. Il faut que tu viennes avec moi.

Il ne vivait plus dix ans en arrière. Danny n'était plus cet ado apeuré de dix-huit ans qui espérait que quelqu'un le dissuade de suivre ses rêves.

2 Déesse grecque de la lune et surtout de la pleine lune, associée à Artémis (croissant de lune) et à Hécate (nouvelle lune).

Jack n'était plus la plus belle chose de sa vie. Enfin, la dernière affirmation était un mensonge, mais pas le reste.

— Non, insista-t-il avant d'inspirer profondément. Je n'ai aucune obligation. Toi, si, alors pourquoi ne retournerais-tu pas chasser ta proie de ce côté du mur, avant que le froid n'efface sa piste ?

Il écarta Jack et bondit par la fenêtre cassée. La pluie le cingla tel un drap mouillé, assez froid et dur pour donner l'impression d'une gifle. Il siffla et arqua les épaules, trempé jusqu'aux os en un clin d'œil avec la pluie qui pénétrait sous ses couches de tweed et de tee-shirts achetés en gros. Les éclairs fourchus zigzaguaient à travers la place, et Neptune avait perdu dans l'orage le bras qui tenait son trident.

Un prophète y aurait vu un mauvais présage. Danny hésita, le doute s'élevant d'une sorte de puits de superstitions caché au fond de son esprit.

— Danny, tu es parti depuis trop longtemps, reprit Jack. Tu ne comprends pas ce qui se passe.

Le jeune homme se tourna, en plissant les yeux sous la pluie, et leva la main pour protéger ses lunettes du torrent.

— Bien, lâcha-t-il. Je n'appartiens plus à ce monde. Je ne suis plus un loup.

Il se retourna et s'éloigna d'un pas raide, mais pas assez vite pour échapper aux derniers mots de Jack, lancés à travers la pluie.

— Tu peux le vouloir autant que tu voudras, Danny, mais tu n'es pas humain non plus.

IV

QUELQU'UN AVAIT forcé la fenêtre de la coopérative, quelques jours auparavant. Les rayons avaient été vidés. Les pilleurs n'avaient laissé que des restes : des journaux détrempés sur les étagères et un sachet déchiré d'un mélange de légumes hachés, étalé sur le carrelage boueux. Quelque part au fond du magasin retentissait l'alarme, un son strident qui rebondissait sur les murs vides.

Elle l'accueillait chez lui depuis lundi. Il savait exactement combien de temps il fallait pour s'y habituer. Une petite commission, un café et vingt minutes à attendre que vienne la police, avant de perdre espoir. Jack, lui, n'était pas aussi facile à ignorer.

La fin du monde. Danny connaissait les prédictions des prophètes, répétées comme au catéchisme, à chaque nouvelle lune. L'hiver de loup. La longue chasse. Des mythes cassés et recousus au fil des siècles. Ils n'étaient pas destinés aux clébards comme lui, mais il les avait tout de même écoutés. Depuis ses premiers livres empruntés à la bibliothèque, il s'était mis à traquer *leurs* récits comme des lapins, à travers l'histoire et les légendes.

Elles le fascinaient. Ces anciens récits l'avaient poussé à étudier la théologie à l'université, à demeurer ici, à Durham. Néanmoins, ces histoires n'étaient pas vraies, pas au sens propre. La réalité, c'était l'assurance sociale : un congélateur qui grince dans la nuit, une partie de jambes en l'air occasionnelle et forcée avec une ex-petite amie. L'hiver de loup était une métaphore, un symbole, la colère des exilés. Jamais il n'y avait cru ; seuls les prophètes y adhéraient.

Danny traversa la route, en pataugeant dans l'eau marron et lugubre qui bullait des caniveaux. Une Mini Cooper d'un rouge et blanc jovial bloquait le portail qui menait à son appartement. Elle était plongée jusqu'au châssis dans la flaque – enfin, un lac, maintenant – avec le capot relevé pour libérer la fumée.

Idiots. La plupart des gens n'essayaient même plus de conduire autre chose qu'un tout-terrain, depuis l'histoire publiée dans le journal de la semaine précédente. Emportée par le vent, une Smart avait été projetée comme une vieille bouteille contre le mur d'une banque. Il y avait toujours

19

des malins qui ne se croyaient pas concernés par les panneaux interdisant la circulation.

En soulevant distraitement sa sacoche pour l'écarter du chemin, il se faufila entre le pare-chocs et le montant du portail. Il s'arrêta en plein milieu, les genoux pressés contre le flanc de la voiture. Elle était encore chaude et sentait... Danny se pencha jusque sous le capot et renifla l'air au-dessus du moteur. Il sentait essentiellement le métal mouillé, l'huile et le vide, les odeurs de la scène ayant été emportées par la pluie, mais il y avait aussi...

BOUM !

Danny bondit en arrière et heurta sa hanche et son épaule contre le portail. Toute cette tension accumulée dans la journée – la garde des étudiants, le spectacle terrifiant de la foudre, sa rencontre avec Jack – noya son système avec l'adrénaline et accéléra les battements de son cœur dans sa poitrine. Cela, même s'il n'avait nulle part où fuir. Si une autre voiture avait percuté la Mini, il se serait fait écraser.

Au lieu d'une scène détonante tout droit sortie d'une campagne pour la prudence sur les routes, il vit un enfoiré de roux qui se moquait de lui en le regardant par-dessus le toit de la voiture.

— Tu aurais dû voir ta tête, s'enthousiasma Brock, en claquant à nouveau sa main sur le toit de la voiture. Je suis sûr que tu as failli te chier dessus.

Il n'était pas bien difficile de transformer « l'évitement » en « affrontement ». Danny lécha ses lèvres sèches, détourna les yeux du visage moqueur de Brock et serra les dents pour contenir son irritation. Ce n'était pas vraiment agréable de tomber sur celui qui partageait le lit de son ex, surtout quand ce remplaçant était un connard macho. Mais Danny se flattait d'être facile à vivre. Dans la journée, après le choc de l'arrivée de Jack, il s'était rappelé qu'il n'était pas tout à fait humain, et désireux de former des poings, il souffrait au niveau des phalanges. Il les serra et les desserra pour chasser la douleur.

— As-tu vu à qui appartient la voiture ? demanda-t-il à la place, en sortant entièrement de derrière la voiture.

Brock haussa ses larges épaules, sa veste mouillée en imprimé camouflage remonta sur ses hanches.

— Nan, répondit-il. Pourquoi, il faut que tu sortes la tienne ?

— Le moteur est encore chaud. S'ils sont toujours là, je me disais que je pourrais les aider.

Cela lui valut un pouffement de rire.

— Toi ? Depuis quand tu t'y connais en bagnoles ?

Depuis qu'il avait grandi en Écosse, dans une ferme isolée, avec pour seule séparation entre lui et un monde sans livres, le tacot tout cabossé d'un fermier de chez eux, qui le laissait l'emprunter. Les loups ne lisaient pas pour le plaisir et se méfiaient des lecteurs enthousiastes. Le véhicule avait une dizaine d'années de modifications, il comportait des trous au sol et fonctionnait aux émanations, aux jurons et aux coups sporadiques de clés à molette sur le moteur. Danny s'était déchiré les poings sur les bougies d'allumage, brûlé les bras sur le radiateur et s'était déjà montré à la bibliothèque couvert d'huile au point d'arracher un claquement de langue au bibliothécaire. Au moins, ses lectures ne se limitaient pas à l'époque à *La vie d'un fermier* et à quelques circulaires.

Au lieu de lui répondre, Danny haussa les épaules et remonta ses lunettes sur son nez.

— J'aurais pu appeler quelqu'un.

Brock pouffa à nouveau et le frappa à l'épaule.

— C'est ça le souci avec toi, mon p'tit Danny. Il faut avoir des couilles pour régler ses problèmes tout seul.

Le fait est que moins il y avait de monde qui le connaissait, plus il était facile de passer inaperçu. Si vous correspondez à l'image que les gens ont de vous – un geek avec une sacoche, un boulot de gratte-papier et zéro compétence en réparation – ils ne creusent pas davantage. Triste, mais vrai.

Après avoir poussé Danny du chemin avec l'épaule et la hanche, Brock se pencha par-dessus le moteur. Il posa une main contre le capot ouvert et de l'autre il touchota l'engin. Danny observait. La vue n'était pas mauvaise. L'homme était peut-être bête comme un cul, mais cela ne l'empêchait pas d'en avoir un bien rebondi. Brock se redressa, en essuyant ses mains pleines de cambouis sur son jean.

— Elle a juste été inondée. Je ferai venir des gars plus tard, on pourra la pousser hors de l'eau pour lui permettre de sécher. Pas besoin de te salir les mains, mon p'tit Danny.

— Quel soulagement…

Danny laissa Brock en finir avec la voiture, le bruit sourd du capot baissé retentissant derrière lui, et se dirigea vers l'entrée. La porte de sécurité devait rester fermée en permanence, mais Brock l'avait retenue avec le seau à incendie. De nouveaux mégots étaient enfoncés dans le sable.

21

À l'entrée, il croisa Jenny dans l'ascenseur, vêtue d'un pull sous son gilet en laine et d'un pantalon de jogging glissé à l'intérieur de ses bottines fourrées. Elle s'arrêta quand elle le remarqua et tira timidement sur sa tresse.

— Dan.

— Jenn.

C'était une vieille plaisanterie. Elle les faisait encore sourire. Mais ce jour-là, Jenny parut simplement malheureuse, elle glissa ses mains dans les poches de son gilet et mordilla sa lèvre couverte d'un baume brillant.

— Est-ce que tu… commença-t-elle, en laissant sa phrase en suspens pour jeter un coup d'œil par-dessus l'épaule de Danny. Oh. Donc oui.

Ils avaient d'abord été amis, les deux seuls étrangers dans un programme de doctorat composé en majorité d'étudiants de Durham, puis colocataires. Lorsqu'elle l'avait embrassé une nuit, deux ans plus tôt, cela avait semblé logique. C'était très « normal » : manger des pizzas, veiller tard le soir, regarder chaque week-end les rediffusions de *EastEnders* [3]. C'était amusant. C'était *humain*.

Il entendit l'écho des paroles de Jack : « Tu n'es pas humain non plus. » Comme si Danny l'ignorait. Il avait appris son manque d'humanité à ses dépens, il n'y a pas si longtemps. On ne l'avait pas éduqué ainsi, voilà tout. Et lorsqu'elle l'avait trompé, un an plus tard, cela avait été comme un soulagement.

— Quelqu'un a abandonné sa voiture, expliqua-t-il, en s'essuyant le visage avec la manche.

Tous deux étaient trempés, alors cela ne faisait pas beaucoup de différence. Il passa la main sur sa tête et lissa ses cheveux. L'eau fraîche perlait le long de son cou.

— On y a jeté un coup d'œil.

Jenny hocha la tête et regarda ses chaussures, sa langue se courba sur sa lèvre supérieure.

— Brock… Je lui ai demandé de rester, lança-t-elle, ses yeux bleus remontant tout à coup et un sourire se dessinant sur ses lèvres. Avec le temps et… tout ça… c'est plus sympa d'avoir quelqu'un, ici. J'allais te prévenir. Je ne veux pas qu'il y ait de malaise.

— Il n'y en a pas, répondit Danny, après une certaine hésitation. C'est bon, Jenn.

---

3 Feuilleton télévisé britannique, diffusé à l'époque sur BBC One, qui raconte la vie de plusieurs habitants de Walford, un quartier fictif à l'est de Londres.

Elle fronça le nez, l'air triste. Danny avança en traînant des pieds et s'excusa maladroitement afin d'entrer dans l'ascenseur alors que Jenny en sortait. La porte se ferma, il s'adossa au mur du fond et appuya sur le bouton du troisième étage pour qu'il s'allume. Peut-être n'aurait-il pas dû déménager à l'étage du dessus après leur séparation ? Ce n'était peut-être pas la chose la plus *humaine* à faire.

Le moteur vrombit et la cabine d'ascenseur monta abruptement. Les yeux clos, Danny soupira et se frotta inconsciemment le cou, là où Jack l'avait léché. Il sentait encore le loup sur sa peau, la bruyère, les cimes et... le sang.

Il se redressa brusquement, en secouant la cabine, lorsque son cerveau fit le rapprochement. Du sang. Voilà l'odeur imperceptible sur la voiture. Quelqu'un avait saigné dessus.

— Merde, grommela-t-il.

LORSQUE DANNY et Jenny y avaient emménagé, l'agent immobilier leur avait signalé qu'avant d'être reconverti en appartements, le bâtiment avait servi de chapelle. Méthodiste, avait-elle dit, comme si cela ne se voyait pas à l'austérité de l'endroit. À l'intérieur, c'était une boîte, recoupée soigneusement en plus petites boîtes. L'appartement qu'il avait partagé avec Jenny comportait un mur en briques. Celui qu'il occupait présentement était recouvert d'un simple plâtre blanc. Comme dans une cellule monastique.

Parfois, il se sentait coupable que les vieilles pierres apparentes lui manquent plus que son ex.

Par habitude, il arpenta l'étroite cuisine conçue tout en longueur et alluma la bouilloire. Il s'appuya sur le comptoir, son rebord en plastique lui rentrant dans le talon des mains. Pendant que bouillait et tremblait l'ustensile, il songea à l'odeur de sang répandue sur le métal.

Cela avait été une trace. Des bribes d'odeur.

Danny se poussa du comptoir et se mit à fouiller négligemment tiroirs et placards. Il y habitait depuis déjà quatre mois et avait lui-même décidé du rangement. Tout aurait dû être facile à trouver. Pourtant, il lui fallut deux essais avant de dénicher les tasses et il dut plonger dans le lave-vaisselle pour récupérer une cuillère. Il les passa sous le robinet, en frottant la large tasse avec le pouce, avant de les sécher sur une feuille de papier absorbant.

Sans doute le conducteur s'était-il blessé en essayant de réparer la voiture. Danny versa le café dans la tasse, ajouta juste assez de lait et de sucre pour couper l'amertume et émit un rire nasal. Il s'était tenu près de la voiture, à se rappeler le nombre de fois où lui-même s'était écorché les phalanges ou ouvert la pulpe du pouce sur un bout de métal coupant.

Inutile de s'inquiéter. La bouilloire s'éteignit et Danny ajouta de l'eau à la pâte noirâtre. Il saisit la tasse, l'emprisonna entre ses deux mains et but. Sa chaleur pénétra dans ses doigts froids et gercés, presque insoutenable lorsqu'elle atteignit ses os. Et même s'il y avait effectivement raison de s'inquiéter, se dit-il, cela ne le concernait pas.

Il but une nouvelle gorgée de son café, encore assez brûlant pour lui engourdir la langue. Ce dernier le réchauffa, à tel point que la moiteur du tweed et de la laine lui pesa. Il se déshabilla essentiellement d'une main, mais posa la tasse pour tirer sa chemise par-dessus la tête et jeter le linge roulé en boule dans la machine. Il l'y laissa moisir et marcha lourdement en boxer jusqu'au salon, pour plier son corps longiligne et nu sur le canapé couvert de poils de chien.

Son corps lui parut trop long – excessivement grand avec son mètre quatre-vingt-dix, il était tout en os et rien en muscle – et sa peau trop nue. On y trouvait des cicatrices, mais seuls les loups recevaient des tatouages de leur rang. Puisqu'il travaillait à l'université, c'était un avantage. Oh, il y avait bien des professeurs qui portaient des tatouages discrets, mais pas en théologie. En voyant Jack, il s'était rappelé pourquoi il lui manquait ce qu'il lui manquait. Cela lui était *égal*, ou presque, mais il s'en souvint. La raison de son départ…

La pluie martelait à nouveau et coulait le long des fenêtres tandis que le vent la soufflait de côté. Là-bas, on aurait dit la fin du monde. La phrase lui traversa l'esprit sans crier gare, et s'y implanta.

Il lâcha un gros juron, qui aurait fait bondir ses élèves, et attrapa la télécommande. La télévision allumée, il zappa les chaînes brouillées jusqu'à BBC One. Une femme avec le visage vaguement familier de la novice qu'on chargeait des histoires d'un intérêt particulier, se tenait à Quayside, le quartier établi sur les deux rives de la Tyne, au nord-est de l'Angleterre. Elle empoignait son microphone d'une main, son bras libre accroché au garde-fou. La Tyne débordait et se brisait sur les fortifications de sacs de sable et de riz construites à la hâte. L'eau arrivait aux genoux de la journaliste.

Elle recrachait ses cheveux et plissait les yeux devant la caméra.

— Aussi mauvais que cela puisse paraître, lança-t-elle, en libérant son bras juste assez longtemps pour gesticuler, avant de rattraper le garde-fou alors que le vent essayait de transformer son manteau en voile, il y a eu des conditions météorologiques plus déplorables et plus étranges encore, partout à travers la Grande-Bretagne. D'après les rapports de la BBC à Londres, le centre-ville a, aujourd'hui, été touché par une *tornade*.

L'image de son visage, pâle et trempé, fut remplacée par une vidéo tremblante marquée de gouttes, prise par un téléphone. Au milieu de la route, une colonne d'air tordue, aussi haute que les bâtiments alentour, tournoyait en agitant dans tous les sens une chemise, de vieux paquets de chips, des chaussures perdues et d'autres déchets. Une bouteille se libéra de la tornade et s'élança vers la route telle une fusée. Elle dut filer relativement près du cinéaste improvisé, car il trembla et poussa un vif juron. L'image se flouta et oscilla lorsqu'il se tourna pour révéler la bouteille encastrée dans une porte en bois et un garçon saignant par terre avec une entaille sanguinolente à la tête.

— Oh, putain ! lança le garçon à la caméra.

Puis, l'écran devint noir l'espace d'une seconde, avant de revenir sur la blonde frissonnante dont les pieds trempaient dans l'eau de Newcastle, une ville au bord du même fleuve. Elle s'essuya le visage avec la manche gonflée de sa doudoune.

— En Écosse, on dit même du temps qu'il est…

Danny la coupa. Ce n'était pas la fin du monde. Tout cela n'était qu'un ramassis de superstitions. La magie existait, il aurait été idiot de prétendre le contraire quand Danny y avait été confronté le jour même, mais elle n'avait rien à voir avec les prophéties et l'apocalypse. Néanmoins, il concevait que les prophètes ne partagent pas son avis. Et si les prophètes y croyaient, le Numitor également. Les loups ne dataient pas d'hier. Le Numitor n'était pas venu de Rome avec Hadrien, mais il se souvenait des procès de sorcières. Il croirait en la fin du monde, et surtout, il *souhaitait* y croire.

Et ce serait… Les mots lui manquaient. « Fâcheux » ne suffisait pas. « Fâcheux », c'était renverser du café sur votre cravate avant un meeting. « Fâcheux », c'était oublier du fromage de chèvre au fond du réfrigérateur. Un « désastre », c'était trop. Pas *faux*, mais le terme laissait trop place à l'imagination. Jack était civilisé, comme un loup pouvait l'être. Mais pas les mangeurs d'hommes de la meute du Numitor.

La nervosité le poussa à se lever, ses muscles se contractant avec l'adrénaline, dans l'attente d'une fuite ou d'une lutte. C'était une blague en soi, car il n'aurait aucune chance au combat, et une fois que le Numitor lâcherait le collier étrangleur, il n'aurait nulle part où se cacher.

Il serra les poings, en enfonçant les doigts dans ses paumes jusqu'à ce que ses jointures craquent, puis roula sa tête. L'impatience qui le démangeait refusait de partir, son esprit était rempli de scénarios catastrophe. Ou pas, se répéta-t-il. Il frotta ses poings contre le côté des cuisses, en creusant l'amas de muscles tendus avec ses phalanges.

Le temps pourrait se dégager avant que le Numitor décide de lever l'interdiction d'Hadrien. Ou peut-être que les loups saigneraient le pays comme on chasse le cerf, en le paralysant et l'éviscérant pour le manger plus tard. Peut-être que les loups franchiraient le mur et que la malédiction d'Hadrien se révélerait vraie, elle aussi, même si Danny se disait que la fin du monde avait plus de chance d'exister. Quoi qu'il en soit, on ne pouvait rien y faire.

L'agitation dans ses jambes, cette envie d'aller ailleurs, ne se calma pas pour autant. Entre courir jusqu'en Écosse pour affronter le Numitor, un long parcours pour une rapide confrontation, ou suivre la trace du sang, Danny choisit le sang.

Il s'approcha de la fenêtre et l'ouvrit, en jurant lorsque le vent poussa dessus. La pluie fraîche entra par l'ouverture et ses testicules se rétractèrent lorsqu'elle l'atteignit. Dehors, il faisait gris, un voile de brouillard et de pluie, baigné par la lumière faible et tamisée du soleil.

Juste en dessous de la fenêtre se trouvait le toit en papier goudron de la remise, une demi-cabane bancale en bois, remplie de pelles rouillées et d'un barbecue plein d'araignées. Danny ouvrit la fenêtre, répéta son juron lorsque le temps le frappa de plein fouet et grimpa dessus. Lorsqu'il ouvrit la bouche devant le froid, elle se remplit d'eau et sous ses pieds, le rebord s'avéra mouillé et glissant de déjections d'oiseaux.

Il sauta, en revêtant sa fourrure pendant la chute. Le chien atterrit sur la remise avec un bruit sourd et chancela sur ses quatre pattes. Il s'ébroua, éternua l'eau inhalée par l'homme et bondit dans le jardin.

La pluie s'abattait sur lui, gouttait de ses oreilles mouillées et délavait le monde tout autour en odeurs discrètes et désagréables. Sous un saule chétif, l'empreinte délavée d'un renard disparaissait sous l'herbe et l'air sentait l'asphalte mouillée de même que l'eau propre.

L'instinct le poussa à renifler le petit carré d'herbe, à passer le museau sous le rosier et à uriner sur la palissade pour signaler son territoire à la bête.

En chien, il avait plus de mal à penser, ou du moins, il lui était plus difficile de se souvenir des choses importantes. L'éventualité d'une déferlante écossaise de fourrures et de crocs ensanglantés céda la première place dans l'esprit du canidé à la certitude que l'épagneul à l'odeur âcre avait à nouveau été promené dans le coin.

Néanmoins, le chien et l'homme formaient *toujours* une seule personne, alors après une minute passée à renifler et à grogner devant la palissade, l'animal se rappela la raison pour laquelle il était venu. Le sang sur le métal et le mystère qu'il renfermait, prendrait tout son sens une fois que sa peau réapparaîtrait.

LA VOITURE avait été déplacée. Brock l'avait tirée sur le trottoir en abîmant la carrosserie contre le mur, et fermé le capot. Le chien renifla les contours du véhicule, se baissant sur ses pattes pour ramper en dessous. Elle sentait l'huile et la route, et un peu Brock.

Danny se souciait peu de Brock. Le chien, lui, était moins clément. C'était *son* territoire et il n'aimait pas qu'on le marque. Cela l'irritait au plus haut point.

Après être sorti d'en dessous, le chien bondit sur le capot de la voiture, les griffes éraflant la peinture. La légère trace de sang qu'il avait sentie plus tôt avait disparu. Mais elle avait bien existé. Le chien savait ce que Danny savait, et n'en doutait pas une seconde.

Il secoua la tête, les oreilles claquèrent, puis il posa le museau contre les pavés. La puanteur de Brock et de ses baskets bas de gamme en caoutchouc et faux cuir, la forte odeur jaunâtre d'un félin sur une mauvaise herbe, une note fine et éparse d'oranger jasmin et une trace aigre, gris mat de peur. Elle n'appartenait pas à la carte olfactive habituelle du territoire. On la distinguait à peine, le vent la diffusait et l'emportait ailleurs.

L'instinct de chasse prit le dessus et le chien suivit la trace à grandes enjambées. Par deux fois, le vent lui arracha l'odeur sous le nez, lui faisant faire un détour, mais l'animal finissait toujours par la retrouver. Celle de la peur se fit d'ailleurs plus forte, une senteur âcre de brûlé, mais la puissance du jasmin l'emportait.

Le chien s'arrêta brusquement en trouvant la dernière trace dans une entrée, au milieu d'autres effluves. Confus, il gémit et chercha autour, la langue pendante, sa respiration formant comme des plumes de souffle chaud. C'était insensé qu'une odeur s'arrête net, comme coupée au couteau.

— Oy ! hurla une femme. Sors de là !

Un caillou heurta le sol, ricocha sur le trottoir et rebondit sur l'arrière-train du chien. Il glapit et se retourna, retroussant les babines sur ses crocs blancs et aiguisés. La femme sur la route, voûtée sous un parapluie bleu et rose, en combinaison intégrale et bottes de pluie, tressauta et recula d'un pas.

Sa peur était vive et claire, malgré le rideau de pluie, mais elle n'était prête qu'à lui céder un pas.

— Va-t'en, lança-t-elle, en cachant une main dans son dos comme si elle tenait une autre arme. Oust, le clébard !

Sous son manteau de poils gris, les muscles secs du chien se contractèrent. Il marqua un pas raide, puis s'arrêta, les pattes tremblantes d'une agressivité retenue. Cette femme n'était pas une menace et les humains n'étaient pas des proies. Se léchant les crocs, le chien recula lentement pour mettre assez de distance entre elle et lui, avant de pouvoir se tourner. Il virevolta et s'élança dans la rue à pleine vitesse. Sans plus aucune piste à suivre, son nez fut assailli par les odeurs fraîches et brouillées de la rue.

Du steak brûlé, des œufs à la coque tout juste préparés, la puanteur orange-vert d'une couche-culotte, un arrière-parfum sucré et très fort de viande qui venait de tourner. Avant que le sang coagule et que la peau ne commence à se déchirer, la chair était encore assez ferme pour être mâchée.

Son ventre gargouilla. Le chien hésita, partagé entre son but premier et son estomac. Finalement, la faim gagna. Il suivit la mauvaise odeur dans la rue jusqu'à une palissade qui sentait la peinture, le toxique et l'urine. Un drapeau en loques d'un rouge détrempé pendait de sa hampe, collé au bois et privé de son ancien flottement.

Une des lames verticales était cassée en deux, offrant l'espace d'une latte. Le chien rentra le ventre et s'y faufila, en laissant derrière lui un large morceau de fourrure grise et un peu de peau sur le bois. Malgré un extérieur nauséabond, on voyait que le jardin avait jadis été entretenu. La pelouse n'était à présent plus qu'un bourbier et la pluie avait enfoncé les arbustes dans un compost de feuilles qui moisissait.

L'odeur de viande était trop forte pour un rat ; il s'agissait d'un plus gros animal. Un chat ? Un chien ? Il savait – vaguement – que manger un chien lui donnerait la nausée lorsqu'il reprendrait forme humaine, mais cela lui était égal. Il se déplaça furtivement à travers le jardin, en gardant un œil inquiet sur la maison. Les rideaux restaient fermés, la lumière vacillante de la télévision filtrait à travers l'espace formé entre les tissus. Le chien entendait le marmonnement étouffé de plusieurs voix et de la musique. Des rires enregistrés faisaient vibrer la vitre.

Il rôda au bout du jardin, les pattes s'embourbant dans la terre froide, puis avança dans l'allée étroite qui s'étendait sur le côté de la maison. Trois bennes en plastique étaient alignées le long du mur, laissant à peine la place de passer. L'espace réduit puait la mort, une telle infection qu'il crut pouvoir la sentir même en homme. Appuyé sur les pattes arrière, il leva les pattes avant et s'en servit, avec son museau, pour ouvrir le léger couvercle en plastique. L'odeur le frappa en premier, assez intense pour lui donner l'eau à la bouche, puis le couvercle s'ouvrit entièrement. Il retomba sur la poubelle de derrière dans un bruit sourd et creux. Le chien bondit en arrière devant cet amas de… chair… jeté au-dessus des ordures.

Des viscères noués en rubans ainsi que de gros morceaux de viande restaient accrochés sur les côtés intérieurs de la benne, leurs bords secs et recroquevillés. Au milieu des restes reposaient des boucles brunes et un pâle œil bleu qui fixait le ciel.

Le chien éternua, en rejetant l'odeur présente dans son nez comme s'il s'agissait d'une preuve, puis quitta sa fourrure. Un cerveau humain était nécessaire pour enquêter. Danny s'agenouilla, nu, sur les pavés de pierre froide, la chair de poule hérissant sa peau pâle.

— Merde alors, marmonna-t-il.

Il se leva, se couvrit la bouche d'une main et se pinça le nez. Ce dernier n'était pas aussi sensible sous cette forme, mais lui non plus n'appréciait pas l'odeur. Il se rapprocha et regarda dans la benne. Même privé de ses lunettes, il voyait bien qu'il s'agissait du cadavre d'une femme. Ramolli par la pluie, un des morceaux de viande s'arracha du plastique et tomba sur la pile.

Lorsqu'il se pencha en avant en s'efforçant de ne rien toucher, il crut distinguer une note de jasmin sous toute cette pourriture. Peut-être l'avait-il seulement imaginée. Il eut l'estomac barbouillé, une remontée d'acide lui brûlant le fond de la gorge. L'amertume lui coupa l'odeur avec une étrange bonté. Il avait déjà vu des cadavres. De vieux loups mouraient dans les Highlands et se décomposaient entre les rochers, et malgré la rigueur de la justice du Numitor, les accidents arrivaient quand loups et humains se mélangeaient. Ici, c'était simplement la mort. Un massacre. C'était la frénésie du renard dans la cage aux poules, avec trop de cous dressés et une seule bouche.

C'était un meurtre et le seul loup qu'il savait en ville était Jack. L'idée – pas même encore la suspicion – se glissa subrepticement dans l'esprit de Danny. Avant qu'il ait le temps de la rejeter, chose qu'il était *certain* de faire, le bourdonnement de fond des voix du feuilleton se tut abruptement.

— Je te promets, lança un homme, j'ai entendu un bruit là-bas.

— C'est rien, lui répondit une voix plus légère, mais toujours masculine. Rentre, avant d'attraper froid.

Mince. Mince. Mince. Danny retint sa respiration et se figea, tremblant et nu sous la pluie, tandis qu'il poussait l'homme suspect à rentrer par la force de sa volonté. Il faisait froid, il faisait humide. Qu'est-ce qu'il en avait à faire, M. J'aime-être-au-chaud-et-au-sec qu'un renard vienne renifler un poulailler vide ? Il valait mieux qu'il se mette à l'abri.

Comme toujours, la Nature Sauvage était proche, incontrôlable.

— Contente-toi de me donner la lampe torche et ce tisonnier, insista l'homme. Il ne manquerait plus qu'on ait des rats !

Une sorte d'instinct obscur poussa Danny à attraper le couvercle de la benne. Il s'interrompit avant de toucher le plastique glissant. Il ne voulait surtout pas laisser d'empreintes sur une *telle* scène. Il revêtit sa fourrure et tomba à quatre pattes avant que l'homme sorte de l'angle et pointe le faisceau lumineux sur l'allée. Ses yeux s'écarquillèrent lorsqu'il remarqua l'énorme animal émacié dans le passage.

Danny n'était peut-être pas un loup, mais pour un chien, il avait l'air féroce.

L'animal s'élança vers le jardin, le propriétaire se poussant vite du chemin, puis traversa la pelouse. Il bondit sur la palissade au lieu de se faufiler à travers, s'accrocha aux planches de ses griffes et se hissa par-dessus, pendant que l'homme demandait : « Tu as vu la *taille* de ce truc ?! » derrière lui.

Le temps que s'élèvent les jurons, le chien avait déjà parcouru la moitié de la rue. Il baissa la queue, se sentant étrangement honteux, et continua à courir. Il ne s'arrêta pas avant d'atteindre son repère, la fourrure humide de sueur et la langue pendante tandis qu'il respirait d'un souffle haletant et rauque.

La voiture était toujours là. Ça sentait la fumée de cigarette, et des mégots étaient éparpillés sur le trottoir sous la porte côté passager. Habituellement, le chien passait par le jardin et déterrait le jean froissé laissé par Danny derrière la remise, prétextant qu'il était allé sortir les poubelles si quiconque le regardait d'un air soupçonneux au retour. Puisque Brock avait laissé la porte d'entrée ouverte, il suffit au chien d'entrer et de presser le bouton d'ascenseur avec le museau. Le bouton s'alluma et le chien s'assit en attendant. Sa queue remuait avec paresse sur le tapis. Il aimait prendre l'ascenseur et cette course avait épuisé toute l'énergie procurée par sa découverte.

Lorsque l'ascenseur arriva, il se releva, s'ébroua poliment, puis enjamba prudemment l'intervalle. Il attendit que les portes se ferment pour revêtir sa peau humaine, et c'est un Danny nu et écœuré qui se refléta sur l'acier brossé.

Le chien possédait une meilleure vision. Le monde se troubla à nouveau autour de Danny, mais d'après son reflet, il paraissait pâle et éreinté, avec des cernes très marqués sous les yeux. Le chien avait peut-être diminué son désarroi, mais Danny n'arrivait pas à chasser l'image du carnage de sa tête. Avec ses haut-le-cœur, il sentit le café et le sandwich au fromage mangé à midi, et il dut se retenir pour ne pas rendre le contenu de son estomac partout sur le sol. Cela n'arrangerait rien à l'odeur. Il s'adossa au mur frais en métal, bercé par les secousses et les vibrations de l'ascenseur qui montait. Peut-être que sa mère avait raison : aller à l'université l'avait effectivement affaibli. Un cadavre ne rendrait sûrement pas cette vieille mégère malade.

Fort heureusement, personne, entre le rez-de-chaussée et l'étage de Danny, ne souhaitait prendre l'ascenseur. L'heure n'était pas *trop* tardive, mais il faisait noir et triste. Les gens restaient près de chez eux et au chaud. Il s'élança à travers le palier, les parties à l'air, et entra. La porte n'était pas verrouillée. Ce n'est pas comme s'il avait des objets de valeur, et si quelqu'un y faisait effraction, il pourrait traquer les voleurs bien plus facilement que la police.

L'appartement était froid, la fenêtre ouverte laissait pénétrer le vent et la pluie. Lorsqu'il alla la fermer, la moquette trempée juste en dessous lâcha des bruits de succion sous ses pas. Il dut forcer, en posant l'épaule contre le cadre pendant que le vent s'opposait à lui. Enfin, un brutal changement de direction retira la pression, et sous son poids, elle tomba en claquant.

Il aurait dû se trouver à manger, mais l'idée d'un repas lui retournait l'estomac. Il aurait pu tenter d'entrer en contact avec le Numitor, passer par tout un vieux réseau d'anciens numéros de téléphone obtenus ici et là, et des chiots envoyés à travers les rochers escarpés pour porter des messages, mais il n'était pas certain que cela soit la bonne solution. Une heure plus tôt, c'était lui qui voulait à tout prix éviter que les loups ne brisent l'interdiction d'Hadrien et partent en direction du sud.

Il attrapa les rideaux et tira dessus pour éclipser l'orage.

31

Il n'était même pas *sûr* que Jack soit impliqué. Les humains n'avaient peut-être ni crocs ni griffes, mais ils s'en passaient très bien. Danny songea au visage intact, cireux comme celui d'une poupée, posé, les yeux au ciel, sur les vestiges de son corps. Ce n'était pas là la cruauté habituelle des loups ; cela avait quelque chose d'humain.

Ou peut-être qu'il ne souhaitait tout simplement pas croire que Jack soit capable d'une chose pareille. Ils avaient grandi dans la même meute, mais pas de manière synchronisée. Malgré les conditions de leur séparation, Danny n'aurait pas pu rater le genre de maladie qui l'aurait poussé à commettre un tel acte.

Il soupira et se retourna, en laissant ses lunettes. Inutile de voir le monde clairement ce soir-là. Il s'affala sur le canapé, alluma la télévision et finit par s'endormir devant la rediffusion en noir et blanc de *Doctor Who*, bercé par le faible gémissement de l'alarme.

Les sirènes le réveillèrent. Il bondit en avant, oubliant brièvement où il se trouvait. Il chercha la table de nuit à tâtons et se cogna le coude contre la table basse.

— Merde, lança-t-il, en frottant ses yeux collants au réveil.

Après s'être levé, il plaça les coudes sur ses genoux et enfouit les doigts dans ses cheveux emmêlés. Sa bouche avait un goût d'eau souterraine et de jasmin, et ses rêves avaient été ceux d'un chien. Curieusement, cela le laissait toujours engourdi, comme si seulement une partie de lui avait pu dormir. Après s'être gratté une dernière fois le visage, il ramassa ses lunettes et les mit.

À la télévision, un homme corpulent chantait aux côtés de Charlie Dimmock, l'experte en rénovation de jardins. Danny les fit taire en éteignant l'appareil et se demanda si par hasard, la police l'avait suivi depuis la benne sanguinolente. Cela semblait peu probable, mais il prit tout de même une minute pour se lever. Il entra dans la chambre à coucher, attrapa un jogging et l'enfila sur ses longues jambes. Il parut vaguement mouillé contre ses bourses, encore frais à cause de la fenêtre oubliée.

Danny ouvrit la porte et sortit sur le palier, en s'arrêtant, confus, lorsqu'il y trouva Jenny. Elle se tenait debout, devant les fenêtres panoramiques, et mâchouillait distraitement le col de sa chemise.

— Jenny ? l'interpella-t-il, troublé.

Elle ne se retourna pas.

— Bon sang, Danny, souffla-t-elle, sa respiration embuant la vitre. On dirait la fin du monde.

À l'écho de ses mots, Danny tressauta. Il laissa la porte claquer derrière lui et la rejoignit pour embrasser la ville du regard. Un bâtiment brûlait à quelques rues de là, semblable à un pilier de flammes vives et de fumée en rébellion contre la pluie, et les sirènes des voitures de pompiers et de police gémissaient à travers les allées. Pendant qu'ils observaient, la foudre s'abattit du ciel à un autre endroit et déclencha un feu.

Ce n'était pas la fin du monde que Danny se figurait – avec plus de neige et de sang, et sûrement un loup-démon décorant le soleil – mais il comprenait ce qu'elle voulait dire.

— Peut-être que tu devrais aller chez ta sœur, lui dit-il. Les trains devraient circuler demain. Tu pourrais partir à Devon.

— Je la déteste, répondit-elle.

Danny haussa les épaules en silence.

— Peut-être, reconnut Jenny au bout d'un moment, avant de placer les cheveux dans son visage derrière l'oreille. Mes médecins sont ici.

— Tu en avais un avant d'emménager. À Devon aussi, ils en ont.

Elle grimaça et haussa les épaules, puis s'entoura de ses bras.

— Je serais rayée de l'essai clinique. Je devrais recommencer à gérer mon épilepsie avec un régime et des médicaments. Je ne peux pas faire ça, à moins d'y être contrainte. En plus, Brock ne veut pas partir. Sa famille habite ici.

Danny n'avait pas grand-chose à ajouter, sauf s'il voulait passer pour un crétin jaloux. Il se contenta de rester à ses côtés en silence et de regarder les bâtiments brûler.

V

Ce n'était pas vraiment de la faute de Danny. La différence entre loups et chiens était plus que physique. Les chiens voyaient le monde tel qu'il était, n'entrevoyant que rarement le côté sauvage qui se cachait en dessous.

Les loups…

Jack s'appuya contre une fourgonnette et regarda une rangée de maisons étroites en brique rouge flamber. Le feu bondissait sur les toits et traversait les palissades des jardins. Les pompiers, qui avaient cessé d'essayer de l'éteindre, se retiraient et mouillaient les maisons n'ayant pas encore été visitées par les flammes, dans l'espoir de les sauver. Les corps gisaient sur le trottoir, couverts de sales draps blancs.

Là où Danny aurait vu une maison en feu et une tragédie, Jack voyait quelque chose de crépitant et de primitif. Une scène entre le feu de forêt non maîtrisé et la joyeuse gueule de Surt [4], impatient de lécher la terre. Il jouait des épaules et crachait devant l'orage qui s'abattait sur ses flammes, en attendant qu'arrive son tour dans la fin des choses.

— Pas encore, murmura Jack, en sentant la fumée sur ses lèvres pendant qu'il parlait. Un hiver de loup et la mort d'un dieu restent à venir. Nous aurons notre bataille, et plus.

La femme à côté de lui, avec son imperméable transparent boutonné sur son pyjama et ses cheveux noirs en brosse, lui lança un regard curieux. Ses sourcils se rejoignirent, et en se penchant, elle lui donna un coup d'épaule dans le bras.

— Désolée, qu'avez-vous dit ?

Un grognement lui grattait l'arrière de la gorge. Il en voulut à la femme pour cette intrusion dans son espace vital et pour avoir présumé qu'il s'intéressait à elle.

— Je ne vous parlais pas.

4 Un géant de feu dans la mythologie scandinave. Il se bat contre des groupes de dieux durant Ragnarök, la fin du monde annoncée notamment par un hiver rigoureux et continu.

Ses joues rafraîchies par la pluie prirent de la couleur comme si on l'avait giflée, et offensée, elle pinça les lèvres.

— Je ne faisais que demander. Vous avez dit quelque chose.

Elle tourna les talons, s'éloigna et alla grommeler son mécontentement au nouveau groupe où elle s'était trouvé une place. Jack observait tristement son dos alors que l'attroupement l'absorbait par compassion, en regrettant qu'avec les loups ce ne soit pas si simple.

Le feu rendit son dernier souffle un peu avant l'aube, en mourant parmi les cendres grésillantes qui se consumaient faiblement. Impossible de dire qui des pompiers ou de la pluie constante pouvait s'annoncer vainqueur. Les morts, eux, s'en fichaient sans doute.

Une fois le spectacle terminé, la foule commença à se disperser, les commères s'éloignant à plusieurs de la fumée et du roussi des restes du bâtiment. Jack ne bougea pas, grimaçant devant les murs inclinés aux briques fendues et calcinées.

Si Danny avait été là, les choses auraient été plus facile. Les gens appréciaient les chiens, même ceux qui avaient forme humaine. C'était une sorte de réaction instinctive devant la docilité et le nez mouillé qui mettait les personnes à l'aise en leur compagnie. Une des raisons pour lesquelles le Numitor les gardait avec lui, même si les prophètes se plaignaient et geignaient sur la qualité du sang et la domestication. Avec quelques chiens dans la meute, les humains livraient à la vieille ferme, venaient réparer le générateur lorsqu'il rendait son dernier crissement ou remettaient l'antenne en place afin que le Numitor ait sa dose de Netflix à temps.

Sauf que les chiens les aimaient en retour, leur travail, leurs villes et leurs livres. Loyaux comme un Jack Russell et aussi stupides quand il s'agissait de chercher la bagarre. Si – ou plutôt quand – le Numitor remettrait les loups à Gregor, il les mènerait au sud. Pas tout de suite ; il attendrait que l'hiver et le vent du nord arrivent. Jack connaissait son frère : Gregor préférait chasser dans l'ombre de Fenrir [5], en mordant dans les talons. Mais il viendrait, pour son plaisir, et si Danny était assez bête pour s'opposer à lui, Gregor le tuerait. Connaissant son frère, il le prendrait sans doute pour un simple chien errant.

Jack ne le laisserait pas faire.

Durant sa course hâtive jusqu'au mur, Danny ne lui était même pas venu à l'esprit. Mais une fois que la Nature Sauvage avait placé son odeur

5 Loup gigantesque, fils de Loki, dans la mythologie nordique.

sous son nez, il s'était rendu compte de sa bêtise. Danny facilitait toujours les choses et rien n'interdisait plus à Jack de le posséder.

À deux, la meute était réduite, mais elle n'en demeurait pas moins une meute. Jack ne serait plus seul et Danny serait protégé. Jack passa la main sur son menton, sa barbe naissante lui grattant la paume, et sa bouche se tordit avec ironie. Maintenant, il ne lui restait plus qu'à convaincre Danny. Le loup en lui râla, regrettant qu'il l'ait laissé partir l'autre fois, mais l'homme était plus avisé. Forcer Danny conduisait vite à la frustration ; il cédait facilement, mais une fois qu'on avait le dos tourné, il n'en faisait qu'à sa tête.

La pluie s'affaiblit enfin, son lourd rideau d'eau se transforma en crachin qui s'infiltra sous son haut et son jean. Elle sentait le pin et les montagnes, fraîche et propre sur sa langue, avec un arrière-goût d'eau de Javel et de gazole. Il lécha l'humidité sur le dos de sa main en enroulant la langue autour des jointures, et se demanda si le Numitor avait menti en disant que la Nature Sauvage s'amoindrissait dans les basses terres, ou si le phénomène était récent.

Au bout de la rue, la femme à laquelle il n'avait pas parlé plus tôt regardait dans sa direction avec les gros yeux effrayés d'une biche pourchassée. En croisant le regard de Jack, elle les détourna et donna un coup de coude à l'homme le plus proche.

— Trop bizarre, souffla-t-elle.

Ses efforts pour garder sa voix basse ne la rendirent que plus audible, ses mots sifflants faisant tressauter Jack. La main de la femme, dont les doigts ressortaient de sa manche en plastique trop longue, indiquait avec hésitation les bâtiments détruits ou les cadavres.

— Tu crois qu'il…

Il était temps de partir. Jack se poussa de la fourgonnette en adressant un sourire denté à la femme. Elle pinça les lèvres, se rapprocha des autres humains. L'instinct de horde. S'assurer par le nombre était comme à la loterie : plus il y avait de gens, moins votre numéro avait de chance d'être annoncé. Le prédateur, lui, s'en fichait ; dans tous les cas, il aurait son repas.

Jack inclina la tête vers le feu pour saluer ce vieux dieu renfrogné qui se fondait dans la braise, et continua dans la rue. Il s'était acheté une voiture à Newcastle, une Ford cabossée qui sentait dix ans de poisson frit, de frites et de bière, en échange d'une poignée de billets. Il s'en servait pour cacher ses vêtements et l'enveloppe chiffonnée de notes et de pièces d'identité que son père lui avait donnée à son départ du repère. Jack n'était peut-être plus de la meute, mais il restait un loup et le fils du vieil homme. Ce n'était pas rien.

Mais cela ne suffisait pas.

La voiture était garée dans une allée étroite, au bord du trottoir. Les bâtiments tout autour avaient des portes condamnées et les fenêtres brisées. Les éclats de verre, plantés en plein vol, brillaient vicieusement sous la lumière d'avant l'aube. La peinture s'écaillait sur les murs fissurés, formant des boucles vertes fragiles. Jack déverrouilla le véhicule et ouvrit la malle, avant de se déshabiller avec une vive impatience. Il roula ses vêtements en boule et les jeta à l'arrière de la voiture, sa vieille paire de tennis s'écrasant sur la moquette boueuse. La route sous ses pieds parut granuleuse et gelée. Il ferma enfin la malle et permit au loup de sortir.

Ses pattes étaient plus dures que les pieds, mais sous le nez du loup, la voiture empestait la vieille graisse *et* les flatulences, la frustration sexuelle, mélangés à la puanteur âcre de plusieurs années de marquages effectués par des chiens de passage. Il éternua devant le pneu et s'ébroua, puis se tourna et courut à grandes enjambées dans le noir. Il y avait peu de proies à chasser dans ce labyrinthe de murs et de ruelles, mais il trouverait bien quelque chose.

Comme toujours.

Plus tard, le ventre rempli de chat et de restes, Jack sommeilla dans la chaleur humide d'un magasin abandonné. Quelque part, il savait que le magasin était une sorte de boulangerie et que les *cronuts* rassis, ces beignets en forme de donuts, n'étaient pas de la nourriture pour loups, mais l'information semblait sans importance. Pas quand il pouvait simplement s'étaler, étirer ses pattes griffues sur les carreaux frais et se complaire dans son état ensommeillé et rassasié.

Avec un autre, cela aurait été mieux. Quelqu'un pour surveiller ses arrières, pour le laisser manger le premier, pour partager la chaleur et la satiété. Cette pensée s'installa au fond de son esprit, partagée entre l'envie du chien et de l'humain ; même si Jack se disait, avec une pointe d'humour, que son loup était plus attiré par les crocs et le jeu que par les poignées de boucles noires et les épaules élancées comme celles des lévriers. Tant mieux.

La tranquillité touchait pour l'instant à sa fin, et Jack se redressa difficilement. Il s'ébroua, poils et bave giclant partout, et passa son museau par la porte. La pluie s'était arrêtée, remplacée par un froid intense. Son souffle était plumeux et se déversait en fumée de sa gueule. En guise de salutation, le picotement du froid le fit tousser-aboyer avec un bruit sec et rauque.

La neige qu'il avait abandonnée en Écosse venait le retrouver, pressée par le défi de Surt de la veille. L'hiver se souciait peu qu'on marche sur ses plates-bandes.

Ravi d'avoir une fourrure, il poussa la porte d'un coup d'épaule et sortit. Les siens n'étaient peut-être pas touchés par le froid comme les humains, mais était-ce parce que les loups ne s'appesantissaient pas sur les choses immuables, ou parce qu'ils étaient si peu nombreux que le froid devait être très… froid… pour les blesser ? Difficile à dire. Quoi qu'il en soit, il n'en était pas plus plaisant, seulement plus supportable.

Durant la chasse, il se perdit au milieu du dédale d'allées et de rues qui formaient la ville. En baissant le museau, il renifla les pavés à la recherche d'une marque olfactive familière pour se repérer. Ce fut la peur vert citron d'un chat qui lui rappela la carte mentale de la ville. Il suivit sa trace qui s'effaçait. Il s'en tint aux ruelles et aux coins d'ombre, passa par l'arrière des jardins et traversa les parkings déserts et criblés de trous. Les humains, comme les chiens, ne voyaient généralement que le quotidien et supprimaient toute image incohérente, mais Jack ne voulait pas tenter le diable.

Pas quand la Nature Sauvage était si présente au nord. Même le quotidien pouvait sembler étranger avec un temps pareil.

— … *attaque de chien la nuit dernière. La police de Northumbria n'a encore fait aucune arr…*

Jack s'arrêta et rebroussa chemin. Sur les massifs boueux de la veille avait germé la neige, qui crissa sous son poids. Il s'appuya contre le flanc de la maison et écouta, mais le journal était déjà passé à un match de football annulé.

Il lui fallut dix minutes pour retourner s'habiller à la voiture, où une femme, pas si vieille, couverte de couches de loques et de papier, le fixait avec insistance pendant qu'il tirait son jean sur ses hanches tatouées. Elle rit et le siffla, en portant ses doigts crasseux à la bouche.

— En voilà un qui n'a pas froid aux yeux, gloussa-t-elle, en secouant la tête. Pour sûr cette vue m'a réchauffé mes vieux os bien mieux que le thé du refuge.

Jack éclata de rire. Ces dernières semaines, il était resté loup assez de temps pour que le son paraisse râpeux dans sa gorge. Après avoir passé la tête dans son haut, dont le coton mouillé sentait vaguement le moisi, il l'inclina vers la femme. De sa place, il sentait une odeur de genévrier, d'un mélange de malt et l'alcool vieilli, émaner de ses pores et de ses vêtements. Et en dessous, un parfum de pomme amère ; plus qu'un coup de froid, une maladie la rongeait de l'intérieur.

Vieille, malade, seule. La proie idéale. Mais elle l'avait fait rire.

— Vous devriez aller au sud, dit-il, en refermant vigoureusement la malle. Il y fera plus chaud. Pour un temps.

Elle ouvrit la bouche pour se moquer de son conseil, mais retint sa langue. Vieille, malade, seule, et assez mourante pour sentir la Nature Sauvage. Elle pinça les lèvres et le dévisagea une seconde, puis se dépêcha de partir en traînant les semelles usées de ses tennis sur le trottoir.

Jack enfouit ses clés dans sa poche et baissa son jean bien bas sur les hanches. Elle pouvait l'ignorer et mourir, ou l'écouter et mourir plus tard. La suite ne dépendait plus de lui. Il abandonna la voiture et alla se trouver un journal.

VI

Mme Patel ouvrit l'épicerie du coin comme chaque lundi. Elle portait un chapeau en laine et une doudoune rose, volée dans la garde-robe de sa fille, qui lui arrivait aux genoux. Malgré tout, elle ouvrait. Sa seule concession faite au temps fut une ouverture plus tardive, à huit heures du matin.

Ses prix avaient aussi augmenté. Pas sur les produits de base, mais un Milky Way coûtait maintenant quatre livres, et un rouleau de papier toilette douillet en valait dix.

— Vous avez le *Northern Echo* ? demanda Danny, en se frottant les mains et en sautillant d'un pied sur l'autre.

À l'extérieur, il faisait un froid de canard, et dangereusement lumineux. Le ciel était blanc comme une feuille de papier.

— Ou bien le *Journal* ?

Mme Patel plongea une main sous le comptoir et en sortit un journal. Il avait été roulé en tube et entouré de film alimentaire. Elle le tapota contre la table.

— Un soixante-quinze.

Il dut avoir l'air surpris. Elle haussa les épaules et saisit sa tasse de thé, noire et fumante, pour en boire une gorgée.

— Regardez le prix sur l'ours. Les coûts de production ont augmenté. Et ils continuent de vendre.

Danny enfouit la main dans la poche de sa veste et attrapa de la monnaie, les pièces impossibles à identifier avec ses doigts engourdis. Il en sortit une poignée et compta avec des pièces de vingt et cinquante pence.

— La connexion internet ne fonctionne toujours pas.

Mme Patel leva les yeux au ciel.

— Je sais, je sais, dit-elle, en balayant la monnaie dans sa main emmitouflée. Mes garçons n'arrêtent pas de s'en plaindre. Adil a fait une longue marche jusqu'à l'université hier, parce qu'il a entendu dire que la salle informatique jouissait d'une connexion stable. Tout ça pour envoyer un e-mail à sa petite amie.

— Est-ce qu'elle va bien ?

Elle pinça les lèvres et répondit d'un haussement d'épaules éloquent. Qui sait, disait-il. Danny craqua et s'acheta une barre de chocolat avec une boîte de corned-beef, puis les fourra tous les deux dans les poches de sa veste. Derrière le comptoir, Mme Patel se versa du thé de son thermos. Elle frissonna lorsqu'il ouvrit la porte et laissa le froid pénétrer dans la boutique.

Il avait neigé, plu et ainsi de suite, laissant les rues pleines d'éclats pointus de glace grise et crasseuse et de neige fondue. Les flaques sur le trottoir, couvertes d'une couche aussi fine que du sucre, craquaient lorsqu'on marchait dessus. Il y avait eu des chutes de neige, et la radio avait préconisé aux plus vulnérables de rester à l'abri, mais cela ne pouvait durer qu'un temps.

Danny releva sa capuche, dont les côtés refusaient d'assourdir ses oreilles, et essuya la buée sur ses verres avec les poings. Lorsqu'il y vit plus clair, il arracha le film alimentaire du papier qu'il enfonça dans sa poche. Malgré toutes ces précautions, le papier en dessous semblait humide. Ou peut-être était-ce seulement le froid. Il le secoua et essaya de se souvenir la dernière fois qu'il avait acheté un journal. Certainement à l'époque où il vivait encore en Écosse et s'achetait l'hebdomadaire en faisant ses courses à l'épicerie/garage/pub du village. Jusqu'à tout récemment, il s'était tenu informé grâce aux actualités sur son portable, fournies avec de gros titres et une alarme bien pratique pour le prévenir de leur existence. Mais sans Internet et avec une 3G d'un e-mail à l'heure, un retour à l'encre et au papier s'imposait, pour l'instant.

« La vague de froid continue ! » annonçait le titre au-dessus d'une photo d'icebergs fondus qui flottaient sur la Tyne. Danny le survola, par habitude. Il y avait eu des tornades dans les Cornouailles, les météorologues n'avaient toujours pas d'explication, et David Cameron avait déclaré l'état d'urgence. Il passa le reste du journal en revue tout en marchant, en relevant occasionnellement la tête pour s'assurer qu'il ne fonçait pas droit dans un réverbère ou dans la circulation. Peu de voitures roulaient encore avec des routes effondrées ou submergées partout à travers la ville, mais quelques automobilistes têtus avançaient encore au ralenti sur les flaques.

Roberta Blackman-Woods, la députée locale, avait publié un communiqué encourageant tout le monde à conserver son calme et à s'aider de ce « courage qu'on connaît au Nord » pour traverser la crise. Les habitants des campagnes étaient quant à eux priés de rester à l'abri et d'appeler les forces aériennes qui survolaient la zone en cas de nécessité.

Le vent tira la page d'un coup sec tandis qu'il la tournait avec ses doigts rougis.

Un étudiant de Durham en Grèce rapportait au journal qu'à défaut de se noyer, les habitants y cuisaient sous le soleil. Le pays connaissait une vague de chaleur sans précédent qui causait des incendies et privait d'eau des milliers de gens dans les villes et les villages.

La rubrique sportive était réduite à un examen rétrospectif des exploits de l'an dernier à la même période de l'année et à une interview avec Steve McClaren, l'entraîneur des Magpies, l'équipe de football de Newcastle, sur les projets de l'année prochaine. La rubrique « À vendre » était remplie d'espaces vides.

Le jour qui avait suivi sa découverte du cadavre, l'affaire avait fait la une. Trois jours et deux tempêtes de neige plus tard, elle était réduite à quatre-vingt-dix mots sans illustration, sur la huitième page : « L'enquête continue sur la mort tragique d'une femme non identifiée retrouvée à Durham, la nuit de mardi dernier. La police n'a pas encore confirmé les causes du décès, mais un résident de la région, Mark Franklin, celui-là même qui avait trouvé le corps, suggère une attaque d'animal. Depuis le début de la crise actuelle, on constate qu'elles sont en hausse à travers le comté. La police refuse de se prononcer sur cette théorie, mais auparavant, elle avait déjà encouragé les propriétaires à adopter un comportement responsable vis-à-vis de leur animal. »

Le premier reportage incluait une image basse résolution de l'arrière-train de Danny passant à travers la palissade. C'était un portrait-robot, mais cela avait suffi pour le convaincre d'avoir bien fait de ne pas attirer l'attention du Numitor sur la situation. Tuer un humain était beaucoup moins grave qu'exposer la meute. Bien qu'en se gardant de mentionner l'endroit exact où le corps avait été découvert, la presse ou la police, semblait essayer de passer le meurtre sous silence.

Il referma le journal et leva les yeux pour tourner à l'angle de sa rue. Une voiture de police était garée à l'extérieur de l'immeuble, grosse et bancale sur ses pneus chaînés. Danny s'arrêta net, en trébuchant, et sentit l'amertume du yaourt qu'il avait mangé à midi remonter dans sa gorge.

Cours. Les pensées du chien lui contractèrent les muscles des jambes. *Cours et cache-toi.*

Danny immobilisa ses genoux pour s'éviter de trembler d'empressement. Impossible qu'ils le connectent – lui qui se tenait debout sur deux jambes et achetait des journaux – au chien miteux vu à quelques mètres de là. Ils pouvaient demander à n'importe qui ; il n'était même pas aimé des chiens. Il lécha ses lèvres gercées, sa salive piquante, et plaça le journal sous son bras avant de traverser la route.

La police venait sûrement pour la voiture, toujours garée sur le trottoir, qui arborait maintenant un postiche de glace sur son toit. L'idée ne le rassurait pas particulièrement. Il haussa les épaules et avança vers le bâtiment. À l'instant où il poussa la porte d'entrée, il entendit un hurlement.

— *Salaud !* criait Jenny, prise entre la rage et les gargouillis glaireux des pleurs. *Enfoiré ! Sors d'ici !*

Danny se mit à courir et monter l'escalier en sautant des marches jusqu'à l'étage suivant. La capuche de sa veste s'abaissa en se gonflant autour de son cou. Il s'arrêta sur le palier et manqua de renverser une policière qui se tenait devant l'appartement de Jenny. La femme fronça les sourcils.

— Monsieur ? Je peux vous aider ?

Nerveux, il bégaya, puis remonta anxieusement ses lunettes sur son nez.

— Non. Je veux dire… J'ai entendu mon amie crier et j'ai cru qu'il se passait quelque chose. Je ne savais pas que vous étiez là…

— Tu m'as trompée, espèce de salopard !

Les pleurs prenaient le dessus dans l'appartement de Jenny.

— Casse-toi de chez moi !

— M'dame, calmez-vous, s'il vous plaît. Vous ne nous facilitez pas la tâche, dit un inconnu.

Sa voix ressemblait à celle de Jack ou du Numitor, la voix au calme maîtrisé d'une personne qui revendiquait l'autorité.

— Écoute-le, lâcha Brock. Sale tarée. Éloignez-la de moi !

— C'est bon, lâchez-moi, je ne vais rien faire, c'est bon ! Je pars. Tu as intérêt à dégager avant que je revienne.

Jenny sortit en trombe de son appartement en jetant rageusement un sweat à capuche de l'université de Durham sur ses épaules. Son visage était si pâle que ses rides semblaient dessinées à l'encre, et ses yeux rouges et remplis de larmes. Elle trébucha en voyant Danny et grimaça toute une multitude d'émotions embarrassantes.

— Et toi, qu'est-ce que tu veux ? demanda-t-elle en s'essuyant le nez avec le dos de sa main. Qu'est-ce que tu fais là ?

— Je t'ai entendue crier, répondit Danny, avant de jeter un regard gêné à la policière. Je voulais m'assurer que tu allais bien.

43

Elle le fusilla du regard, s'essuya à nouveau le nez et renifla violemment.

— Je vais bien. Content ?

La policière s'éclaircit la voix.

— Peut-être devriez-vous aller avec monsieur… ?

— Fennick. Danny Fennick, dit-il docilement.

— M. Fennick. Nous avons encore quelques questions à poser à M. Davies pour notre enquête. Une fois que ce sera fait, nous pourrons le raccompagner.

Cela lui prit un moment, mais Jenny opina finalement, ses cheveux retombant autour de son visage. Elle baissa les manches sur ses bras et avança d'un pas raide vers l'escalier en passant devant Danny.

— Très bien. Mais… faites-le sortir de mon appartement.

Elle monta à l'étage en tapant des pieds et s'adossa au mur le temps qu'il sorte ses clés. Danny haussa les épaules en guise d'excuse et poussa la porte qui, déjà déverrouillée, s'ouvrit.

— Bon sang, Danny, quand apprendras-tu à verrouiller cette satanée porte ?! lança-t-elle, ravivant une vieille dispute du temps où ils habitaient encore ensemble. Tu n'es plus dans le trou paumé au fin fond de la cambrousse irlandaise où tu as pu grandir.

— Je suis écossais, pas irlandais, lui rappela-t-il, et d'un signe de la main, il l'invita à entrer avant de fermer derrière eux. Veux-tu…

— Non. Je ne veux pas d'une tasse de thé ou d'un biscuit, ou d'une boisson fraîche ou… rien d'autre. Je veux juste m'asseoir là et attendre que Brock dégage.

Elle marcha fébrilement jusqu'à la pièce principale et s'assit avec force sur le canapé, les coudes posés sur ses genoux et la tête enfouie dans ses mains. Danny lui sortit malgré tout une cannette de jus d'orange du réfrigérateur et la glissa sur la table, devant elle. L'eau perlait sur ses côtés en étain et formait une petite flaque sur la table.

— Oh, bon sang, dit Jenny, sa voix à nouveau tremblante de larmes. Ne sois pas gentil avec moi, d'accord ? Je ne peux pas…

Sa voix se cassa et elle s'essuya les yeux avec la manche, en frottant impatiemment. Danny s'assit à ses côtés et attendit qu'elle se calme. Elle redressa enfin le dos et tendit le bras vers la cannette, tira sur l'anneau et but la moitié du contenu.

— Vas-y, lança-t-elle, en étouffant un rot. Dis-le.

— Quoi donc ?

— « Je te l'avais bien dit », chantonna-t-elle amèrement. Brock était un connard. Je n'aurais jamais dû te quitter.

Danny ouvrit la fermeture éclair de sa veste et l'enleva en bougeant les épaules, le poids de la boîte de corned-beef l'emportant du canapé au sol. Il se gratta la nuque, ses boucles étaient humides de sueur malgré le froid.

— Je te l'avais bien dit, lança-t-il à la légère. Et sinon, qu'est-ce que j'ai dit, exactement ?

Elle prit une autre gorgée de son jus, posa la cannette en équilibre sur son genou, puis fronça les sourcils lorsqu'elle se mit à jouer avec l'anneau. Le métal faisait « clic, clic, clic » entre son ongle et le haut de la cannette. Des gouttes de jus d'orange rebondissaient et giclaient sur la table basse.

— La fille qui a été tuée, dit-elle, en haussant la voix, comme s'il risquait de ne pas l'entendre. C'est sa voiture, à l'extérieur.

Danny n'était pas très doué en mensonges. Mentir ne lui aurait servi à rien, en grandissant, pas quand les gens autour de lui pouvaient sentir le mensonge sur sa peau. Heureusement, Jenny fixait toujours le canapé, comme si les réponses étaient gravées sur ses bords, alors son fragile « Oh ? » passa sans contestation. Elle hocha fermement la tête, son menton heurtant le col de son sweat.

— Ouaip, et apparemment, c'est pour coucher avec Brock qu'elle était là, lâcha-t-elle sur un ton furibond, avant de rentrer la tête dans ses épaules avec un frisson. Mon Dieu, je ne peux même pas lui en vouloir, à cette peau de vache. Elle est morte.

Par habitude, Danny voulut passer un bras autour de Jenny, mais il se ravisa. À la place, sa main retomba maladroitement sur son épaule.

— Je suis désolé.

— Ne le sois pas. Après tout, je t'ai trompé. On récolte ce qu'on sème.

Danny la secoua un bon coup.

— Arrête ça. Ce n'est pas pareil.

Elle leva la tête, repoussant ses cheveux de ses yeux rouges.

— Pourquoi pas ? Ça me donne la même impression. L'impression de le mériter.

Il céda et la serra dans ses bras, puis déposa un baiser rapide sur son front. Ses cheveux étaient épais et raides contre ses lèvres.

— Ne sois pas bête. Ça ne marchait plus entre nous et depuis un bon moment, voilà tout. Tu as simplement eu le courage de débrancher.

Jenny s'appuya contre lui et reposa sa tête sur son épaule.

45

— Ça allait entre nous.

— Nan.

Elle renifla.

— Bon sang, Danny, peut-être que mon père avait raison et que j'aurais dû le laisser me brancher avec quelqu'un.

Il posa le menton sur sa tête.

— Je doute que ton père et toi ayez les mêmes goûts en matière d'hommes, chérie. Je ne l'ai jamais vu me faire de l'œil.

Ses épaules tressautèrent sur un petit rire, puis elle s'arrêta pour secouer la tête.

— Je ne peux pas rire. Cette pauvre femme. Elle ne méritait pas de mourir simplement parce qu'elle baisait avec mon petit ami. Ex. Ex-petit ami.

Jenny se redressa, glissa d'entre ses bras et dégagea les mèches sur son visage. Elle passa distraitement les doigts dans les nœuds qu'elle avait créés en pleurant dedans et se mit à les dénouer un par un.

— Je devrais aller voir s'ils en ont terminé, dit-elle à contrecœur. M'assurer qu'il soit bien parti.

— Tu veux que je vienne aussi ?

Jenny inspira profondément par le nez.

— Oui, dit-elle, en esquissant un presque sourire de ses minces lèvres. J'apprécierais que tu viennes. Ça te dérange si j'utilise d'abord ta salle de bain pour me débarbouiller ?

— Bien sûr que non.

Elle le remercia d'une tape sur la cuisse et se leva, choisissant de longer longuement la table basse pour éviter de passer par-dessus ses jambes. Cela sembla distant. Danny réprima ce désir ardent et nerveux d'y remédier, de l'attirer sur ses genoux pour un câlin jusqu'à ce qu'elle se détende, puis la relâcher.

Cela aurait été injuste. Il aimait Jenny, mais il n'en était pas *amoureux*. Peut-être les prophètes avaient-ils raison de croire que les humains et les loups étaient incapables de vivre en harmonie sur le long terme. Il aurait préféré que ce soit le cas, mais il était certain que c'était surtout à cause de ce qu'il devait lui cacher. En cinq ans, ils étaient passés d'amis, puis amants, à… cela… et Jenny ne connaissait toujours pas ses origines, elle n'avait jamais rencontré sa mère ou ses sœurs – bien que ce fût à cause de leur horrible caractère plutôt qu'à cause de leur forme de louves – et elle ne l'avait jamais vu en chien.

Il ne craignait pas que le Numitor apprenne son infraction aux lois, mais il refusait malgré tout d'être honnête avec la jeune femme. Jenny n'aurait pas apprécié ce genre de changement dans sa vision du monde. Les extra-terrestres, peut-être. Cela passait encore. Les dieux, les loups et la magie ancestrale de la Nature Sauvage ? Pas tellement.

— Oh, mon Dieu ! s'exclama-t-elle de la salle de bain. J'ai l'air d'un panda en colère ! Bon sang, tu aurais pu me le dire.

VII

Jenny fourra toutes les affaires de Brock dans un sac réutilisable : ses jeans, ses hauts et une vieille paire de tennis dont l'odeur fit grimacer Danny, même sous sa forme humaine. Elle débrancha violemment la Xbox de la télévision et l'emballa, en l'entourant grossièrement de ses câbles.

— Besoin d'un coup de main ? demanda Danny en s'appuyant contre la porte, les mains dans les poches.

— Non, lança-t-elle sèchement, en jetant la console dans le sac à moitié vide. Je n'ai besoin d'aucune aide. Je ne suis pas *malade*.

Une fois la salle de bain et la cuisine débarrassées, il devint clair que Brock avait amené assez d'affaires pour remplir cinq sacs. Jenny en attrapa trois et sortit sur le palier. Danny saisit les deux derniers et la suivit jusqu'au rez-de-chaussée, en ralentissant ses foulées pour éviter de la dépasser dans l'escalier.

— La police a-t-elle dit autre chose sur elle ? demanda-t-il.

Les sourcils froncés, Jenny le regarda par-dessus l'épaule et manqua de glisser sur l'une des marches encore mouillées. Il la retint par l'épaule.

— Sur les circonstances de sa mort. Est-ce qu'ils pensent que Brock est impliqué ?

Ses sourcils se connectèrent.

— Quoi ? Non, bien sûr que non, rien à voir. C'était une attaque de chien, d'après les journaux. Ils voulaient seulement savoir pourquoi il n'était pas venu se présenter à eux. Apparemment, c'est parce qu'il est un connard de lâche.

C'était sans doute peu admirable de sa part de trouver cela regrettable. Danny savait Brock innocent, mais si la police avait cherché dans une autre direction, il aurait été plus rassuré. Juste au cas où la vérité ne serait pas à leur goût.

Elle atteignit l'entrée. Danny s'attendait à ce qu'elle y laisse les sacs. À la place, elle ouvrit la porte d'un coup de hanche et les jeta dehors, vêtements et jeux de Xbox s'étalant sur le béton boueux.

Il avait commencé à neiger, de gros flocons blancs volaient doucement du ciel et fondaient sur la couverture de *Saints Row*.

— Tu sais qu'il attend dans sa voiture, dit Danny.

Il fit un signe de la tête vers la Nissan Qashqai toute cabossée garée dehors, dans la rue, à l'endroit où s'était trouvé le véhicule de la femme retrouvée morte. La police avait dû venir le chercher.

Jenny afficha un large faux sourire et lui tendit la main. Danny haussa les épaules et lui tendit les sacs, puis il la regarda les jeter, eux aussi. Cette fois, elle avait pris assez d'élan pour qu'ils viennent taper contre le muret, renversant leur contenu sur la bande de terre boueuse et longée d'arbustes.

— C'est quoi ce bordel ? hurla Brock qui bondit de sa voiture.

Il traversa la place de parking en courant, sauva un sous-vêtement de l'étreinte épineuse d'un arbuste dénudé par le froid et le secoua devant Jenny. Sa peau pâle s'était empourprée, détonnant avec le blond-roux de ses cheveux coupés court.

— Ce sont *mes* affaires ! Qu'es-tu en train de faire ?!

— Je les sors de *mon* appartement, dit-elle, en claquant sa main pour l'éloigner, avant d'enfoncer un doigt dans sa poitrine. Connard de gigolo !

Brock pouffa de rire.

— Je te rappelle que tu n'es pas mieux. Et le p'tit Danny n'a pas étalé tout ton bordel sur le trottoir, lui, lança-t-il avant de fixer Danny avec un sourire en coin. Non pas qu'il ait les couilles pour…

Alors qu'il regardait ailleurs, Jenny le frappa. Ce n'était pas une gifle en plus : elle leva le poing, qui rebondit sur son menton. Brock chancela et perdit l'équilibre, en se tenant la mâchoire d'une main.

— Moi au moins, je n'ai pas laissé une pauvre fille traîner sans nom à la morgue, lança Jenny, en clignant des yeux pour débarrasser ses cils de la neige. Pars, Brock, et ne reviens jamais.

Une des fenêtres de l'immeuble s'ouvrit et en sortit une tête lisse comme une boule de billard, dont la brillance suggérait le travail du rasoir et non de la nature.

— Qu'est-ce qui se passe là-dessous ? cria l'homme en ignorant la compagne qui tentait de le retenir. Fermez-la et continuez à l'intérieur.

Sans tenir compte de son conseil, Brock attrapa Jenny par l'épaule et la secoua, ses cheveux noirs volant autour de son visage.

— Comme si tu te souciais d'elle, espèce de sale pleurnicharde égoïste !

— Lâche-la, grogna Danny, le chien furieux dans son ton.

Il saisit le poignet de Brock et y enfonça les doigts, écrasant le nerf contre l'os. La douleur et la surprise détendirent la prise de Brock et Jenny se dégagea. Elle recula en titubant, les yeux écarquillés et étonnés. Danny poussa Brock presque négligemment, l'envoyant s'étaler de tout son long sur ses habits. La colère occupait un espace gris et vif dans sa tête, lui faisant si mal aux dents qu'il dut serrer la mâchoire pour les empêcher de s'allonger. Le chien se disait que Brock n'avait pas besoin de sa gorge. Les poings fermés, Danny enfonça ses phalanges dans ses cuisses et repoussa la transformation. Il resserra les dents, refusant de les laisser devenir des crocs.

— Tu as entendu Jenny. Casse-toi.

Brock le fixait, le visage inexpressif tandis qu'il tentait de comprendre comment il avait pu perdre aussi facilement. Puis, il éclata de rire et se redressa en s'essuyant les mains sur son jean. Il marcha de manière arrogante vers Danny, tout en épaules et en agressivité.

— Ou bien quoi ? demanda-t-il. Tu crois que j'ai peur de toi, espèce de petit merdeux ?

Il gifla Danny. La chaleur du coup lui fit comprendre à quel point il faisait froid. Le jeune homme leva la main et réajusta ses lunettes, un mouvement délibéré pour détendre les muscles crispés dans ses bras et ses épaules.

— Ne fais pas ça ! geignit Jenny. Brock, ne lui fais pas mal !

L'agacement monta dans son dos, jusqu'à sortir de sa bouche :

— Touche-moi encore une fois et je te brise les doigts.

Une lueur traversa le regard de Brock, une sorte de bref instinct de danger. Qui ne dura pas. Un sourire retroussa ses fines lèvres sur ses dents et il s'élança vers Danny en se baissant pour lui rentrer dans le ventre avec l'épaule. Cette fois, tous deux s'effondrèrent pour se bagarrer dans la boue. Danny ne ménageait pas ses poings et absorbait la plupart des coups de Brock sans broncher.

Plus jeune, il se battait avec des gens qui ne retenaient pas les leurs et pensaient qu'être un chien faisait de lui leur punching-ball. Les petits coups d'un connard arrogant comme Brock ne risquaient pas de le ralentir.

Puis, Brock empoigna ses cheveux et frappa sa tête contre le béton. La douleur se diffusa dans le crâne de Danny, le rouge se para de noir et il perdit le contrôle de sa rage. Ses doigts se crispèrent et Brock recommença. C'était plaisant de laisser glisser la laisse d'entre ses mains.

— Putain de loser, lui siffla Brock au visage, ses postillons chauds contre les joues de Danny, tandis qu'il se préparait à le frapper à nouveau à la mâchoire.

Clignant encore des yeux pour éclaircir sa vision, Danny arrêta le coup de Brock en plein vol. Il entoura la main de l'homme de ses longs doigts, sentit l'impact des phalanges qui s'enfonçaient dans sa paume, et serra. La peau céda et les os craquèrent, faisant blêmir le visage rougi de colère de Brock.

— Je te l'avais bien dit, marmonna Danny. Que si tu ne partais pas, j'allais te briser les doigts.

Il resserra la prise, sentant résister les jointures poussées dans le sens contraire, tandis que Brock s'égosillait. Avant qu'il ait pu tenir sa promesse, quelqu'un lui arracha le rouquin. Danny grogna de frustration, remit brusquement ses lunettes, se redressa difficilement et tomba nez à nez avec Jack.

Les vieilles habitudes devant la hiérarchie le prirent comme des dents par la peau du cou, mais il s'y opposa avec ressentiment.

— Je n'avais pas besoin de ton aide, jeta-t-il, en retirant son coude des mains de Jenny.

Jack haussa les épaules et relâcha Brock, qui glissa sur le capot d'une voiture gris métallisé. Des empreintes violettes ressortaient sur sa peau, alors qu'un bleu se répandait lentement sur ses phalanges.

— Ne vois pas ça comme de l'aide, lança Jack. Dis-toi plutôt que je n'ai pas envie de rester dans le froid pendant que vous vous roulez dans la boue. À quand remonte ton dernier coup de poing ? C'était pathétique.

Brock lâcha une sorte de grognement qui se transforma en jurons.

— Ce putain d'enfoiré m'a broyé la main.

— Tant mieux, dit-il cordialement, en tapant Brock à l'épaule assez fort pour le faire chanceler. Moi, à sa place, je t'aurais bien brisé les deux jambes. Au moins, il n'a pas complètement oublié comment on se bat.

— Va te faire enculer, lâcha Brock.

Jack le toisa de haut en bas avec la plus grande attention. Ses lèvres se retroussèrent avec un mépris qu'il ne prit même pas la peine de cacher.

— Je ne crois pas, non.

Il lui tourna le dos et prit Danny dans une ferme étreinte, sans tenir compte du tremblement nerveux dans ses muscles tendus. Il posa la main sur sa nuque, son pouce trouva ce creux tendre derrière son oreille et il frotta sa joue rugueuse contre le cou du jeune homme.

— C'est toujours aussi bon de te revoir, Danny. Encore à chercher des bagarres que tu ne peux pas gagner ?

— Qu'est-ce que tu fais ici, Jack ? marmonna-t-il.

51

Le grognement ne quittait pas la gorge du jeune homme, or il savait que Jack pouvait l'entendre, sentir sa vibration contre sa joue.

Le besoin d'occuper ses mains – ou l'habitude du geste – le poussa à passer un bras autour des épaules larges et solides de Jack. Agréables, minces et assez dures pour blesser. Les loups n'étaient pas très *confortables*.

— Je t'ai dit que je n'avais pas besoin d'une meute.

Il sentit un rapide éraflement de dents sur son cou, des dents pointues comme des couteaux, et en réponse, ses testicules se serrèrent.

— Et moi, je te dis que si, affirma Jack.

Il ne tenta même pas de cacher son air suffisant. Relâchant enfin Danny, il recula d'un pas, son bras toujours accroché de manière décontractée aux épaules du jeune homme.

— Alors, tu comptes me présenter ou pas ?

C'était stupide de sa part, mais il se laissa charmer. Irriter aussi, mais après tout, c'était Jack. L'arrogance et l'impudence faisaient autant partie de lui que les dessins à l'encre noire sur sa peau ou ses yeux verts. Danny regarda discrètement Jenny qui les observait, bras croisés, avec un air perplexe. La neige qui tombait maintenant en bourrasque rendait leur souffle blanc et frais à la sortie de leur bouche. Jenny frissonna. Danny supposa tardivement que lui aussi aurait dû trembler. À la place, il lui afficha un sourire en coin.

— Jack, Jenny, dit-il. Jack est un vieil ami d…

— D'Écosse, termina Jenny.

Sa voix chevrotait de froid. Elle se frottait les bras pour essayer de devancer la chair de poule.

— J'ai deviné à l'accent. Écoute, Jack, comme tu peux le voir, ce n'est pas le bon moment.

Jack resserra ses puissants doigts autour des épaules de Danny et les enfonça dans les nœuds de ses muscles tendus. L'odeur bien distincte d'ozone de la neige fut chassée par un vent de nature teinté d'un vert persistant.

— D'éloigner ce loser de Danny, tu veux dire ? lança Jack, dont la voix s'était faite sombre et aussi épaisse que la fourrure. J'imagine que j'interrompais peut-être un truc entre eux, mais il peut faire mieux que ça. Chérie, il en a pris des plus grosses, si tu savais.

L'insinuation n'était aucunement subtile, mais Jenny sembla simplement troublée. Danny éprouva un pincement de culpabilité avec l'ignorance de la jeune femme. Il repoussa Jack et glissa sous son bras. La neige fondait en tombant sur le béton mouillé mais, sur les vêtements jetés par terre, elle formait de petites congères.

— Nous devrions rentrer, dit Danny. Une tempête arrive.

— C'est l'hiver, le corrigea Jack, le regard pointé vers le ciel. Et elle est déjà là.

Danny ne souhaitait pas le contredire ici et maintenant. Il se tourna vers Brock et réajusta tout aussi machinalement ses lunettes.

— Fous le camp, Brock.

Pliant et dépliant ses doigts avec précaution, Brock s'aida de ses hanches pour se pousser de la voiture. Il jeta un regard à Jenny par-dessus l'épaule de Danny.

— Réfléchis-y à deux fois, Jenny, la menaça-t-il. Si je pars, c'est pour toujours.

— Tant mieux, lança-t-elle vivement.

Le visage de Brock se tordit d'une vile émotion.

— Alors, va te faire voir, lui dit-il, ses yeux pâles passant à Danny. Tu crois qu'elle veut te reprendre, pauvre sac à merde ? Quand on couchait derrière ton dos, on rigolait bien du binoclard à la bite molle que tu es.

Ses doigts le démangeaient, mais cette fois, Danny se maîtrisa.

— Tu aurais mieux fait de te concentrer sur ta queue et moins sur les blagues, lança Jack. Elle ne t'aurait peut-être pas quitté.

Brock lui fit un doigt d'honneur.

— Je me souviendrai de ta tronche, connard d'Écossais.

— Ah ? dit Jack.

Son sourire n'avait plus rien d'humain, il ne restait que la faim du loup derrière ses dents.

— Oh, ne t'inquiète pas, tu ne le verras pas venir.

Brock se résigna. Il ne savait peut-être pas pourquoi, mais une partie de son cerveau postérieur, qui ne s'était pas éveillée lors de sa confrontation avec cet universitaire agaçant, lui conseillait maintenant de prendre ses jambes à son cou. Il n'eut même pas à faire le choix le plus judicieux, seulement celui qui avait évité à ses ancêtres les singes de se faire dévorer avant de pouvoir procréer avec un congénère.

— Tu vas le regretter ! lâcha-t-il, en attrapant sa Xbox et une poignée de vêtements. Je vous souhaite de geler jusqu'à la mort !

Brock s'éloigna en passant par le parking, ses bottes glissant sur la neige fondue. Danny n'avait pas réalisé à quel point elle s'était épaissie, jusqu'à ce que Brock y disparaisse et devienne une simple ombre, puis le vrombissement métallique d'un moteur.

— Allons-y, dit-il, en passant une main dans ses cheveux gelés. Ne lui faisons pas ce plaisir.

VIII

JACK S'ÉTALA de tout son long sur le canapé placé dans le salon de Danny, avec une botte posée en équilibre sur l'accoudoir. Le denim usé et le coton délavé épousaient les courbes et creux de son corps. Danny détourna son regard des parcelles de peau visible entre le jean et le tee-shirt. C'était encore plus perturbant que s'il avait été nu.

Le souvenir, net et fauve, du loup nu et tatoué émergea de son subconscient. La respiration de Danny se bloqua dans sa gorge, sèche et irritée à cette seule pensée. Peut-être devrait-il tout simplement arrêter de penser au corps de Jack et au fait que le lit se trouvait à six pas, une porte et un saut de là. Il regarda par la fenêtre, dont la vitre n'affichait qu'un champ blanchi par la tempête de neige, comme si le froid extérieur allait rafraîchir son désir.

C'était vain. Danny serra les dents, s'éclaircit la voix et attendit, jusqu'à ce que Jack bâille, s'étire avec nonchalance et entrouvre un œil.

— Qu'est-ce que tu veux, Jack ?

Il y eut un blanc, Jack admira Danny de la tête aux pieds, ses lèvres formant une courbe suggestive.

— J'ai bien quelques idées en tête, dit-il, ses yeux retrouvant enfin le visage de Danny. Un merci, pour commencer.

Sa requête lui hérissa le poil. Il n'avait pas besoin qu'on l'aide ; il n'avait pas *demandé* son aide. Du moins, pas pour amocher Brock : Jack avait dû mettre fin à l'altercation pour éviter à Danny de perdre le contrôle et de tuer l'autre homme. Inspirant profondément, il se força à baisser les épaules. La tension accumulée formait un nœud brûlant dans sa nuque qu'il ressentit lorsqu'il s'inclina avec raideur. Il retombait déjà dans ses vieilles habitudes et fuyait le regard de Jack, préférant reporter son attention sur les contours peu soignés de sa mâchoire.

— Merci, souffla-t-il, en tentant d'être convaincant. Comment m'as-tu retrouvé ?

Jack haussa les épaules.

— Un chien mouillé, ça pue.

L'agacement lui pinça les lèvres, mais il se dit qu'il l'avait bien cherché en posant la question. De plus, c'était un chien. Il avait arrêté de prétendre le contraire depuis fort longtemps. Sa remarque parut tout à coup moins cinglante.

— Bon, se corrigea-t-il, alors, *pourquoi* es-tu là ?

Jack haussa les épaules sans quitter sa place ou bouger le reste de son corps.

— Je te l'ai déjà dit. Tu fais partie de la meute.

— Ce n'est pas la vraie raison.

D'un seul mouvement fluide, Jack roula du canapé et se releva. Il réduisit la distance qui les séparait en deux enjambées et viola subitement l'espace vital de Danny. Il fut alors *très* difficile pour ce dernier de se montrer insensible devant tous ces muscles saillants et cette peau tatouée. Jack referma une main rêche sur le cou du jeune homme et appuya le pouce contre la bulle qui pulsait juste en dessous la mâchoire. Danny rejeta la tête en arrière par instinct et jura intérieurement lorsqu'il se rendit compte qu'il dévoilait sa gorge. Tant qu'à faire, autant tomber à genoux devant lui pour lui lécher le ventre. Le geste aurait été plus discret.

Un bas grognement de satisfaction s'échappa de Jack devant cette preuve de soumission.

— Bon garçon.

Danny baissa violemment le menton, la chaleur lui montant aux joues, et il lança un regard noir à ces yeux verts.

— Fous-moi la paix.

— Tu as la langue bien pendue, remarqua Jack.

Sa bouche marqua une ligne droite et d'un doigt, il poussa doucement les lunettes sur l'arête du nez de Danny.

— Mais elle l'a toujours été, n'est-ce pas ?

Lorsque Danny déglutit, il sentit sa pomme d'Adam se heurter à la paume de l'autre homme. Il recula contre le mur et regarda Jack de haut. C'était étrange – comme toujours – de penser qu'il était plus grand que le Prince Loup. À l'époque où il vivait encore en Écosse, il avait vaguement l'impression de le trahir avec ses centimètres en trop.

— Allez, Jack, dis-moi ce qui se passe. Qu'est-ce que le Prince Loup vient faire à Durham ?

— Je t'aime bien, Danny… souffla Jack, en appuyant le pouce sur le point de pression du jeune chien.

La chaleur se diffusa en lui, lui serrant fortement le bas du ventre. Ou les testicules, s'il voulait être honnête. Un sourire s'étira sur le visage de Jack ; il avait deux couteaux.

— Mais la dernière fois qu'on t'a donné le droit de me répondre remonte à belle lurette.

Danny leva les yeux au ciel, puis croisa le regard de Jack.

— Je suis un chien, Jack. Je n'ai jamais eu le droit de te répondre. Mais je le faisais malgré tout.

Une lueur de malice brilla dans les yeux du loup et il glissa la main autour du cou de Danny, jusqu'à sa nuque. Ce geste, plus que sa prise étouffante, servait avant tout à le dominer, comme s'il prenait un chiot par la peau du cou. Le jeune homme émit un début de grognement, mais le son se perdit dans sa gorge lorsque Jack le rabaissa de quelques centimètres pour un baiser.

Ses lèvres étaient charnues et légèrement rêches, gercées par le froid, et le baiser fut impatient, presque violent. La monture des lunettes de Danny s'enfonça dans sa joue, ses verres s'embuèrent avec leur respiration. Il poussa un son grave – il n'aurait pas su dire s'il était apeuré ou avide, même avec un couteau sous la gorge – tandis que Jack entortillait ses doigts dans les cheveux du jeune homme.

Juste au moment où la chaleur commençait à éclater dans le ventre et les bourses de Danny, Jack se servit de ses boucles comme d'une laisse pour l'arracher au baiser. Frustré, Danny se mordit l'intérieur de la joue et ravala toute une série de jurons.

— Le Numitor se retire, expliqua Jack.

Sa voix fut râpeuse, son animosité écorchait les mots qu'il prononçait. Il garda les doigts fermement accrochés aux cheveux de Danny en tirant sa tête en arrière pour lui tendre le cou. La mâchoire crispée, Danny sentit ses tendons se raidir.

— Oh, souffla-t-il, en essayant de saisir la situation.

La situation dans son ensemble. Car cela signifiait que le Numitor croyait *réellement* à l'hiver de loup. Un Numitor ne se retirait pas ; il mourait. Et Gregor… Jack ressemblait presque à un humain en comparaison. Comparaison que le loup n'aurait pas trouvé flatteuse.

Et puis, le désir sexuel semblait s'infiltrer dans ses os.

— Merde.

Jack en rit, un quasi aboiement étonné qui chassa l'expression sévère de la rage. Il relâcha sa prise punitive et autorisa Danny à baisser le menton, se retrouvant si près de lui que le jeune homme put le *sentir* respirer.

— Oui, confirma Jack. Merde. Le mot me semble bien choisi.

Cependant, une fois l'information assimilée, elle sembla absurde. La rivalité entre les jumeaux remontait jusque dans le ventre de leur mère, mais Jack avait toujours eu une longueur d'avance. Gregor était plus agressif, plus assoiffé de sang, mais c'était aussi un solitaire qui détestait avoir à *se* maîtriser, alors maîtriser toute une meute... Une créature admirée par les loups, mais difficile à suivre.

S'il avait été question d'une compétition, Gregor aurait pu l'emporter. Sauf qu'il aurait envoyé Jack en enfer, pas à Durham.

— Comment ? Pourquoi ? demanda Danny. C'est toi que le Numitor préfère. Tout le monde le sait.

Cette fois, le sourire de Jack dévoila des dents.

— Ça, ça me regarde et c'est à toi de le découvrir, Danny dogue.

Il recula et se laissa choir sur le canapé, en jetant les pieds sur la table basse. Lorsqu'il tendit le bras contre le dos du canapé, son tee-shirt s'étira sur ses épaules. L'écartement de ses jambes mit en évidence le contour de son érection sous son jean, preuve du sérieux du jeu de domination pratiqué avec Danny. L'humour s'effaça de son visage et il baissa le menton, la tristesse tombant autour de lui telle une cape.

— Après tout, quelle importance ? Ce qui est fait est fait, selon les désirs de mon père. Je ne vais pas contester son dernier souhait.

Danny s'était déjà retrouvé la patte coincée dans un piège ; sa mère entraînait sa portée à la dure. C'était une sensation similaire : les coups secs, le confinement, savoir vainement que vous n'étiez plus maître de vos mouvements.

Ces dix dernières années, Danny les avait passées à fuir la meute, en réduisant ses contacts à un coup de téléphone semestriel à sa mère et à un débit direct qui versait son salaire sur le compte du Numitor. Cela avait été son choix, et les chiens n'étaient pas aussi attachés aux meutes que les loups, mais cette décision avait failli le briser.

À présent, la seule chose qui se tenait entre Jack et ce *manque* terrible était Danny. Il s'accroupit et posa les bras sur ses genoux. Cela le plaçait plus bas que Jack, une autre vieille habitude de soumission.

— Le reste de la meute pourrait...

Jack secoua la tête.

— Non. Maintenant, arrête de parler de ça, Danny, lui dit-il, en passant une main dans ses cheveux coupés court et les dressant comme des plumes sur sa tête. Si ta langue te démange, tu n'as qu'à me raconter ce qu'il y a entre toi et le rouquin.

Il ne souhaitait pas abandonner le sujet. Ne serait-ce que parce qu'il avait joué l'humain assez longtemps pour refuser qu'on lui dise de se taire dans sa propre maison. Mais céder à son envie ne ferait que les pousser à se grogner dessus jusqu'à ce qu'ils finissent par se battre. Ou couchent ensemble. Ou les deux.

Danny chassa ces souvenirs pleins de brutalité et de sueur, et s'assit complètement par terre, les jambes croisées.

— C'est une longue histoire.

— Bien.

Jack rejeta la tête contre le coussin et attendit, les yeux mi-clos. Danny gratta la terre incrustée dans le denim, au niveau du genou.

— Il était en rogne que Jenny le jette dehors parce qu'il a couché avec une autre.

Jack releva la tête et lança un regard perplexe à Danny.

— C'est une longue histoire, ça ?

Un coin de la bouche de Danny se souleva dans un rare moment de nostalgie. Au sein de la meute, une « longue histoire » était le pain et le vin d'une froide nuit d'hiver, distribués péniblement au compte-gouttes. Une fois, la sœur de Danny avait passé trois jours à raconter sa dispute avec son petit ami humain sur la cuisson de la viande.

— L'autre, c'était la femme qu'ils ont retrouvée dans la benne, ajouta-t-il.

— Qui ça, ils ?

Danny sourcilla, se souvenant de l'odeur de viande pourrie et des yeux ouverts et éteints de la fille. Il hésita et se mordit l'intérieur de la joue.

— J'ai songé à appeler le Numitor, avoua-t-il.

Jack attendit.

— Je ne l'ai pas fait.

— Alors, pourquoi tu en parles ?

Danny haussa les épaules, baissa la tête et se massa nerveusement la nuque.

— J'aurais dû ?

Cette question aurait mis fin à la plupart de ses relations. Du moins, ses relations humaines. Jack, lui, se contenta de pouffer de rire.

— Si j'avais tué cette femme, vous n'auriez pas retrouvé ses os.

Cette affirmation n'aurait pas dû être rassurante. Mais quelque part, sa franchise l'était. Si Jack avait tué quelqu'un, il n'aurait pas cherché à le nier. Danny releva les yeux. Son regard s'attarda sur les pommettes de Jack.

— Tu ne me demandes pas si je l'ai fait ?

— Toi ?

Lorsque Jack sourit, ses yeux se plissèrent sur les côtés. Ses ridules étaient dues à la fatigue et non à l'âge, mais elles étaient récentes.

— Tu n'es pas un tueur, Danny. En plus, quand tu te sens coupable, tu prends ton air triste de retriever.

Danny ne savait pas comment le prendre. D'un côté, il était rassuré : Jack ne faisait peut-être plus partie de la meute, mais il aurait pu se sentir obligé de contacter le Numitor pour signaler le meurtre, et de l'autre, légèrement insulté. Il pourrait tuer. S'il le voulait. Il avait beau être un chien, il n'était pas un petit chihuahua édenté.

— Vraiment ? lança-t-il. J'aurais pu…

Il s'interrompit à cause d'un bruit de pas dans l'escalier et pencha la tête de côté. Jack changea sa position nonchalante, ses muscles se tendirent et il s'assit, sur ses gardes. Il renifla l'air et grimaça.

— Elle est malade, remarqua-t-il, sans prendre la peine de cacher le dégoût dans sa voix.

Danny se déplia et se releva, en tirant avantage de toute sa taille pour froncer les sourcils au-dessus de Jack.

— C'est mon amie.

Danny s'était préparé à de l'agressivité, mais à la place, Jack plissa simplement les yeux.

— C'est tout ?

— Oui.

— Ce n'est pas ce que croyait cette tête de con.

— C'est pour ça que c'est une tête de con.

Un sourire scinda le visage de Jack et il opina du chef, juste quand Jenny frappa à la porte. Laissant Jack s'étaler, Danny alla ouvrir.

— Est-ce que ça va ? demanda-t-il, l'épaule collée au montant.

— Oui… euh, dit-elle avec un sourire pincé. C'était un con. Je l'ai toujours su, j'imagine. Tu veux venir manger chez moi ? Ce n'est pas grand-chose, je voulais seulement te remercier pour tout à l'heure.

Danny se frotta le bout du nez. Elle sentait les nerfs et le chili con carne.

— Je ne sais pas, dit-il mal à l'aise. Ce n'est pas...

Une main lourde et chaude tomba sur son épaule et un pouce s'accrocha au col de son haut.

— Je mangerais bien, lança Jack, en s'appuyant sur lui, son membre viril poussant contre sa hanche tandis qu'il se tortillait. Qu'est-ce que tu proposes, du chili ?

Jenny semblait sur la réserve, le visage crispé, et elle croisa les bras sur la poitrine en plantant ses doigts dans le pli des coudes. Elle souriait toujours, mais ce n'était que du bluff. Son sourire de travail qui disait « donnez-moi votre argent, nous l'utiliserons à bon escient ».

— Je ne savais pas que tu étais encore ici, dit-elle. Tu es le bienvenu, bien sûr, mais j'en ai fait que pour deux.

Jack haussa les épaules.

— Ce n'est pas grave, répondit-il. Danny se contentera des restes.

Danny envoya un coup de coude dans le ventre de Jack pour forcer le loup amusé à reculer et haussa les épaules en guise d'excuse.

— Ignore-le. Il a le savoir-vivre d'un ours. On ne voudrait pas s'impo...

— Non, le coupa-t-elle, en secouant la tête. Non, venez. Je ferai plus de riz. Jack est le bienvenu. Je vous... retrouve en bas.

Elle lança un dernier regard dubitatif à Jack et s'en alla en traînant des pieds dans l'escalier. Danny ferma la porte et se retourna.

— Les restes ? C'est un dîner. On ne se dispute pas les parts.

Jack caressa la barbichette dorée qui poussait sur sa mâchoire et eut l'air amusé.

— Voudrais-tu te battre pour gagner la part du loup, alors ?

Non. Non, ce n'était pas ce qu'il voulait, car il n'était pas bête. Danny s'adossa à la porte et se frotta le visage des deux mains. Jack avait peut-être besoin de lui maintenant, mais lui n'avait pas besoin de Jack. Jamais. Seulement, Jack arrivait parfois à le lui faire oublier.

— Essaie simplement de ne pas pisser partout dans la maison de mon amie, d'accord ? lança-t-il.

Jack afficha un sourire denté dont le grand méchant loup aurait pu être fier. Il n'était pas menaçant, mais pas *rassurant* non plus.

— Moi ? C'est à elle que tu devrais dire ça.

IX

LA CUILLÈRE gratta le fond du bol pour récolter la dernière trace de chili con carne. Ce n'est qu'après s'être assis que Danny s'était rendu compte à quel point il avait faim. Ces derniers jours, il s'était nourri de charcuterie et de viande en conserve. Cela suffisait à remplir l'estomac du chien, mais partager un repas chaud assouvissait un autre besoin.

Jack suçait les miettes de chips sur ses doigts et Jenny le regardait avec un mélange de fascination et de dégoût. Lorsqu'elle vit que Danny l'observait, elle s'empourpra et se releva, s'attelant à débarrasser la table.

— N'y pense même pas, lança-t-elle à Danny lorsqu'il se leva pour l'aider. Tu es mon invité. Assis.

Danny hésita, planant au-dessus de sa chaise. Le souvenir de sa mère en train de lui tirer l'oreille était en conflit avec son ordre. Après un moment, il grimaça et força ses genoux à se plier.

— Alors comme ça, dit Jenny, en essayant d'avoir l'air naturel tandis qu'elle empilait la vaisselle dans l'évier, tu as grandi avec Danny, Jack ? Il n'a jamais parlé de toi.

Parfois, en vivant parmi les humains et en prétendant qu'il était humain devant toutes ses connaissances, Danny arrivait à repousser dans le fond de son esprit les aspects les plus étranges de sa condition de lycanthrope. C'était étranger à sa vie. Se transformer en chien était la chose la plus bizarre qui lui *arrivait*. Pour la plupart des loups, même ceux qui couraient dans la meute du Numitor, se changer était la chose la plus étrange qu'ils *faisaient*.

Jack n'était pas un citadin civilisé. Le loup lui collait à la peau, et couvert de fourrure ou non, ses yeux restaient les mêmes. Sombre, brutal et vif, il entraînait la Nature Sauvage avec lui et représentait les aspects les plus étonnants de la lycanthropie.

Il lui était impossible de ne pas être au centre de l'attention. Qu'on l'apprécie ou pas.

— Vraiment ? dit l'intéressé en passant le bras par-dessus le dos de la chaise et en étirant ses pieds sous la table. D'habitude, sa mère ne manque pas d'histoires sur notre enfance.

— Je n'en ai entendu aucune, dit Danny en tapant Jack dans la cheville, sous la table. Ses anecdotes concernent toujours Bron.

L'eau jaillit du robinet et éclaboussa bruyamment les assiettes.

— Bron ? répéta Jenny.

— Sa sœur, précisa Jack, en rendant le coup de Danny si fort que les larmes lui montèrent aux yeux.

Danny ravala un glapissement et se pencha pour masser son tibia.

— Ne me dis pas qu'il ne l'a pas non plus mentionnée.

Il y eut un blanc et l'eau s'arrêta de couler.

— Non. Apparemment pas.

— Bron et moi ne sommes pas très proches, expliqua Danny, en se redressant.

C'était sa petite sœur, une petite louve qui démontrait la fausseté de la théorie des prophètes, selon laquelle sa mère se reproduisait avec des loups, mais n'engendrait plus que des chiens.

— Je ne suis pas proche de ma famille.

Jenny se tut. Cela se passait de commentaires. Lorsqu'elle revint de la cuisine, toujours souriante, elle reporta toute son attention sur Jack.

— Alors, que fais-tu dans la vie, Jack ? demanda-t-elle en lui offrant une bière. Es-tu également dans le monde universitaire ?

Jack éclata de rire, un son rauque et râpeux.

— Moi ? Non, la seule raison qui m'a fait ouvrir un livre, c'était pour voir ce que ce binoclard pouvait leur trouver. Mais ça n'a jamais pris.

— Alors, tu es mécanicien ? Conducteur ? Il n'y a pas de honte à avoir, dit Jenny en s'appuyant sur la chaise de son nouvel invité, une main posée sur son épaule. Danny n'arrive même pas à monter une armoire IKEA.

— Je suis un Jack à tout faire, lança-t-il, amusé par sa propre plaisanterie.

L'irritation le piquait. Danny savait que c'était bête. Il n'était plus amoureux de Jenny et si elle et Jack sortaient ensemble, il serait débarrassé du loup. Cette partie de son cerveau forcée de s'occuper des détails auxquels il ne voulait pas toucher laissa presque échapper une intuition : « ça n'arrivera pas ? ». Il n'en tint pas compte.

— Son père possède le village où j'ai grandi, expliqua Danny, la voix sèche d'agacement. S'il a déjà creusé un trou ou réparé un moteur, c'était par envie. Pas par nécessité.

À l'autre bout de la table, Jack leva un sourcil, l'air trop amusé pour que Danny ait l'esprit tranquille.

— Et alors ? lança Jenny, d'un air sceptique et légèrement désapprobateur.

C'était une socialiste convaincue, en rébellion contre ses parents et les valeurs de la classe moyenne qu'ils avaient adoptées.

— Ton père fait partie de l'aristocratie terrienne, ou un truc comme ça ?

— Un truc comme ça, confirma Jack en plaisantant. Nous avons longtemps occupé la zone. Ma famille peut être retracée à l'époque de l'arrivée des Romains sur le territoire. Paraît-il.

Sa dernière remarque, teintée d'une légère frustration, invitait quiconque l'écoutait à rejeter la vérité. Il avait toujours été un meilleur menteur que Danny. Jenny renifla pour montrer son accord, trouvant de toute évidence qu'il était plus simple de suivre Jack.

Elle se poussa de l'accoudoir et se mit, comme d'habitude, à dégager les sets de table pour placer l'orchidée qu'elle essayait de ne pas tuer, au milieu du meuble.

— Est-ce que vous avez évacué ? demanda-t-elle en indiquant le paysage passé au blanc correcteur, derrière la fenêtre aux vitres décorées de gribouillages givrés. Pour échapper au mauvais temps…

— Non, répondit Jack, l'air vaguement distrait tandis qu'il regardait par la fenêtre avec des yeux de lynx, comme s'il y distinguait autre chose que de la neige. Ils descendront plus tard. Bientôt, je pense.

— Il me tarde d'y être, marmonna Danny sur un ton cinglant.

— Danny ! protesta Jenny en le tapant à l'épaule, avant d'adopter une expression désolée devant Jack. Ne fais pas attention à lui. Parfois, il se croit drôle.

— Ouais, j'ai remarqué, ajouta Jack.

Lentement, il lui afficha un dangereux sourire et baissa la voix jusqu'à l'éraillement.

— Mais j'ai toujours aimé sa bouche. Il faudrait seulement lui trouver une meilleure utilité.

Jenny faillit s'étouffer en toussant sur les mots restés en travers de sa gorge. Cela aurait pu passer pour une plaisanterie, mais la voix de Jack n'avait rien d'équivoque, ni sa façon de reluquer Danny. Après un moment de confusion, Jenny s'excusa, raide, et se sauva à nouveau dans la cuisine en bafouillant quelque chose à propos du café.

— Qu'est-ce que tu me fais ?! lâcha Danny entre ses dents serrées.

Il vérifia la porte de la cuisine et baissa d'un ton.

— Je t'ai demandé de ne *pas* pisser partout. Sur moi non plus.

64

— Quoi ? Est-ce qu'elle croyait que tu étais vierge ? demanda sèchement Jack avant de se lever et d'arpenter la pièce en regardant dans les coins et derrière les coussins. Maintenant, elle arrêtera de te poser des questions sur notre rencontre.

Les tasses tintèrent dans la cuisine et le bouillonnement de la bouilloire se fit agressif. Danny grimaça devant Jack. Le débat n'était pas clos, mais le temps n'était pas aux disputes. Il poussa les chaises sous la table et alla allumer la télévision, en faisant défiler les chaînes jusqu'à BBC One, par habitude.

Un homme aux yeux plissés, rendu carré par des couches de vêtements et une veste en toile huilée, se tenait sur une jetée devant un paysage marin surnaturel de glace en dents de scie. Les vagues s'étaient gelées en pleine descente, brillantes et dentelées sous le soleil blafard.

— … voir derrière moi, disait le journaliste d'une voix tremblante de froid, son souffle fumant autour de ses lèvres tandis qu'il respirait et rendant ses mots visibles. Cette soudaine vague de froid, durant laquelle les températures sont descendues en dessous de moins douze, a réussi là où Knut le Grand a échoué : elle est parvenue à arrêter la marée. Une nouvelle preuve que ce grand froid n'a pas encore fini de faire parler de lui.

Jenny quitta la cuisine juste à temps pour apercevoir une dernière vue panoramique de l'eau figée. Elle émit un doux son choqué, avant de presser une tasse de café dans les mains de Danny et d'offrir l'autre à Jack.

— J'imagine que le changement climatique n'est plus à débattre, dit-elle. Je veux dire, ça a l'air irréel. On dirait un paysage tout droit sorti de *Star Trek*.

Perchée sur l'accoudoir du canapé, elle regarda le présentateur de retour dans son studio parler de la situation dans les autres coins du Royaume-Uni. D'après lui, ce froid brutal était, quelque part, un avantage pour le Nord. La température était trop basse pour les étrangetés météorologiques qui se déchaînaient dans le reste du pays, comme cette tornade qui avait touché le centre de Londres et jeté un bus à deux étages dans la vitrine d'un magasin de luxe. La reine résidait toujours au palais de Buckingham, mais le reste de la famille royale avait été évacué, accompagné des politiciens et de Boris Johnson, qui n'en était pas vraiment un.

Le reste du monde ne s'en sortait guère mieux. La Russie était complètement gelée, les tempêtes qu'elle subissait donnaient à l'Écosse ensevelie sous la neige un air tropical. L'Amérique avait essuyé un été torride pour retrouver les orages qui l'attendaient à l'extrémité du pays.

Jenny se fit silencieuse, la bouche pincée, l'air inquiet, pendant qu'elle buvait son thé. Un thé aux herbes, avec une forte odeur verte, pour éviter la caféine.

Une interview en différé de Nicole Sturgeon montrait la Première ministre d'Écosse s'entassant à l'arrière d'un camion avec des cartons de vivres et de matériel médical.

— Nous sommes écossais ! Il faudrait plus que quelques bourrasques pour nous faire quitter notre terre. Je suis même certaine qu'aucun habitant des hautes terres n'a encore dû quitter son kilt ! Les Écossais ne fuiront pas au sud !

— Elle a raison. Je suis sûr que ça passera bientôt, dit Danny, désireux de la rassurer. Ça finira par s'essouffler.

Il ne se tourna pas vers Jack ; c'était inutile. La présence fixe du loup dans la pièce, le poids de son attention, suffit à lui donner l'impression d'être un menteur.

JACK RESTA dormir. On ne l'y avait pas invité, il s'était simplement mis à l'aise sur le canapé. Et encore, Danny se sentit reconnaissant d'avoir pu garder son lit. Si cela avait été Bron, il aurait été forcé de l'affronter pour pouvoir le réclamer.

Allongé dans le lit, plongé dans le noir, Danny fixait le plafond et songeait à sa petite sœur. Il n'avait jamais été proche d'elle, une enfant gâtée qui avait du mordant, mais il s'inquiétait pour sa survie sous les hurlements de Gregor. Elle serait capable de s'arracher le museau si on le lui interdisait.

Il n'avait pas vu Bron depuis des années. N'avait même jamais pensé à elle, en dehors de l'habituel « Comment va-t-elle ? » à sa mère, durant ses appels semestriels. Jack en avait parlé plus tôt, mais Danny réalisa que c'était le silence qui la gardait dans un coin de sa tête. La dernière fois qu'il avait entendu une nuit si calme, les bourdonnements et les battements de la ville dissipés ou assourdis sous un manteau de neige, c'était en Écosse.

Sa dernière nuit à Lochwinnoch. Elle aurait dû être… spéciale. Amère. Douce. Nostalgique. Mais elle n'avait rien eu de particulier. Il avait dîné, regardé la télévision et s'était couché. Au petit matin, il avait jeté ses sacs à l'arrière de sa voiture et s'était dirigé au sud.

Au bout d'une semaine, on avait enfin appelé pour lui demander sa position. Bron l'avait appelé, se rappela-t-il, avec une pointe de surprise.

Elle souhaitait lui emprunter sa voiture et l'avait insulté comme du poisson pourri après avoir découvert où il se trouvait.

Il se retourna et frappa l'oreiller pour lui donner une forme. Sale gosse ou pas, il espérait qu'elle aurait l'intelligence de se taire et de faire profil bas. Aussi, la réputation de sa mère la protégerait. Même le Numitor n'osait pas croiser les crocs avec elle.

Il s'endormit enfin et sombra dans un rêve de neige et de chasse. Sauf que dans son rêve, il n'était pas certain d'être le chasseur. Sa bouche s'humidifia avec le goût du sang, mais il pouvait sentir le souffle lourd de… quelque chose… qui respirait dans son dos.

Une main fraîche sur son ventre et une haleine chaude sur son épaule le réveillèrent. Surpris, il inspira une petite bouffée d'air frais qui lui picota la gorge jusqu'aux poumons.

— Merde, marmonna-t-il, en prenant conscience du froid qui lui engourdissait les orteils et lui endolorissait les testicules.

— Ton radiateur, il est en panne, articula Jack contre sa nuque, son accent plus prononcé et ses mots brouillés par le sommeil.

Mince, encore. Danny frotta grossièrement ses yeux ensommeillés et se redressa sur un coude. L'air frais passa sous la couverture, un choc thermique contre sa peau. Sans ses lunettes, la pièce n'était qu'un paysage flou mal éclairé, tout en ombres grises et en lumières brouillées, filtrées par les rideaux.

— Quelle heure est-il ?

Il sentit Jack hausser les épaules.

— Chais pas. Pas encore l'aube.

Danny hésita, sa mâchoire craqua lorsqu'il tenta de retenir un bâillement. La situation semblait grave, mais il était assoupi par ses rêves et les draps chauds. Son bras plia sous son poids et il retomba sur le matelas. Jack tira la couverture sur eux.

— Ce n'est que le froid, dit Danny, sans trop de conviction.

— Et nous ne sommes que des loups, souffla Jack dans son cou.

S'il y avait une réponse à cela, Danny ne la connaissait pas. Il était un chien, né pour courir dans les parcs et uriner dans les angles des rues. Il appartenait au monde des humains et il lui était impossible d'imaginer qu'il puisse… s'assombrir.

Ou était-ce déjà trop tard ? Peut-être que son imagination se renforçait. Il ferma les yeux et essaya de ne plus y penser. Ce fut plus facile qu'il voulut l'admettre. Les effluves des corps, l'odeur moite de la chaleur et de la respiration partagées, semblaient... parfaites. Zut.

— Histoire que tu le saches, marmonna Jack, sa barbe naissante râpant le dos de Danny lorsqu'il bâilla, je compte encore te baiser. Je ne veux simplement pas me retrouver les fesses à l'air dans le froid, maintenant qu'elles commencent à se réchauffer.

Danny faillit s'étouffer avec un rire surpris.

— Tu as l'air bien sûr de toi.

Silence l'espace d'une seconde, le temps de la réflexion.

— Ouais, acquiesça Jack. Je le suis. Dors, Danny dogue.

Ce vieux surnom le faisait grommeler, mais derrière les mots de Jack se cachait un ordre. Il plongea Danny dans un profond sommeil qui l'enveloppa, tel un chiot aux pattes agitées d'un rêve à l'odeur de pin et d'herbe chaude, rempli de lapins idiots bien dodus.

X

Il avait tort. Ce n'était pas le chauffage qui avait été coupé, mais l'électricité. La tempête avait pris la ville à la gorge, la laissant saigner toute la nuit. Deux jours plus tard, il n'en restait qu'une carcasse, des os de béton moisissant sous un duvet de neige et de gel.

Jack traversa la neige à hauteur de ses hanches à la nage, le jean collé à ses testicules telle une main glacée et brusque. Il entendit l'écho de l'aboiement de Fenrir dans le vent. Une semonce faite aux prophètes croyant que leur foi suffirait pour comprendre un dieu, et que le grand Loup en appellerait à ses enfants pour chasser les humains de leur demeure vers le monde sauvage.

À la place, Fenrir avait mené le monde sauvage à leur porte. Privé de lumière et de chauffage, de télévision et d'Internet, un appartement de luxe n'était rien d'autre qu'une cave dotée d'une belle moquette. Pourquoi les pousser vers les vallées ou les bois, quand on pouvait les tuer sur place ?

— Choix judicieux, mais Gregor ne va pas aimer, lança Jack au vent. Il n'a pas la patience de chasser à travers un dédale.

Le vent lui envoya une bourrasque de neige glacée au visage. Apparemment, Fenrir se souciait peu des préférences de son frère.

Jack s'essuya le visage avec la manche. Revêtir sa peau de loup lui faciliterait bien la tâche, pour sautiller dans la neige au lieu de la traverser laborieusement. Jack adressa un regard en coin à l'homme aux yeux marron perçants, cachés derrière une paire de lunettes embuées, qui avançait péniblement à ses côtés. C'était plus simple, mais il valait mieux ne pas rappeler à Danny à quel point le loup résistait mieux au froid. Jusqu'ici, le jeune homme ne l'avait pas interrogé sur son besoin de trouver un abri. Jack voulait qu'il en reste ainsi.

Danny connaissait peut-être les raisons de sa venue, savait que Jack le suivait parce que sa compagnie lui était plus précieuse qu'un toit. Si tel était le cas, il préférait enfouir cette idée si loin dans son esprit qu'elle aurait tout aussi bien pu ne jamais naître. Ce n'était pas une notion qu'il était capable d'entretenir. Même en exil, il restait le fils du Numitor, un loup touché par la Nature Sauvage. Se montrer faible était déjà mauvais en soi, mais plutôt mourir que de laisser quelqu'un en être témoin.

Ainsi, il s'en tint à ses jambes, pas aux pattes, et se força un passage jusqu'à la route principale, salée et sablée. Il y avait une odeur chimique d'huile et de peur. Les humains marquaient leur territoire comme s'il suffisait d'uriner assez loin pour éloigner Fenrir.

Jack s'arrêta au bord du trottoir et essuya son nez coulant sur la manche, sa respiration fumait autour de ses lèvres et le ciel au-dessus de leur tête semblait aussi blanc qu'un voile de mariée. Une nouvelle tempête se préparait, il le sentait dans l'air. L'un dans l'autre, il se dit que Fenrir gagnait le concours de pisse.

— Où as-tu laissé la voiture, déjà ? demanda Danny, en tapant des pieds pour se débarrasser des bouts de neige sale.

Il enleva ses lunettes et en essuya les verres avec le pouce, en plissant les yeux quand Jack devint flou. Ce dernier haussa les épaules et pointa un doigt vers la rivière.

— Par là-bas.

Danny remit ses lunettes et passa une main dans ses cheveux, les dégageant de son visage vers l'arrière. Ils étaient plus longs qu'en Écosse, où on avait autant de chance de se faire raser par un tondeur de moutons que d'avoir une coupe chez le coiffeur. Jack les préférait ainsi, il aimait pouvoir les empoigner lorsqu'il dominait Danny.

Une vague de désir le parcourut, chassant un peu la fraîcheur et faisant monter la chaleur dans ses entrailles et son entrejambe.

— Tu te souviens au moins d'un nom de rue ? D'un repère ? D'un arbre que tu aurais marqué ? demanda Danny, plein de sarcasme.

Se voyant offrir une excuse, Jack trouva dommage de ne pas donner une nouvelle correction à Danny. Il attrapa une poignée de boucles noires et baissa le chien de quelques centimètres.

— Je me souviens d'avoir dit que j'appréciais ta bouche, Danny, lança-t-il.

Il tira la tête du jeune homme vers l'arrière, afin d'apprécier le prolongement de sa joue et de sa mâchoire avancée par l'obstination. Des points de sang clairsemaient son visage à cause du rasage à l'eau froide et au savon, auquel il s'était attelé ce matin-là. Jack baissa la voix, dévoilant les notes râpeuses de son grognement derrière ses mots.

— Mais si tu vas trop loin, je n'hésiterai pas à te remettre à ta place. Je l'ai déjà fait, par le passé. Tu te souviens ?

Il s'en souvenait. Ce souvenir s'inscrivit momentanément sur son visage et assombrit ses yeux, puis il disparut. Il laissa derrière lui un froncement de sourcils et l'odeur d'allumette brûlée d'un désir passé.

— J'ai pris beaucoup de mauvaises décisions à l'époque, marmonna Danny, avant de pousser l'épaule de Jack. Éloigne-toi de moi, idiot, avant que quelqu'un appelle la police.

Jack pouffa de rire et tira sa tête davantage, retenant le poids de ses muscles maigres et de ses os sur son avant-bras, tandis que les genoux de Danny pliaient sous son corps. Face à l'inefficacité de ses coups, Danny préféra s'accrocher à Jack pour retrouver l'équilibre.

— Au cas où tu ne l'aurais pas remarqué, Danny, lâcha Jack d'une voix traînante, la police est occupée, et les gens ont mieux à faire que de me regarder t'embrasser dans la rue.

Rien de ce que Danny aurait pu dire n'aurait changé la donne, mais Jack sentit comme une douce satisfaction l'envahir lorsque le jeune homme le provoqua.

— Mais tu ne m'embrasses pas, là.

Les commissures de ses lèvres remontèrent en un sourire, et il s'exécuta, couvrant la bouche de Danny de la sienne. Un baiser agressif et ardent, tout en lèvres froides et en langues chaudes. Danny céda et l'attrapa par le cou pour le rapprocher. L'haleine du jeune homme semblait brûlante sur sa peau fraîche, au point d'en être douloureuse.

La faim mordit Jack à l'entrejambe, son désir ardent se diffusa dans ses muscles. Il voulait jeter Danny dans la neige, le prendre par terre jusqu'à ce que cette tête de mule cesse de jouer à l'humain et de protéger sa petite amie si agaçante. Le prendre jusqu'à ce qu'il n'ait d'yeux que pour lui.

C'était vain. Il le savait. En Écosse, il avait déjà tenté à plusieurs reprises d'en faire un bon chien en le soumettant. Cela avait marché le temps qu'il remette son jean. Il n'arrivait pas à savoir si Danny était têtu ou simplement inconscient.

Il mordit la lèvre du chien assez fort pour en extraire une goutte de sang au goût salé de cuivre, puis s'éloigna. Des rayures de couleur pâle marquaient les joues du grand homme et ses lunettes étaient tordues sur son nez. Jack lécha le rouge sur ses lèvres et se redressa en tirant un Danny haletant avec lui.

— Tu vois ? lança-t-il, en tapotant la tête du chien. Au lieu de faire le malin avec moi, tu peux utiliser ta bouche à des fins plus utiles.

Danny plissa les yeux d'agacement et se dégagea de la main de Jack, avant de la passer timidement dans ses propres cheveux. C'était un geste que Jack l'avait vu effectuer des centaines de fois, même à l'époque où il ne prêtait pas encore attention au chien dégingandé. Il y avait quelque chose d'attirant dans sa façon de baisser la tête, comme s'il essayait de rentrer dans un espace trop petit pour lui.

Ce sentiment était viscéral. Il prenait Jack aux tripes comme un crochet et remontait toutes ces choses qu'il ne voulait pas admettre.

Il détourna le regard de Danny en serrant les dents à s'en casser la mâchoire. Il vit alors un homme et son enfant monter vers les bois, ils glissant sur la glace avec des bottes en caoutchouc très mal choisies. En les observant, il laissa le loup pénétrer son esprit et aiguiser son appétit.

— Non, dit Danny. Ce sont des gens, pas des proies.

— Ils le sont pour nous.

Jack vit l'homme glisser et tomber en avant. Il amortit sa chute avec les mains, en se blessant aux coudes. Une proie facile.

— Nous sommes des loups. Si les hommes avaient voulu de nous, ils ne nous auraient pas bannis de l'autre côté du mur, lâcha Jack.

— C'était il y a presque deux mille ans. Et encore, faut-il que la légende soit vraie. C'est long pour une rancune éprouvée à l'égard d'un Romain mort et basée sur les dires des prophètes. Nous ne devrions peut-être pas les croire sur parole.

Jack toussota de rire, l'air frais lui brûlant la poitrine lorsqu'il atteignit ses poumons. Son attention passa des humains à Danny.

— Rassure-toi, je ne crois pas à tout ce qu'ils racontent. Sinon…

Il s'interrompit, en claquant les dents sur les mots amers comme s'ils étaient vivants. Danny pencha la tête de côté. Il avait enfoui ses mains dans ses poches et s'était recroquevillé dans sa lourde veste.

— Sinon quoi ?

Il avait le visage ouvert et le regard résolu derrière ses lunettes. Son expression invitait presque à se confier. Jack l'ignora.

— Une affaire de meute, lui dit-il. Qui ne regarde pas les chiens.

Danny se rembrunit et balança son poids sur les talons. Il repoussa ses lunettes sur son nez avec le dos de la main.

— Non, bien sûr, répondit-il, la bouche tordue. Écoute, je vais en ville essayer de nous trouver une radio. Avec la coupure de courant, c'est sûrement le meilleur moyen d'apprendre ce qui se passe. Toi, va trouver ta voiture et tes affaires.

Il avança vers la route et regarda des deux côtés par habitude, même si aucune voiture n'était passée depuis plusieurs jours. Implicitement, il ne l'invitait pas à se rejoindre à l'appartement. Jack ne comptait pas y repasser de toute façon, mais il sentit un pincement au cœur. Il regarda Danny glisser jusqu'à l'homme en difficulté pour l'aider à se lever et se demanda s'il savait à quel point il paraissait *inhumain*. Il marchait d'un pas assuré dans la neige, certain que son corps s'adapterait à ses besoins.

L'image de ce corps tout en longueur – étendu en dessous de lui sur l'herbe écossaise des mois plus tôt, une masse de muscles et d'os solides sur le lit, la veille – fit se dresser son sexe. Il baissa la main et tira sur son jean pour ajuster son entrejambe. Cela attendrait.

Dans l'immédiat, il avait des choses à faire. Malheureusement, il aurait besoin de son jean plus tard, alors il ne changerait pas de peau.

JACK ARRACHA les bandes de chatterton superposées sur le siège arrière, les roula en boule et les jeta de côté. Ses mains lui semblaient rêches et maladroites tandis qu'il s'activait. La voiture se trouvait là où il l'avait laissée, enfouie à moitié sous la neige. Il avait dû se creuser un passage jusqu'à la portière, et même avec sa robustesse de loup, il avait senti le froid passer.

La déchirure dans le siège se rouvrit, les bords s'effilochèrent et de la mousse en sortit. Jack y plongea la main, récupéra l'enveloppe pliée en deux et la tassa dans sa poche arrière. Il sentit un regard sur lui, les cheveux courts sur sa nuque se dressèrent comme du poil hérissé. Il n'était pas inquiet. Vêtu de peau ou de fourrure, il pouvait se défendre contre les humains.

Et s'il ne s'agissait pas d'un humain ? Si c'était vraiment un loup qui avait tué cette fille ?

Il retroussa les lèvres, un grognement lui grattait la gorge. Les violences faites aux humains étaient en majorité perpétrées par des humains, mais le timing était trop parfait. L'attaque coïncidait exactement avec son arrivée à Durham et se situait juste à l'extérieur du repère de Danny, quand tout le monde savait qu'il appartenait à Jack. Peu lui importait. Si c'était un loup, il se tiendrait prêt. Son rang ne lui venait pas seulement du fait qu'il était le fils du Numitor, il s'était battu pour ses tatouages comme tous ses semblables.

Et si c'était Gregor ?

Il grogna entre ses dents. Peut-être qu'il avait passé trop de temps avec Danny, et que les questions trouvaient leurs réponses. Il ramassa un sac en toile contenant des habits de rechange et un téléphone à carte prépayée, et glissa hors de la voiture. Si c'était Gregor, il l'attendait. Il était temps de les départager. Il était temps qu'il n'en reste qu'un.

Une dernière question le rongeait comme un chiot et son os. *Et si les prophètes avaient proposé à Gregor la même offre ?*

Il repoussa cette idée, l'enfouissant profondément au point de l'oublier, et abandonna le véhicule. Si quiconque à Durham le voulait assez pour le déterrer, il n'avait qu'à se servir. Jack n'en avait plus l'utilité. À présent, il avait sa tanière et sa meute.

Enfin, un appartement et un chien de mauvais poil. Cela suffirait, pour l'instant.

Le vent emportait la neige vers la route, balayant les odeurs de la ville en formant des tourbillons. Jack s'arrêta, leva la tête et regarda autour de lui pour tenter de humer l'air. La voilà : sel, métal, avec une odeur distincte de maladie et d'alcool qui s'estompait. Jack passa la tête sous la sangle de son sac, l'accrocha en travers de son torse et suivit les effluves le long de la rue.

Ce fut rapide. Cette fois, ils n'avaient même pas pris la peine de cacher le corps. Son pied, toujours dans sa basket bon marché, ressortait dans l'entrebâillement de la porte. La manche tirée sur la main, Jack ouvrit la porte. La sans-abri à laquelle il avait parlé avant d'aller chez Danny gisait dans une mare de ses propres organes, sur le tapis en jonc de mer de l'entrée. Ses bras s'étendaient des deux côtés, ses mains pleines de corne empoignaient le gel, mais on n'y trouvait aucune blessure, pas plus que sur ses jambes.

Entre la mort et le froid mordant, sa peau était devenue bleue et rigide, donnant à son visage un éclat étrangement délicat qui estompait ses rides et atténuait les rougeurs des capillaires sur ses joues et son nez. Elle paraissait surprise, comme tous les morts. Peu importe qu'ils soient décédés en criant ou en pleine partie de jambes en l'air, leur corps prenait toujours cet air surpris.

Pourtant, malade comme elle l'était, assez pour que Jack le sente, assez pour qu'on n'ait pas voulu manger son cadavre, peut-être était-elle morte avant que la souffrance devienne intenable.

Il s'agenouilla entre ses genoux et se pencha sur le cadavre, en rattrapant son sac d'une main avant qu'il tombe dans la saleté. La plaie ouverte comportait du sang coagulé et des croûtes. La mort était survenue avant le dernier gel. Il aurait donc dû être en mesure de sentir des odeurs spécifiques sur elle, or il sentait seulement un parfum de soude, de vanille, et la saveur fade et ferreuse de l'eau courante. Lorsqu'il lui toucha le bras avec un doigt recouvert de sa manche, la peau glacée craquela et s'émietta.

Ils avaient lavé le corps, ou du moins lancé un seau d'eau dessus. Jack fronça les sourcils et s'assit, frottant sa main sur la bouche. Pourquoi se donner tant de mal ? De toute évidence, on le provoquait, alors pourquoi ne pas plutôt pisser sur les murs en signe de défi ?

D'abord, quelqu'un dans la vie de Danny ; maintenant, dans la sienne. Tous ces mystères lui donnaient mal à la tête. Pourquoi tuer une femme mourante ? Jack ne se souciait pas d'elle. Sa mort ne lui avait causé qu'un bref désagrément et une légère pitié. Danny, lui, avait été plus perturbé en trouvant le cadavre – c'était un chien, il était plus fragile – mais pas gravement.

Cette manœuvre était idiote, or Gregor ne l'était pas. Cruel, renfrogné et parfois bête peut-être, mais pas idiot.

Jack se redressa et quitta l'entrée. Il laissa la porte se refermer sur la jambe de la morte, dont la chaussure se balança sous l'impact.

— Je t'ai pourtant conseillé de partir, souffla-t-il. Tu aurais dû m'écouter, mais en fin de compte, c'est mieux ainsi. Sur le long terme. J'espère que la vie après la mort te sera plus chaude, vieille femme.

Il rejoignit la route à grandes enjambées, en maîtrisant ses foulées afin que son corps reste détendu et que ses pieds atterrissent bien sous les hanches. L'air froid lui raclait les poumons à l'inspiration et à l'expiration, et il fumait autour de ses lèvres. La rue était déserte.

Le monde d'il y a quelques années avait changé et il y était plus adapté que jamais. Ou peut-être le monde s'était-il adapté à lui ? Dans tous les cas, il ne laisserait personne l'en séparer.

XI

Il y avait eu trois autres attaques de chiens. Une livraison de rations alimentaires était prévue à Durham sous deux jours, pour quiconque en avait besoin. Les gens étaient priés de garder leur calme, on disait que l'anomalie climatique passerait bientôt. Le service national britannique de météorologie prévoyait qu'une fois l'instabilité atmosphérique dissipée, il ne resterait qu'un hiver froid dans la norme.

Danny se dit que c'était bien la première fois en cinq ans qu'ils n'annonçaient pas « l'hiver le plus rude de ces cinquante dernières années ».

Il peina à rejoindre la maison à travers la neige, avec, emballée sous le bras, la radio à dynamo qu'il avait empruntée au bureau du professeur Sorley. Il avait fallu la remonter énergiquement cinq bonnes minutes avant qu'elle marche. Eux qui s'étaient moqués d'elle quand elle l'avait achetée... Mme Sorley était en vacances quand le temps avait commencé à faire des folies, et à son retour, Danny comptait s'excuser.

Les voitures abandonnées longeaient la rue, certaines d'entre elles à moitié enneigées tandis que d'autres étaient immobilisées dans les ornières qui se remplissaient lentement. Lorsque Danny traversa la rue, il vit une voiture glisser doucement sur le passage piéton devant l'église St-Nicholas. L'odeur chaude du liquide de frein s'éleva dans l'air, de la fumée se dégagea des pneus, le véhicule filant inexorablement vers la clôture en fer.

Son ventre se serra, mais il n'eut pas le temps de *sentir* quoi que ce soit. Le conducteur ouvrit brusquement la portière et roula hors du véhicule, la neige s'élevant en un nuage à l'endroit où il atterrit. Une seconde plus tard, la voiture heurta la clôture, les poteaux cédèrent dans un tintement et l'engin bascula par-dessus au ralenti.

L'impact de la chute ne produisit pas le bruit sourd et violent auquel Danny s'attendait, mais plutôt un déchirement métallique. Il courut vers le conducteur, toujours allongé là, dans la neige, à jurer et à s'agiter pour tenter de se lever.

— Est-ce que vous allez bien ? demanda Danny en lui tendant la main. Reste-t-il quelque chose dans la voiture ?

Personne, espérait-il. L'homme attrapa sa main de ses doigts maladroits et gantés, et Danny le releva avec facilité.

— Vous avez vu ça ? lança l'homme, en se frottant nerveusement le visage. Bon sang, comment suis-je censé rentrer chez moi, maintenant ?

Il demanda le nom et les coordonnées de Danny.

— C'est pour la déclaration de sinistre.

— Ils prennent en charge les dégâts causés par la tempête ? demanda Danny en retirant un gant avec les dents pour prendre le stylo et écrire son nom et son adresse au dos d'un ticket de caisse. Ou bien c'est peut-être l'œuvre de Dieu.

Des dieux. Il se surprit par cette correction naturelle et pleine d'assurance. Il aurait préféré la mettre sur le compte de Jack, mais il en doutait. Danny ne voulait pas croire aux dieux, mais il ne croyait pas plus les présentateurs météo.

— Ce n'est qu'une maison, vous savez ? dit l'homme avec conviction.

Il attrapa le ticket et ouvrit son manteau, afin de placer les coordonnées dans sa poche intérieure.

— J'ai déjà demandé des indemnisations pour ce genre de dégâts.

La fumée noire et huileuse s'échappait de la voiture. La neige fondait tout autour, formant comme un cône humide de cendres.

— Dites, reprit l'homme. Vous pouvez m'aider à sortir mes affaires de la voiture ?

Danny secoua la tête.

— Je dois partir, répondit-il en enfilant son gant, les doigts suants et le poignet mouillé à l'endroit où il avait bavé. Vous devriez aussi rentrer. La neige va s'épaissir.

Au lieu de l'écouter, l'homme secoua obstinément la tête.

— J'ai entendu dire que ça allait bientôt se calmer. La chaleur remontera par le sud. On aura les pieds dans l'eau pendant un moment, mais ça se dégagera.

L'assurance de ses mots semblait inébranlable, malgré le rideau de neige autour d'eux. Danny hésita, se sentant coupable, mais le temps se rafraîchissait et même le chien qu'il était ne se réjouissait pas à l'idée d'être dehors à la tombée de la nuit. Il essaya une dernière fois de convaincre l'homme de rentrer chez lui, en lui proposant même de le raccompagner, puis abandonna.

En s'éloignant de la voiture, Danny lui lança un dernier regard et le vit rejoindre à grand-peine la bretelle.

— Idiot, souffla-t-il.

Il réajusta la radio sous son bras et baissa le menton, refusant de se sentir coupable. Légèrement paranoïaque, oui, car il se demandait avec une certaine morbidité ce qui se passerait si la police trouvait son nom et son numéro sur un corps gelé, mais pas coupable.

Ces pensées disparurent elles aussi lorsqu'il quitta le centre-ville pour retrouver les rues non salées, tout transpirant dans sa parka quand il entreprit de traverser la neige toujours plus profonde. Elle tombait dans ses bottes, se frayait un chemin glacé jusqu'à ses chaussettes et plantait ses aiguilles de froid sous ses orteils.

L'avantage avec la panne d'électricité, se dit-il en marchant vers son quartier, c'était qu'au moins, l'alarme du magasin avait fini par s'éteindre.

Il jeta un coup d'œil à l'endroit où avait été garée la voiture de la femme décédée. Cette dernière se trouvait sans doute encore à la morgue. Impossible de l'enterrer dans ces conditions.

Après quelques jours passés sans chauffage, le vieil immeuble était gelé et le froid s'était infiltré dans la pierre usée. Danny vérifia son courrier purement par habitude et y trouva un mot de la police disant qu'ils étaient passés, mais qu'il n'y avait personne. Il fixa l'emblème d'un regard vide, avant de froisser le mot et le placer dans sa poche.

C'était sûrement au sujet de la bagarre avec Brock, pas du meurtre, et il doutait fortement qu'ils prennent le temps de revenir.

Lorsqu'il monta jusqu'à son appartement, Jack l'y attendait déjà. Il était couché par terre, le museau posé sur ses pattes, tandis que ses vêtements mouillés séchaient sur le canapé. À l'intérieur, le loup paraissait encore plus imposant, comme s'il n'avait pas été conçu pour vivre à l'échelle moderne. Danny déposa la radio sur le comptoir de la cuisine et se dévêtit, en retirant sa parka et son pull trempé de sueur.

— Est-ce que tu as trouvé la voiture ?

Le loup ouvrit un œil vert, bâilla et roula sur le dos. Sa queue balaya le sol avec nonchalance. C'était un peu raté pour l'effet d'intimidation. Danny s'accroupit, en équilibre sur la plante des pieds, et tira l'oreille de Jack.

— Trop mignon, lâcha-t-il sèchement. As-tu retrouvé ta voiture ?

Jack lui éternua dessus et se leva. Il s'ébroua, envoyant un nuage de pellicules et de poils, et indiqua un coin de la pièce du museau. Un vieux sac en toile tout abîmé reposait contre le mur et glissait de côté comme un ivrogne. Danny perçut une odeur suspecte. Il renifla l'air.

— Du sang ? demanda-t-il, en se retournant vers Jack.

Jack, qui avait revêtu sa peau humaine, était assis jambes croisées sur la moquette. Des tatouages faits à l'encre noire parcouraient sa peau et ondulaient sur ses muscles tendus. Ses pieds étaient nus et étrangement neufs. La corne et les cicatrices n'apparaissait pas sur les loups, du moins pas facilement.

— J'ai parlé à une femme, l'autre jour, avant de venir ici, expliqua-t-il. Maintenant, elle est morte.

— De quoi ?

— De l'hiver.

— Comment ça « de l'hiver » ? l'interrogea Danny, perplexe. Tu veux dire qu'elle est morte du froid, ou d'hypothermie ?

Jack se gratta distraitement la cuisse, en remontant vers ses bourses.

— Elle est morte à cause de l'hiver, dit-il. Que ce soit des crocs de Fenrir ou des nôtres, est-ce vraiment important ?

— Oui ! lança-t-il, en ouvrant les bras de frustration, avant de passer les deux mains dans ses boucles, où ses doigts s'accrochèrent aux nœuds mouillés. Fenrir n'a pas tué la femme de la benne. L'un des nôtres l'a fait, avec des crocs et des griffes. Et ils étaient *dérangés*, Jack, comme les humains peuvent l'être.

Les muscles autour de la mâchoire du loup se contractèrent.

— Je sais, avoua-t-il d'une voix réticente. Peu importe ce que c'est, je m'en chargerai.

— Et si tu ne pouvais pas ?

Il releva le menton, comme si on lui lançait un défi. Puisque c'en était un, petit. Danny s'attendait à ce que Jack lui saute dessus pour le plaquer au sol avec son corps lourd. Ses yeux verts brillèrent et il s'approcha si près du jeune homme que ce dernier sentit son haleine sur sa mâchoire.

— Alors quand je serai mort, tu appelleras le Numitor, souffla-t-il. Il a toujours aimé ses chiens, mon père. Peut-être qu'il t'écoutera.

Voilà qui était inattendu. Cette faiblesse, aussi légère soit-elle, refroidit Danny plus que la neige. Un frisson lui parcourut l'échine et lui secoua les os, puis l'expression grave de Jack se fondit en un sourire peu enthousiaste.

— C'est moi qui suis à poil. Alors pourquoi trembles-tu ?

Danny déglutit et lui mentit :

— Mes vêtements sont mouillés.

Jack pouffa de rire et embrassa Danny dans le cou, en traînant ses dents sur la peau fine qui couvrait le pouls du jeune homme.

— Je pourrais te réchauffer.

Danny *aurait dû* le repousser, demander plus de détails à propos de la femme morte. À la place, il glissa une main sur sa nuque, s'accrocha aux cheveux qui lui piquaient les doigts et le tira vers lui pour un baiser. L'habitude et la meute n'avaient rien à faire là-dedans, il préférait simplement le Jack suffisant et sûr de lui.

Pendant un instant, il resta aux commandes, resserra sa prise de manière possessive et força sa langue dans la bouche de Jack. Puis, le loup lui monta dessus, enfouit les doigts dans ses cheveux et lui inclina la tête en arrière, en regagnant ainsi le contrôle de la situation. Il éraflait ses lèvres avec les siennes, les écrasait contre ses dents, en poussant ses lunettes en travers de son visage. De ses mains, Danny parcourut la courbe tendue du dos de Jack et retraça de mémoire les lignes d'encre. Il passa les pouces sur ses côtes gainées de muscles, jusqu'au creux dur formé par sa taille. Sous son jean mouillé, l'érection de Danny appuyait avec un enthousiasme inconfortable sur sa braguette. Il arqua les hanches, impatient de sentir le corps ferme de Jack.

Le loup relâcha ses cheveux et lui ouvrit le jean. Il décolla le tissu mouillé de son ventre et se glissa en dessous. Cette main brûlante autour de son organe lui arracha un son suppliant et chevrotant. Jack l'avala et resserra sa prise, en intensifiant le battement du sang dans les oreilles de Danny.

Ou plutôt de son…

Danny se détourna de Jack et lécha le goût de l'autre homme sur ses lèvres. Quelqu'un frappa à la porte.

— Danny ? répéta Jenny avec hésitation.

Jack serra ses doigts. Une vague de plaisir secoua le jeune homme qui leva les hanches. La mâchoire crispée, il retenait le petit cri qui avait failli lui échapper.

— Réponds-lui et je te mords, lui murmura Jack, qui étaya sa menace en emprisonnant son lobe entre ses dents aiguisées.

Danny laissa sa tête retomber par terre dans un bruit sourd et essaya de détourner l'attention de son cerveau de son membre et de la main posée dessus. Il redressa machinalement ses lunettes, les accrocha proprement sur ses oreilles et les remonta sur son nez. En entendant un bruit métallique, il eut l'impression d'oublier un point important.

— Elle a une clé, réussit-il à articuler après une seconde.

— Pourquoi ?

— C'est mon amie. C'est ce qu'on fait entre amis, dit Danny, en s'appuyant sur son coude, avant d'élever la voix : Je suis là, Jenny ! Désolé ! Laisse-moi juste une seconde, d'accord ?

Jack lâcha un grognement mécontent, roula sur le côté, puis se remit adroitement debout. Son membre était lourd et excité, érigé vers son ventre. Il pulsait avec les battements de son cœur. Un désir ardent parcourut le ventre de Danny, il naissait dans ses testicules et s'étendait jusque dans ses cuisses, lui donnant l'impression d'avoir couru un marathon. Il ferma les yeux et inspira profondément. En vain. L'air portait le parfum de Jack et du sexe.

Il se releva maladroitement et fut immédiatement projeté contre le mur. Jack lui écrasa la poitrine d'une main et écarta les doigts pour toucher ses clavicules du pouce à l'auriculaire. Il se pencha en avant, et en pressant son corps lourd et dur contre Danny, il l'embrassa. Il leva ensuite le menton, puis s'écarta pour tapoter rudement la joue du chien.

— Reprends-lui ses clés.

Danny grimaça et ajusta son érection pour pouvoir refermer son jean. Il atteignit la porte au moment où la clé pénétrait dans la serrure et l'ouvrit sur une Jenny confuse.

— J'ai cru que tu t'étais coincé dans les toilettes, dit-elle, en posant les mains sur les hanches. Qu'est-ce que tu faisais ?

Danny croyait que c'était évident. Il tira timidement sur son tee-shirt et haussa les épaules.

— Je viens de rentrer. Je faisais un brin de toilette.

Jenny renifla devant lui, en plissant le nez.

— Essaie encore, lâcha-t-elle sèchement. Écoute, j'ai parlé à Bill.

Il la regarda d'un air hébété. Elle leva les yeux au ciel.

— Bill. Il vit ici. Il a appelé la police pour Brock après la bagarre, l'autre jour, il a emménagé l'an dernier ? Vraiment, Danny, va te sociabiliser un peu. Ça ne te tuera pas. Bref…

Elle s'interrompit et fixa quelque chose derrière le bras de Danny avec de gros yeux. Elle finit par se racler la gorge, le rouge lui montant aux joues, puis elle reporta son attention sur la fenêtre.

— Je vois donc que ton ami Jack est toujours là.

Danny jeta un coup d'œil derrière lui et vit Jack appuyé contre la porte du salon, les bras croisés sur le torse. Il était nu et arborait une érection paresseuse.

— Bon sang ! s'offusqua Danny. Mets ton jean !

Jack haussa son épaule libre.

— Il est mouillé.

— Emprunte le mien, lança Danny, en indiquant sa chambre.

Il sortit de l'appartement et tira la porte derrière lui. Jenny avait toujours les yeux rivés sur l'horizon, le visage brûlant jusqu'aux tempes.

— Désolé pour ça. Jack est… nu.

— J'avais remarqué, souffla-t-elle, la voix emplie d'une gentillesse légèrement venimeuse. Il s'en est *bien* assuré.

Danny plaça une main entre ses omoplates et l'éloigna doucement de la porte. Même si cela n'empêcherait pas Jack de les entendre s'il le souhaitait vraiment. Ils s'arrêtèrent devant la fenêtre, la fraîcheur de la vitre givrée les mordant aux bras et au visage. En regardant à l'extérieur, Danny se rendit compte à quel point la ville paraissait laide vue d'en haut. La neige déposée sur les maisons était teintée du gris des cendres et de la fumée. Les quelques rues dégagées étaient couvertes de neige fondue noirâtre et granuleuse, comme de tristes canaux. On était bien loin de la nature propre et vierge évoquée par les prophètes lorsqu'ils s'étendaient sur l'hiver de loup.

Il reçut un coup de coude dans le bras.

— Allô la Terre ?

Il baissa la tête vers Jenny, avec un sourire en guise d'excuse.

— Nous ne sommes qu'en septembre. L'année dernière, à la même période, les enfants prenaient un bain de soleil devant le château.

Elle hocha la tête et se prit dans les bras, en glissant les doigts dans les trous de son pull ample.

— Eux au moins n'étaient pas à poil.

Danny pouffa de rire et l'étouffa immédiatement avec la main.

— Ne fais pas attention à Jack. Il est un peu brut de décoffrage.

Au mieux.

— Tu dois en savoir quelque chose. Vu que c'est un ami de longue date et tout, dit Jenny.

Elle hésita, les lèvres serrées autour d'une remarque qu'elle se retenait de faire. Danny plaça les mains dans les poches et le regretta aussitôt : son jean s'étira sur ses bourses douloureuses. Il changea de position et s'appuya contre le mur de verre afin que la fraîcheur refroidisse ses ardeurs.

— *Seulement* des amis ? Je veux dire, je sais que tu as quitté ta maison sans jamais revenir. Je sais que tu ne t'entends pas avec ta famille. Je ne savais pas que tu avais une sœur, mais tu te forçais à envoyer des cartes à ta mère. C'est parce que tu étais… avec Jack ?

Elle s'était enfin lancée. Elle se mordilla les lèvres et fixa Danny avec des yeux plissés et anxieux.

— Ma famille adorait Jack, répondit-il. Tout le monde l'adorait, donc eux aussi, forcément.

— Ce n'est pas ce que je voulais dire. Es-tu homosexuel ?

Danny réfléchit. Les loups s'en fichaient. Sa mère aurait boulotté le visage à quiconque lui aurait dit avec qui elle pouvait ou ne pouvait pas coucher. Mais il y avait d'autres aspects à prendre en compte. C'était devenu compliqué pour des raisons non humaines.

— J'ai eu une aventure avec lui avant de quitter l'Écosse, mais…

Jenny le frappa à la poitrine de ses petites mains vigoureuses.

— Je me suis sentie tellement coupable pour toute cette histoire avec Brock, lança-t-elle. Tu le sais bien ! J'ai cru que c'était entièrement de ma faute, que j'avais brisé notre couple pour un stupide coup d'un soir ! Sauf qu'il n'y a jamais eu de « nous », n'est-ce pas ? Il y avait toujours cette distance entre nous et je croyais être la seule à la remarquer. Tu me disais toujours que tout roulait, que rien ne clochait. Alors que *si*.

Elle le frappa à nouveau. Il laissa son coup le repousser d'un pas pour faire sortir la colère.

— Jenny, c'est…

Que comptait-il lui dire ? Que ce n'était pas ce qu'elle croyait ? Alors que, quelque part, c'était le cas. Cette distance existait, mais en raison de leur espèce, pas de leur sexe. Il mit trop de temps à trouver une explication à fournir, s'il devait en fournir une.

— Ça m'aurait été *égal*, ajouta-t-elle, avant qu'un rire s'échappe d'entre ses lèvres, après quoi elle se frotta le front. Bon, c'est faux, mais je serais restée ton amie. Tu aurais pu me le dire. Tu aurais dû me le dire.

La douleur était nue sur le visage de Jenny et Danny se sentit mal. Il n'était pas sûr qu'une explication aurait arrangé les choses. Surtout qu'il ne pouvait pas vraiment *tout* expliquer.

— Ce n'est pas aussi simple, commença-t-il. Je croyais que ça allait bien. Je croyais que ça pourrait marcher.

Jenny baissa les yeux et se mordit fermement la lèvre.

— J'imagine que tu te trompais, mais je… hum… Je n'étais pas venue pour ça.

Danny tendit la main pour l'attraper par le coude.

— Jenny…

Elle secoua la tête, s'humidifia les lèvres avec la langue et s'éloigna de son contact.

— Non, Danny. Ça ira, mais ne fais pas ça. Je te l'ai dit, je suis venue pour parler d'un autre sujet. Ce ne sont même pas mes affaires, n'est-ce pas ? Plus maintenant.

Jenny inspira un grand coup et dit tout d'un trait, en levant le menton.

— Bill et une poignée de résidents partent chercher des dons alimentaires pour les rapporter ici. J'ai dit que tu irais. J'ai… J'ai besoin de te demander une dernière faveur.

Il ouvrit les bras, en essayant d'avoir l'air désemparé.

— Bien sûr. Tout ce que tu voudras.

Cette promesse sonnait faux, malgré ses intentions, et Jenny lui envoya un regard amer en réponse. Elle glissa la main dans sa poche et en sortit une ordonnance verte repliée plusieurs fois.

— Ils sont censés délivrer des médicaments d'urgence, pour ceux qui ont des maladies chroniques. S'ils ont des médicaments pour moi, pourrais-tu m'en rapporter ? J'apprécierais vraiment.

Danny lui prit le papier rigide des mains.

— Je ferai de mon mieux. Les médicaments que tu vas chercher à l'hôpital, tu es…

— À court, confirma-t-elle, avec un faux sourire. Peut-être que j'aurais dû y aller quand tu me l'as conseillé.

Elle se tourna et avança de quelques pas rapides vers l'escalier.

— Jenny, je t'aimais vraiment, la rassura Danny d'une voix faible. Ça n'a jamais été le souci.

Elle ne se retourna pas, mais elle haussa étrangement les épaules.

— Non, c'est vrai, dit-elle. C'était ton manque de confiance en moi.

Il n'y avait vraiment rien à redire à cela.

XII

ILS S'ÉTAIENT séparés un mois plus tôt, avec les affaires de Danny jetées dans des boîtes en carton empruntées à la bibliothèque et l'odeur d'un autre homme et du sexe sur Jenny. C'était triste, mais cela lui avait passé. Cette situation semblait pire. Comme irréparable. Au fond de lui bouillait un mélange de solitude, de colère, de ressentiment, qu'il n'aurait pu nommer pour rien au monde. Avec une pointe de frustration sexuelle, suivie par un dégoût de lui-même.

Il désirait Jack. Ce désir avait été le point de repère de sa personnalité depuis qu'il avait seize ans et que le jeune prince, âgé alors de quinze ans, l'avait pris de force dans son lit. À présent, il se sentait trop mal pour se l'autoriser. Surtout cela, comme s'il s'agissait d'une récompense pour avoir blessé son amie.

Au lieu de rentrer à l'appartement et de retirer le jean que Jack avait pu mettre, Danny jura dans sa barbe, en infusant ses mots avec autant de méchanceté qu'il put, et suivit Jenny à l'étage d'en dessous. Il s'arrêta devant sa porte lorsqu'il sentit le sel, les roses et le sucre. La jeune femme pleurait et avait déballé la boîte de loukoums achetée au marché de Tynemouth, la dernière fois qu'ils y étaient allés.

Il posa le front contre la porte. Rien de ce qu'il envisageait ne pouvait arranger les choses. Il avait des mensonges plein la tête, et une très mauvaise idée : la vérité. Danny ferma fermement les yeux de frustration, se poussa du montant et se mit à enlever son haut tandis qu'il se dirigeait vers la volée de marches. Une porte marquée d'un « Accès Interdit » se trouvait sous l'escalier du rez-de-chaussée. Elle menait à ce qu'un agent de location à l'esprit généreux aurait pu appeler un sous-sol. En vérité, il s'agissait plutôt d'un débarras empestant le vinaigre et les livres poussiéreux, qui comportait un compteur d'électricité global posé au mur. Lui qui d'habitude cliquetait efficacement, était devenu silencieux et sans valeur.

Les résidents avaient le droit d'y garer leur vélo si nécessaire. En l'occurrence, quatre vélos étaient attachés, mais pas une seule fois Danny ne les avait vu bouger. Plusieurs générations d'araignées étaient nées et s'étaient éteintes sur les rayons de la roue arrière de celui de Jenny. Seul Danny descendait dans cet endroit.

Il se déshabilla complètement, le froid faisant monter la chair de poule sur ses cuisses et ses bras, puis il posa ses vêtements pliés sur le guidon de la bicyclette de la jeune femme. L'haleine fumante, il avança vers une ancienne trappe en fer et entra la combinaison du cadenas.

Les charnières grincèrent et craquèrent lorsqu'il souleva le lourd couvercle en fer qu'il soutint avec un bâton. Danny fronça le nez devant la puanteur de la poussière de charbon moisie et se faufila dans le court tunnel. Ce dernier était tout juste assez large pour ses épaules, et tandis qu'il se mettait en position, de vieilles vis lui raclèrent la peau. Là, il revêtit sa fourrure, et les pattes du chien glissèrent sur le métal.

Il éternua, et en raclant des griffes, il remonta la pente à tâtons jusqu'à pouvoir sortir à l'autre bout en se tortillant. Il tomba dans la neige, éternua encore et s'ébroua, en jetant de la poussière sur le blanc immaculé autour de lui.

Tout avait une odeur de propre et d'amidon, de nouveau. L'air était d'un froid cinglant, mais calme autrement, comparé aux tempêtes et bourrasques des semaines précédentes. Le chien grogna d'enthousiasme, insensible à l'appréhension humaine et à l'idée du « calme avant... ». Il quitta le jardin à l'aveugle pour aller fourrer sa truffe sous divers objets, en recevant de la neige dans les oreilles. Une goutte de stalactite, accrochée à un camion, tomba droit dans son canal auditif, le forçant à secouer la tête de toutes ses forces et à former des cercles pour frotter son oreille contre son épaule.

Il lui était impossible d'avoir des émotions complexes sous sa forme canine. Elle n'était pas équipée pour cela. Il se sentait mal de s'être fâché avec l'humaine, qui faisait comme partie de sa meute, mais il ne pouvait rien y faire. Et même s'il le pouvait, l'humaine en question n'était plus là, or les chiens ne s'occupaient pas des objets qu'ils ne voyaient pas.

En plus surtout, un bâton ressortait sous la palissade.

Après avoir creusé dans la neige, le chien glissa la tête sous la branche pour la relever, puis la prendre dans sa gueule. Les crocs aiguisés s'enfoncèrent dans le bois encore frais au goût vert de sève et il le tira vers lui.

Lorsqu'il reprenait forme humaine, il ne comprenait jamais vraiment ce que le chien aurait voulu en faire. Mais pour l'animal, le simple fait qu'il s'agissait d'un bâton suffisait. Le chien remonta difficilement le chemin, rasant la neige avec le bout de bois, ses pattes refroidies et piquées par la glace. Le vent glacial sifflait autour de lui, le caressait dans le mauvais sens du poil. Arrivé au bout, le chien lâcha le bâton et l'observa, satisfait.

Un bâton, assurément.

L'attaque le prit par surprise, la fourrure fauve et les muscles lui rentrèrent dans le flanc et l'envoyèrent dégringoler la colline en un amas de neige et de poils. Les devantures des magasins et les voitures défilèrent sur les côtés, en tournant.

La puanteur du loup assaillit la truffe du chien, la peur d'un prédateur plus imposant lui secoua les muscles d'adrénaline. Le noyau de sa personne, cette partie qui ne changeait pas quelle que soit sa forme, retarda la panique. Un loup, mais pas n'importe lequel.

Jack. La bruyère, la pierre et la Nature Sauvage, chien ou homme, il restait Jack.

Ils tombèrent violemment en bas de la colline avec le chien sur le dos et le loup au-dessus. Les crocs blancs manquèrent d'arracher le museau du chien, puis le gros animal s'éloigna de lui d'un bond, la queue dressée tandis qu'il se tenait sur les pattes avant.

Viens jouer. Les mots étaient inutiles entre loups et chiens.

Le chien aboya en retour, sa queue lisse balayant la neige tandis qu'il se relevait péniblement. Mais... Des trucs d'humain ? Des trucs d'humain. Il plaça sa queue entre les jambes avec rancœur et laissa l'humain s'en occuper, assis, dégoûté, avec les genoux dans la neige.

Danny inspira l'air glacé entre ses dents, alors que le froid lui mordait la chair. Qu'il y soit plus résistant que les autres ne semblait faire aucune différence lorsque ses testicules se balançaient dans la brise. Tout le monde en aurait eu des frissons. Il y aurait songé à deux fois avant de se transformer, mais pas le chien.

— Putain, marmonna-t-il.

Il se couvrit des deux mains – froides, elles aussi, donc inefficaces – et ajusta sa position accroupie. Le vent cinglant trouvait chaque creux, chaque partie tendre, où planter ses doigts gelés.

— Merde. Pas maintenant, Jack. J'ai besoin... de rester seul.

Le loup émit un rire nasal et utilisa sa truffe pour envoyer de la neige sur Danny. Il tressaillit et manqua de tomber sur les fesses dans le duvet blanc, mais se retint in extremis. Ses doigts s'écrasèrent dans la neige, disparaissant presque jusqu'à la dernière jointure. Même à moitié aveugle sans ses lunettes, il se doutait que le loup se gaussait de lui, les oreilles aplaties et la langue pendante. Danny lui montra le majeur et tenta de trouver une position optimale pour ne pas geler ses parties précieuses, tout en évitant d'offrir un spectacle de nudité à Mme Patel et à la moitié des habitants de Durham.

— Je n'ai pas l'habitude d'être entouré de gens, dit-il. Plus maintenant. Plus tout le temps. J'ai besoin de réfléchir, pas de m'envoyer en l'air ou de jouer dans la poudreuse.

Le loup se jeta joyeusement sur lui, lui mordilla les genoux et les coudes. Danny glissa et finit le dos dans la neige, en crachant un juron d'une voix comprimée par le choc. Le loup le tapota de son museau frais derrière l'oreille, puis éternua exprès dedans.

— Si mes joyeuses tombent de froid, ce sera de ta faute, grommela Danny, en repoussant l'épaule lourde de Jack.

Sous l'épaisse fourrure, il pouvait sentir la chaleur de son corps de loup. Puis la fourrure disparut et sa main se retrouva sur une peau nue et dorée. Danny glissa le pouce sur la couronne tatouée et gravée dans sa peau, juste au-dessus de sa clavicule, haute et marquée.

— Tu regrettes d'avoir blessé ton amie, expliqua Jack, en baissant le visage afin que Danny puisse le distinguer. Tu ne voulais pas baiser avec moi parce que tu sais qu'elle a raison. Tu me désires plus que tu ne l'as jamais désirée. Maintenant, tu veux bouder dans ton coin le temps de te convaincre que la meilleure chose à faire, c'est de ne jamais plus te laisser prendre à nouveau. Je te connais.

— Tu me connaissais.

— Tu n'es qu'une tête de mule trop attachée à tes humains et à tes livres, gronda Jack, avec un grognement menaçant dans la voix. Et tes joyeuses, tu vas en avoir besoin.

Cela suffit à lui arracher un petit rire. Il était prêt à céder et à rentrer à l'appartement avec Jack quand quelqu'un hurla dans le froid. Un son chevronnant qui résonna, déchiré brusquement par le silence.

Jack leva violemment la tête, les yeux brillants et les narines dilatées tandis qu'il humait l'air. Et lorsqu'il se transforma, Danny s'accrocha au loup, en plongeant la main dans les poils de son cou.

— Attends ! lança-t-il. Ils cherchent les chiens tueurs, tu te rappelles ? Que crois-tu qu'ils feront en voyant un *loup* ?

Sa lèvre noire se recourba et afficha un croc blanc et acéré pour montrer son opinion sur la question. Jack s'ébroua et bondit, en faisant perdre sa prise à Danny. Si frigorifié à présent qu'il crut voir ses testicules virer au bleu, Danny se retransforma en chien et s'enfuit en courant. Il comptait retourner d'abord à l'appartement pour prendre des affaires, puis enquêter, mais le chien, lui, préféra suivre son chef.

LE RÉPIT laissé par le temps fut de courte durée et le vent se remit à siffler vicieusement dans les rues. Il descendait du nord, de l'autre côté du mur, comme les loups, et portait la glace. Il rasait les congères et emportait les morceaux gelés qui sautillaient telles des pierres sur la route.

Un gros morceau heurta le chien au flanc et l'envoya s'étaler sur la glace où ses pattes perdirent leur prise. Il peina un moment à se relever. De sa hanche irradiait une douleur sourde et du sang ainsi que des poils s'accrochaient à la neige bien dense.

Le souffle fumant entre ses crocs, le chien s'agita. Le vent lui retroussait les oreilles, enfonçait ses doigts de glace à l'intérieur et lui tirait la queue. Danny remonta laborieusement la pente en clopinant, les rafales de vent qui s'échappaient des ruelles le poussant dans les côtes et le relâchant si brusquement qu'il bascula, le nez dans la neige.

Des ombres humaines imaginées lui envoyaient des frissons dans le dos, la peur d'une main malveillante le menaçant à chaque chute ou chaque erreur de jugement. Le chien se souciait peu de la signification profonde des choses, seulement de la réalité. Mais, juste au cas où l'humain aurait raison, il mordait le vent comme s'il y avait de la chair à déchirer.

Les cris avaient cessé, mais lorsque le chien tendait l'oreille, il pouvait entendre résonner une plainte. Comme un lapin, avant que les dents se referment sur son cou. Son cerveau lui lança un coup de fouet, une moitié criant « proie » et l'autre « aide ». Les deux possibilités l'obligèrent à accélérer le pas vers l'endroit d'où provenait le son. Mais une seule remplissait sa bouche de salive.

L'animal suivit la plainte dans la rue, à travers un terrain vague et une palissade. Il ne cherchait pas à retrouver sa tanière, mais le paysage olfactif du quartier indiquait qu'il s'en rapprochait. Chaque virage qu'il prenait réduisait sa carte mentale, jusqu'à ce qu'il se faufile sous un camion abandonné pour renifler la puanteur bien distincte d'un renard sur un pneu, et qu'il ressorte de l'autre côté devant sa maison humaine.

Le chien s'immobilisa, la queue battant contre son arrière-train avec les oscillations du vent. Il lâcha un geignement, se lécha la truffe. Que l'Autre vienne à nouveau chasser ici lui déplaisait, tout comme l'absence de son odeur sur les arbres délimitant le territoire. Quel loup revendiquait un terrain de chasse sans en marquer chaque branche ?

Une fenêtre de l'immeuble s'ouvrit et l'un des humains que le chien devait supporter en sortit :

— J'ai appelé la police ! mentit l'homme à la fenêtre, dont les dents ne claquaient pas seulement de froid. Elle sera bientôt là !

D'autres visages apparurent aux fenêtres, de pâles silhouettes qui peinaient à voir derrière leurs vitres givrées. Le chien quitta l'ombre et se déplaça furtivement sur la route. Du sang était à moitié enterré sous une couche de neige fraîche, près du grand portail. Lorsqu'il renifla la tache, il sentit l'odeur de savon et de sel du sang gelé, l'odeur mauvaise mais agréable de la peur, et rien d'autre.

— Je le vois ! hurla quelqu'un qui se pencha sur le rebord. Cette saleté d'animal ! Oust, dégage de là !

Quelque chose se brisa contre le mur et éparpilla des bouts de verre dans la neige, trop loin du chien pour qu'il daigne reculer. La bête renifla à nouveau le duvet blanc, même si elle pouvait se contenter de suivre la neige dérangée. Tous les deux pas apparaissait une tache rose, enfoncée dans le blanc par des empreintes de pas.

L'animal les longea en allongeant ses pas et arriva à la fenêtre cassée de la coopérative. Plus de sang, étalé sur les pointes givrées du verre. Le chien sauta par-dessus le muret, puis tourna la tête de droite à gauche pour s'ajuster aux sons qui rebondissaient sur les étagères vides. Brock n'avait pas pu aller plus loin. Il gisait sur le carrelage, le rouge cristallisé autour de lui. À l'odeur du sang frais et de la viande crue, le chien saliva davantage. Un filet de bave lui coula entre les dents et sur ses lèvres noires.

L'homme fixait le plafond d'un œil bleu et vitreux qu'il clignait lentement, la paupière tremblante, l'autre était solidement fermé par l'hémoglobine et le gonflement. Son souffle s'échappait, râpeux, à travers un tamis de sang et de peau déchirée. Un de ses bras était cassé et retourné, plié dans le mauvais sens, et sa cuisse révélait une énorme morsure ensanglantée. C'était essentiellement de là que s'échappait le liquide. Et toujours aucune odeur suspecte sur lui, en dehors du sang et de la peur.

Le chien s'approcha et poussa l'épaule de Brock du museau. Au toucher, il recommença à crier, ses lèvres lacérées faisant gicler le sang au contact de l'air, tandis qu'il se débattait faiblement par terre. Ses pieds tapaient et glissaient, l'un chaussé, l'autre déchaussé, et il tentait de se traîner en arrière, en étalant du rouge sur son passage.

L'odeur âcre de l'urine se mêla aux autres.

Gémissant d'un air désolé, le chien recula. Il s'aplatit sur le ventre, menton sur les pattes, et se frotta à l'humain. Le chien était doué pour courir et pister, doué dans son rôle de chien. C'était le genre de comportement que les humains arrivaient mieux à accepter.

XIII

Danny en avait assez de se transformer pour se retrouver le sexe exposé au froid. Il se mit debout, cracha des jurons et regretta de ne pas avoir eu le bon sens de prendre des vêtements de rechange avec lui. Certains membres de la meute y arrivaient – le Numitor, sa mère et quelques anciens – même s'ils ne s'en donnaient pas la peine. Quand les humains du coin les voyaient gambader dans le plus simple appareil, ils ne s'en plaignaient pas. Le propriétaire sur sa colline et ses proches étaient toujours de bons sujets de commérages.

Un professeur de religion pris en cours de transformation avec le service trois pièces à l'air, c'était beaucoup moins acceptable.

— Brock, lança Danny. Que s'est-il passé ?

Au lieu de lui répondre, Brock s'appuya contre les étagères vides d'un rayon. Ses lèvres lacérées bougeaient, le sang coulait sur son menton tandis qu'il bredouillait des prières. C'était une version brouillée d'Ave Maria, récitée en boucle.

— Sainte Marie, mère de Dieu, priez pour nous, maintenant et à l'heure de notre mort. Sainte Marie, mère…

— As-tu vu la personne qui a fait ça ? demanda Danny.

Il contourna les flaques de sang. Elles gelaient à vue d'œil, mais restaient assez molles pour être marquées d'empreintes. Il s'accroupit, tendit la main pour tenter de l'aider, puis il hésita, ne sachant pas où toucher l'homme qui paniquait déjà.

— Brock. Brock, écoute-moi. Est-ce que tu l'as vu ?

— Non.

Ses lèvres articulaient les phrases et les strophes de prières dont il se souvenait. Les dieux qu'il invoquait étaient impuissants, mais il essayait. Danny releva la tête. Jack se tenait au milieu du rayon et essuyait avec nonchalance le sang sur ses doigts. L'espace d'une seconde, Danny se demanda où le blond avait trouvé ces habits. Puis, il comprit. L'encre sur son corps était la même, mais ses cheveux étaient trop longs et d'une teinte plus foncée, comme s'ils voyaient rarement le soleil, et la barbe naissante sur sa mâchoire était une vraie barbe à quelques centimètres près. Le vert de ses yeux était le bon, mais son regard trop détaché. Jack se moquait éperdument de Brock, mais au moins il aurait vu en lui un homme blessé.

— Gregor, souffla Danny, à moitié accroupi, en équilibre sur la plante des pieds. Pourquoi ?

— Parce que les humains sont faibles et aveugles, lâcha-t-il, en haussant les épaules.

Il avança, son pied éclaboussant le sang, et Danny recula d'un pas. Le vent le poussa dans le dos pour le contenir à l'intérieur. Gregor pencha la tête de côté.

— Est-ce que je te connais ? Je te connais, chien.

— Je ne crois pas, non, dit Danny.

Ses jambes tremblaient avec l'envie de reculer encore, mais il pouvait *sentir* l'excitation dans l'air. S'il courait, Gregor le traquerait. Ce dernier inclina doucement la tête de l'autre côté, comme si un autre angle allait lui rafraîchir la mémoire. Danny fut parcouru d'un frisson, il souffla et eut du mal à garder les mains stables. Essentiellement à cause du froid. Gregor avait toujours été… imprévisible. Il passait trop de temps sous sa forme de loup et cela pouvait rendre les limites… floues.

— Tu étais le chien de mon frère, lança-t-il, ses yeux verts plissés, avant de lever la main et claquer des doigts, comme s'il appelait un chien de berger. Je me rappelle. Tu courais vers lui quand il t'appelait.

— Je n'appartiens à personne.

Lorsqu'il souriait, il ressemblait peu à Jack. C'était l'ombre d'un sourire, à peine voulu, qui n'atteignait pas ses yeux.

— Alors tu es un chien errant ? Il y a des règles pour ceux de ton espèce. Viens là.

— Tu me veux ? Viens me chercher.

Gregor le regarda des épaules à l'entrejambe.

— Je me serais amusé avec toi, si seulement tu ne portais pas son odeur nauséabonde. Chien, où se trouve Jack ?

— Je ne sais pas.

Gregor grogna, un bruit animal qui sortit d'une gorge humaine. Sa lèvre se retroussa et il secoua la tête, comme pour chasser la rage. Le bras brisé de Brock était sur son chemin. Il l'écarta d'un coup de pied, en arrachant à l'homme blessé ce fameux gémissement de lapin mourant.

— Où est-ce que je peux le trouver ?

— Je ne te le dirai pas.

Gregor éclata d'un rire râpeux.

— Bon toutou. Peut-être que je te baiserai après un bon brossage, finalement.

Danny se crispa, ferma les poings et gonfla les épaules. Il était plus grand que lui, le dépassait d'autant de centimètres que son frère, mais il ne se sentait pas *assez* imposant. Pas étonnant. S'ils venaient à se battre, Gregor lui arracherait la peau pour s'en faire des bottines.

— Qu'est-ce que tu lui veux ? demanda Danny. Tu as gagné, Gregor. Le Numitor t'a choisi, pas Jack. C'est ce que tu voulais.

Gregor réduisit la distance qui les séparait en deux enjambées et passa une main autour du cou de Danny. Ses doigts s'enfoncèrent et trouvèrent les nerfs, envoyant aussitôt une douleur aiguë vers le cerveau du jeune homme. Malgré ses dents serrées, un glapissement s'échappa de sa bouche et il plia avec réticence sous la prise de Gregor afin de tenter d'en atténuer la douleur.

— Mon P'pa m'a choisi parce que mon frère est un pervers, grogna Gregor à l'oreille de Danny. Et non parce que j'étais meilleur que lui. Tous les loups le murmurent : si seulement Jack s'était fait une femelle, notre père l'aurait choisi. Il aurait suffi qu'il doigte une chienne et j'aurais été banni à sa place.

Danny grimaça. Il s'en était douté, mais c'était le genre de question à ne pas poser. Tant qu'il y avait accouplement, les loups se fichaient bien de la personne. Les meutes servaient à produire des petits. Si vous ne vouliez ou ne pouviez pas, votre rang social baissait. Un chien comme Danny ? Personne ne se souciait de son entrejambe. Mais une femme comme sa mère serait tombée en bas de l'échelle, si les prophètes avaient annoncé qu'elle ne pouvait plus engendrer de louveteaux.

Le Numitor ? Un Numitor stérile n'était même pas envisageable. Si Jack ne pouvait, ou ne voulait, pas engrosser une jolie petite louve – et Danny aurait parié que Gregor n'en insulterait jamais une s'il l'avait en face de lui – il ne pouvait pas diriger la meute, or Jack n'acceptait pas d'être en bas de l'échelle.

— Alors, quoi, tu comptes le traquer et le tuer ? Tu crois que ça changera quelque chose ?

— Oui. Mais d'abord, je dois m'occuper de toi.

Dans la rue, dans le vent, une personne cria nerveusement :

— Par ici ! Il était là.

La neige crissa, puis une autre voix ajouta :

— Il y a du sang ici !

Gregor leva la tête, la lumière pâle de l'hiver était rouge dans ses yeux. Il referma les doigts sur la gorge du jeune homme et serra jusqu'à ce que sa respiration entre et sorte en sifflant.

— Les humains, souffla Danny. En groupe, ils sont dangereux.

L'haleine sur sa joue était brûlante, épicée par une touche de sauvagerie.

— Plus dangereux que moi ?

— Ils ont déjà décimé les loups, par le passé.

— Pas les miens.

Les longs muscles dans le bras de Gregor se contractèrent, il releva Danny du sol et le regarda se balancer avec des yeux vitreux. Puis il le jeta à travers le magasin. Danny vint s'écraser contre les étagères d'un rayon, avant de heurter les carreaux.

— Mais j'ai d'autres projets, ici. Ils attendront leur tour. Dis à mon frère que je veux le voir durant la pleine lune. Dis-lui que j'ai appris de nouveaux tours.

Danny roula sur le côté et s'appuya sur le coude. L'air froid éraflait sa gorge douloureuse tandis qu'il en remplissait ses poumons. Des points noirs dansaient dans son champ de vision. Il se frotta les yeux et revêtit péniblement sa fourrure. Le chien se remit debout et fila, sans se soucier d'avoir les pieds en sang. Il sauta par la fenêtre cassée, s'élança dans la rue et fonça dans le petit groupe d'hommes en parka et tenue de ski. Ils s'éparpillèrent, criant et secouant des armes improvisées, tandis qu'il mordait et tournait en rond. S'ils atteignaient le magasin avant que le loup en sorte, la confrontation serait inévitable.

En humain, il avait foi en eux et en leurs mains habiles. Mais pas en chien. Le loup l'emporterait. Il se blesserait peut-être, mais il l'emporterait.

Une batte de cricket le frappa aux côtes, qui éclatèrent de douleur, une pelle le heurta à la tête et ses oreilles se mirent à siffler. Le chien sentit le sang, pâteux et sans goût, dans ses sinus. Tout en éternuant dans la neige, il se jeta pour mordre dans le tissu glissant d'une parka. Cette dernière se déchira et lui couvrit la langue d'une bouchée sèche de plumes.

Une poêle en fonte, balancée sauvagement, manqua de peu de lui éclater le crâne. Avant que son propriétaire ne recommence, Gregor sortit. L'énorme loup au poil miel sombre jaillit par la fenêtre, la neige volant sous ses pattes. Il lança un grognement aux humains, un son qui déchira l'air. Ils se figèrent, une partie primitive de leur cerveau immobilisant leurs muscles, et le loup les observa de haut pendant un long moment. Puis il pouffa de satisfaction et leur tourna le dos, s'éloignant enfin dans la rue.

Le chien s'enfuit, lui aussi. Il boitait et perdait du sang tandis qu'il cavalait. Quelques humains tentèrent de le suivre, en courant avec difficulté et en glissant sur la neige, loin de pouvoir le rattraper. Cette vaine poursuite prit fin lorsqu'une personne retrouva Brock et qu'une voix familière appela quelqu'un – n'importe qui – à l'aide.

À L'INTÉRIEUR de l'appartement, il ne faisait pas plus chaud qu'à l'extérieur. Danny attrapa une serviette dans la salle de bain et frotta hâtivement le coton sur ses bras et ses jambes pour gratter le sang et la boue. Ses membres étaient couverts d'éraflures et une tache violet et vert s'étendait sur son flanc. Il appuya sur les endroits jaunâtres du bout des doigts et grimaça de douleur.

Ses côtes guérissaient déjà. À la palpation, sous la chair, il put sentir les bosses anguleuses des os en train de se reconstituer. Les meurtrissures semblaient dater d'une semaine, au moins.

Cela faisait longtemps qu'il n'avait pas guéri aussi vite. Pas depuis qu'il avait quitté l'Écosse. Il ne savait pas si c'était dû à ses transformations plus nombreuses ou à la présence de Jack. Ou peut-être même les deux, se dit-il, mais pour l'instant, il n'avait pas le temps de s'étendre là-dessus. Il devait s'assurer de la sécurité de Jenny, trouver ce qui était arrivé à Brock.

Danny baissa le bras, gémissant sous la douleur des muscles qui roulèrent sur ses côtes, et enfila un pull qu'il ramassa sur le lit. Il s'observa dans le miroir de la salle de bain, se lécha le pouce pour essuyer le sang sur sa lèvre supérieure. Là, il avait l'air humain. Même s'il ne l'était pas.

Jenny avait manié la poêle. Elle l'avait dénichée à Dalton Park. Une Le Creuset achetée en solde. Danny plaisantait tout le temps là-dessus, en disant qu'elle pourrait lui servir d'arme. Son nez n'arrêtait pas de couler. Il essuya le sang avec la manche et quitta la salle de bain.

Aucune trace de Jack. Danny se massa la nuque, en sentant le picotement de ses cheveux, puis il alla vérifier la fenêtre. Gregor et lui s'étaient-ils retrouvés dans la neige ? Ce serait terrible.

Le jeune homme s'appuya contre le rebord de la fenêtre et regarda dehors, à la recherche de traces dans la neige ou de yeux brillant dans l'obscurité. La nuit était tombée, le ciel blanc de ces derniers jours était aussi contusionné que ses côtes. Il était rempli de nuages noirs gonflés qui amenaient le crépuscule avant l'heure. Ils versaient des trombes d'eau qui venaient s'écraser sur l'herbe et pénétrer la neige.

— Allez, Jack, marmonna Danny, en glissant son poing sur la vitre. Bouge-toi, rentre t'abriter de la pluie.

Un tambourinement de poings sur la porte arracha Danny à ses pensées et il eut le cœur au bord des lèvres. Il se contorsionna, siffla lorsque ses côtes entravèrent le mouvement, et capta ensuite l'odeur de la rose et de la maladie dans l'air. Jenny.

Ses phalanges ressortaient, blanches sur sa peau, son visage s'était tordu en une expression de rage et de peur. Un grognement d'effort, tandis qu'elle essayait d'écraser son crâne avec la poêle.

Danny secoua la tête. C'était injuste. Elle avait cru qu'il était un chien méchant, alors qu'il avait simplement voulu les apeurer. Critiquer la jeune femme n'allait pas l'aider à se sentir moins coupable.

Elle martelait sa porte avec la paume des mains, lorsque Danny l'ouvrit. Elle faillit lui tomber dessus, mais se rattrapa en posant les deux mains sur son torse.

— C'est Brock, lança-t-elle, les yeux larmoyants, avant de renifler. Il… Oh, putain, Danny… Il est blessé. *Gravement* blessé. Je ne sais pas quoi faire.

— D'accord, répondit-il, en posant les mains sur ses épaules.

Il eut un léger frisson de surprise en entendant que l'homme était encore en vie. Lorsqu'il avait quitté le magasin, il pensait que Gregor lui donnerait le coup de grâce avant de le suivre.

— Ça va aller. On trouvera une solution. Que s'est-il passé ?

Elle s'essuya le visage avec les deux mains, étalant ses larmes sur ses cheveux. Ses doigts étaient couverts de sang. Il tachait également ses manches et son jean.

— J'ai entendu le cri, expliqua-t-elle. Nous l'avons tous perçu. C'était horrible. Tu ne l'as pas entendu, toi ? J'ai frappé à ta porte, mais je ne pouvais pas t'attendre. On devait y aller et il… Mon Dieu, il a été attaqué par un chien. On l'a vu, cette chose horrible et laide. Bill a dit que c'était comme un lurcher, ou un de ces chiens utilisés pour la chasse des loups.

Elle renifla et s'essuya à nouveau le visage.

— Bon sang. Je n'aurais jamais cru pleurer à nouveau pour cet enfoiré. Mais il est tellement… rongé. Je n'arrive pas à croire qu'un chien ait pu lui faire ça. Ce n'était qu'un chien.

Danny doutait que la vérité puisse l'aider à se sentir mieux. Il lui tapota le bras pour lui apporter un futile réconfort.

— On trouvera une solution.

Elle attrapa sa main et la serra, les doigts chauds et collants.

— Je ne veux pas me battre avec toi, Danny.

— Moi non plus. C'était injuste de ma part.

Il était aussi proche de la vérité qu'il pouvait l'être.

— Je vais chercher ma trousse d'urgence, ajouta-t-il.

— Je crois que ça ne lui suffira pas, Danny.

Elle avait raison, mais les premiers secours au moins, il s'y connaissait. En songeant à ce tas de sang et de chair mâchée allongé sur le carrelage de la coopérative, il n'était pas sûr de pouvoir faire quoi que ce soit d'autre. Il alla dans sa chambre, prit sa veste et tira un sac en toile de sous son lit. Tout en jonglant maladroitement avec ses affaires, il enfila ses bottes sur ses pieds nus et se dépêcha de rejoindre Jenny. Elle ne demanda rien à propos de Jack, mais lança un bref regard vers l'appartement, par-dessus l'épaule de Danny.

Un étage plus bas, la porte de Jenny était grande ouverte, et son appartement rempli d'étrangers. En entrant, Danny fusilla du regard la batte posée contre le mur et sentit une gêne dans ses côtes lorsqu'il inspira. Brock était allongé sur le canapé du salon, il saignait à travers la polaire grise que quelqu'un avait appliquée en guise de bandage. Il était livide, transpirait sous le sang, et il empestait. Cette puanteur maladive fit reculer Danny d'un pas et le menaça d'un haut-le-cœur. La blessure ne sentait pas le propre. Dans sa mémoire olfactive, la bile acide, coagulée dans le ventre d'un mouton empoisonné, était ce qui s'en rapprochait le plus.

Une main rassurante se posa dans le bas de son dos, mais Jenny avait dû croire que c'était la vue du sang qui le troublait.

— Je crois qu'il est en état de choc, soupçonna l'homme chauve agenouillé à côté de Brock. Peut-être qu'on devrait lui donner à boire ?

— Je crois qu'on n'est pas censé donner à boire à quelqu'un qui a eu un accident, Bill, dit un jeune homme, en passant nerveusement une main dans ses cheveux.

Danny mit un moment à reconnaître Adil, le fils de Mme Patel, sans son habituelle banane sur la tête. Il devait être à court de cire.

— Au cas où ils auraient des blessures internes, ajouta-t-il.

— Je croyais que tu étais en école de médecine, lança Jenny, en plissant les yeux.

— En première année ! lança-t-il, avec un regard inquiet. En première année, on ne *touche* même pas les gens !

Danny jeta sa veste sur une petite table et retira son sac pour le lâcher par terre, près du canapé. L'odeur lui piquait le nez, quelque chose en elle chatouillait les crocs sous ses gencives. Apparemment, son instinct lui dictait que tout ce qui sentait ainsi devrait être mort et enterré sous une bonne couche de terre. À la place, il releva précautionneusement les bords du pansement sur la cuisse de Brock. En dessous, son jean déchiré était collé à ses jambes, le sang coagulé rendant difficile la distinction entre sa peau et le tissu.

— Nous devrions l'emmener à l'hôpital, proposa Bill, en s'écartant pour laisser la place à Danny.

Une des femmes passa son bras autour de Jenny pour tenter de la détourner de la scène. La jeune femme s'en dégagea, alla à la cuisine et revint avec une poignée de bougies et plusieurs soucoupes sous le bras. Elle les alluma, posa la cire sur la porcelaine, puis les disposa sur le sol et sur une étagère.

Danny ouvrit son sac en toile et y plongea la main, ses doigts se refermant sur le métal frais d'une paire de ciseaux.

— On ne peut pas appeler une ambulance, leur fit-il remarquer. Avec un tel saignement, il n'arrivera jamais à l'hôpital.

Il découpa un bras de la veste polaire et décolla le tissu, compatissant en grimaçant avec réticence tandis que les croûtes cassaient et se déchiraient. L'hémoglobine coula encore, elle empestait le sang et la chair contaminés.

— Vous avez de l'eau ?

— Maman nous en a fait parvenir, lança Adil, en prenant inutilement sa défense lorsqu'il alla en chercher. Elle a dû rester avec Mo. Ce n'est qu'un enfant. Il ne devrait pas voir ça.

Il tendit une bouteille d'eau à Danny, son bouchon sport en plastique condamnant encore l'ouverture. Il l'arracha avec les dents, ses crocs s'enfonçant dans l'anneau, et utilisa l'eau pour nettoyer le sang sur la jambe de Brock. C'était un carnage. Les morsures survenaient lorsque la proie – la victime, en l'occurrence – était vivante. Elle se débattait et il fallait donc sans cesse ajuster sa prise. La blessure sur la jambe de Brock était bien pire. Danny s'attendait à voir de la peau déchiquetée et des muscles coupés, mais l'horreur entre l'entrejambe et le genou de Brock ressemblait plutôt à de l'effiloché de porc. Il appliqua plusieurs couches de gaze sur la plaie et scotcha le tout.

Il restait une demi-bouteille. Danny la passa à Bill, puis extirpa un flacon de pilules de son sac. Ses doigts laissèrent des empreintes sanglantes sur l'étiquette.

— Essayez de lui en faire avaler quelques-unes.

— Tu es docteur ?

— En théologie, répondit Danny.

— Sérieusement ? Comment ça se fait que tu aies tout ça ? demanda Bill, un rire nerveux teintant sa voix tandis qu'il jouait avec les pilules. Vous avez l'habitude de sortir les couteaux quand vous vous disputez à propos des Corinthiens ?

Les dégâts de son bras dépassaient ses compétences. Il nécessitait sûrement une écharpe ou une attelle, mais Danny ne savait même pas par où commencer. Le membre se balançait d'une manière qui évoquait de multiples fractures et son coude était à l'envers. Le jeune homme ajouta de la gaze sur les plaies perforantes qui couvraient l'avant-bras de Brock, en tapotant dessus. L'homme ne bougeait pas, mais Danny percevait le mouvement légèrement écœurant de ses os sous la peau.

— J'ai grandi en Écosse...

— Où ça ? À Gorbals, dans les bas-fonds de Glasgow ?

— Pire que ça. Dans la campagne, expliqua Danny. Nous étions à des kilomètres de tout. La trousse d'urgence avait intérêt à tenir s'il arrivait quelque chose.

Il s'améliorait dans le mensonge sans *mensonges*. Les humains partaient du principe que les blessés en question attendaient l'ambulance ; lui savait qu'ils attendaient de guérir plus vite qu'ils ne mouraient. Mais même avec la guérison accélérée des loups, une artère lacérée pouvait vous vider de votre sang avant la guérison. Par ailleurs, si un os se reconsolidait dans le mauvais sens, le casser à nouveau était un processus très douloureux.

Danny en portait la preuve, avec sa clavicule un peu de travers. Sa mère l'avait cassée une seconde fois avec des pinces stériles. Elle avait tenu les os bien droit tandis qu'elle lui faisait la morale, en attendant qu'ils se ressoudent. Dans le cas de Brock, sa mère se serait contentée d'abréger ses souffrances.

Après s'être essuyé les mains sur son pantalon, Danny sortit un rouleau de bandes stériles du sac. Il s'efforça de recoller le visage défiguré. Ses lèvres, coupées en trois, pendouillaient et dévoilaient ses dents et ses pâles gencives, et il avait une narine fendue. Son œil, lui, était couvert d'un pansement de sang, la paupière si gonflée et si fine que Danny craignait de la toucher.

— Est-ce qu'il va bien ? demanda Bill.

— Non, répondit Adil à la place de Danny, d'une voix cassée par les nerfs. Regarde-le. Bien sûr qu'il ne va pas bien. Qu'est-ce qui a pu te faire croire une chose pareille ?

Bill pinça ses lèvres et lança à Adil un regard irrité, avant de se relever en s'aidant de l'accoudoir.

— Je n'en sais rien, moi. Je veux dire, il est dans un sale état, mais qu'est-ce qu'on pourrait y faire ?

— On ne sait pas, lança Jenny. C'est bien ça le souci.

Danny rangea à la hâte l'équipement non utilisé dans la trousse, en s'éloignant aussi vite que possible du corps puant de Brock. Le pack d'eau trônait sur la table basse. Il déchira l'emballage et en retira une bouteille. Il tourna le bouchon et but une gorgée. L'eau au goût fade de plastique s'écoula autour de sa bouche.

— Il a besoin d'aller à l'hôpital, dit-il, en s'adossant au mur, et puisque ses mains tremblaient, il reposa la bouteille. Mais impossible d'y aller maintenant. Il fait trop sombre et ce ne serait pas prudent de conduire dans le noir.

Bill s'approcha de la fenêtre et écarta les rideaux pour regarder à l'extérieur. Le crépuscule mouvementé tombé plus tôt avait laissé place à la nuit, une obscurité oppressante remplie de bruits d'eau courante. Le crachin de tout à l'heure avait gonflé en averse.

— Il n'y a pas d'autres voitures sur la route. Si on fait attention…

— Elles sont bordées de carcasses de voitures dont les conducteurs se sont dit la même chose, lança Danny. La lumière est inexistante, la route est glissante et encombrée. Si nous aussi nous avons besoin de soins, ça n'améliorera pas l'état de Brock. Nous essaierons demain, si quelqu'un a une voiture.

— Vous pouvez prendre la mienne, proposa Jenny.

Elle avait une petite citadine. Pas la voiture idéale à conduire, mais personne d'autre ne se proposait. Elle s'approcha et vint s'asseoir sur l'accoudoir du canapé, puis elle toucha les pieds de Brock, encore dans leurs chaussettes, avec des doigts d'une étrange tendresse. En relevant la tête, elle vit Danny l'observer et afficha une expression triste, son lourd pull glissant sur ses épaules étroites.

101

— C'est un gros con, et après ce qu'il a fait, je lui ai souhaité toutes sortes de choses. Mais pas ça.

Adil s'activa, ferma sa veste et remonta la fermeture éclair aussi haut que possible.

— Je ne peux pas vous y aider, dit-il. Ma mère, seule…

— Je dois aller chercher à manger.

— Je veux vérifier que mes enfants vont bien.

Finalement, la pièce se vida et il ne resta plus que Danny, Jenny et les gémissements fébriles de Brock. S'il s'était mis à crier, cela aurait été terrible.

— Je reste, affirma Danny.

La culpabilité le frappa, lui qui offrait cela alors qu'il ne savait pas ce qui était arrivé à Jack. Sauf qu'il ne savait pas où le trouver, or Jenny avait besoin de lui, ici et maintenant.

— Il faut juste que je monte vérifier un truc, et puis je viendrai dormir par terre.

Jenny tira les mèches dans son visage vers l'arrière, entoura son poing avec et tenta de les nouer. Les pointes ressortaient en rubans effilochés.

— Tu n'as pas besoin de faire ça.

— Je ne peux pas te laisser seule avec lui.

Elle lui lança un regard dédaigneux.

— Pourquoi ? Pour protéger ma vertu ? plaisanta-t-elle, en balayant l'air de la main. Trop tard.

— Non, répondit-il. Mais si quelque chose arrivait à Brock… Il est gravement blessé, Jenny, et je ne suis pas médecin.

— Tu veux rester ? Alors reviens dans mon lit. Reviens vivre avec moi. Désire-moi comme tu désires… lâcha Jenny, en levant le pouce vers le plafond. Si tu ne peux pas, ne t'excuse pas et ne me fais pas tes yeux de cocker. Décide une bonne fois pour toutes si tu veux être mon ami ou mon petit ami.

Il hésita, gêné. Cette réponse la contenterait, supposa-t-il. Jenny eut l'air désespéré.

— Va, souffla-t-elle. C'est bon. Je vais bien. Vas-y.

— S'il arrivait quoi que ce soit, tu *peux* m'appeler, dit-il.

Jenny pouffa de rire.

— Je n'y manquerai pas. Je ne me transforme pas en idiote, Danny, je commence simplement à me respecter.

Elle s'interrompit, afficha un sourire et articula un « merci » silencieux.

— Pas de quoi. À ton service, dit-il en haussant les épaules.

C'était mieux ainsi. Même si Danny avait pu ignorer cette inquiétude à propos des frères loups qui le tiraillait comme un hameçon, l'odeur l'aurait fait sortir. C'était comme si on lui avait mis une huile essentielle particulièrement dégoûtante sous le nez, elle était oppressante et omniprésente.

Il sentit Jack de la volée d'escaliers : la transpiration, le sang et ce parfum frais et inexplicable de sève de pin. Lorsqu'il entra dans l'appartement, il trouva l'homme étendu sur le lit, endormi. Sous la lumière tamisée, ses tatouages ressemblaient à des ombres sur sa peau. Elles se déversaient sur les crêtes marquées de ses muscles et disparaissaient sous la ceinture de son jean.

D'ailleurs, il appartenait à Danny. Sous le denim, la peau, le sexe de Jack porteraient son odeur. Cette idée de possession comprima ses bourses chaudes et douloureuses comme une main. Cela le prit par surprise. Habituellement, c'était lui le « possédé » et non le « possesseur ». Mais étrangement, cela parut naturel. Peut-être était-ce simplement le résultat de sa nouvelle appartenance à une meute amputée, après plusieurs années de solitude.

— Tu viens ou pas ? demanda Jack, en ouvrant un œil et contemplant son propre corps.

XIV

Tout au long de la semaine, Jack s'était laissé bercer par des fantasmes où Danny finissait sous son corps. Dans certains, il était docile et soumis, le cou courbé en signe d'abandon. Dans d'autres, Danny lui grognait dessus et Jack enfonçait ses doigts dans sa nuque. Mais aucun ne commençait avec une veste roulée en boule et jetée en plein visage. Jack dévia sa trajectoire et se releva.

— Qu'est-ce qu'il y a ?

— J'ai cru que Gregor t'avait retrouvé, grogna Danny, en arpentant la pièce. Mais où est-ce que t'étais… ?

Jack s'assit brusquement et huma l'air. Il ne sentait pas son frère, seulement Danny, le sang et une trace d'amertume qu'il ne reconnaissait pas.

— Tu as vu Gregor ?

Danny marqua une pause et lui lança un regard oblique.

— Pas toi ?

— Non, cracha Jack, comme si le goût de l'échec sur sa langue était amer. Quand je suis arrivé, l'agresseur était déjà parti. J'ai suivi sa trace à travers les rues et les bois pendant près d'une heure. Mais je peux t'affirmer une chose : ce n'était pas mon frère.

— Tu crois que Gregor n'est… s'interrompit Danny, en cherchant le mot juste. Pas impliqué, dans ces meurtres ?

C'était un mot humain, une *notion* humaine. Mais Jack ne pouvait nier qu'elle collait à merveille dans ce contexte. Les corps retrouvés n'étaient ni des rivaux ni des proies, et ces personnes n'avaient pas été tuées par besoin ou pour affirmer une domination. Alors, quel motif restait-il, en dehors du meurtre ?

Mais de là à affirmer que Gregor n'était pas impliqué… ?

— Je crois qu'il est *accompagné*, avoua Jack.

Il se pencha en avant, posa ses coudes sur les genoux et dévisagea Danny. Plus jeune, il était joli garçon, avec sa tignasse ébouriffée et sa bouche qu'il ne pouvait pas s'empêcher d'ouvrir pour se défendre. Il avait toujours ces os délicats et ces mains élégantes, mais une couche de muscles allongés et une mâchoire plus lourde en avaient fait un bel homme.

— Que s'est-il passé ?

— Il avait un message pour toi : « je te donne rendez-vous à la pleine lune ».

— C'est tout ?

— Il m'a traité de chien, dit Danny, en haussant les épaules. Il m'a un peu bousculé. Il n'a pas beaucoup changé.

— As-tu annoncé à Jenny que son petit ami était mort ?

— Il n'est pas mort. Pas encore.

Savoir que son frère se trouvait à Durham était pour lui plus une confirmation qu'une révélation. Mais que l'homme soit encore vivant ? Ça, c'était une surprise. Jack prêtait peu de vertus à son frère, mais il n'en restait pas moins un tueur efficace qui n'avait aucun respect pour ceux qui ne l'étaient pas. Les adeptes de Gregor tiraient orgueil de leurs crocs affûtés et de leurs meurtres rapides.

Danny retira ses lunettes, les laissa sur la commode et enleva son pull. Ses muscles s'étirèrent, longs et détendus sous le vert de la peau meurtrie des côtes. Jack lâcha un grognement et se poussa du lit pour passer ses doigts dessus. Il pouvait sentir la chaleur de la chair en train de guérir sous ses paumes, puisque la température interne du corps de Danny s'était élevée sous l'effort.

— C'est lui qui a fait ça ? lâcha-t-il, ses mots, un grognement de loup transformé par sa langue. Il t'a touché ?

— Non, répondit Danny d'une voix chevrotante, avant de déglutir visiblement. Ce n'était pas Gregor.

— Alors, qui ?

— Peu importe.

La frustration parcourut Jack, son irritation était presque palpable. Faire naître le désir était facile. L'érection de Danny était déjà une montagne qui grossissait sous le denim adouci par l'usure, et il sentait le sexe. S'il était en loup, Jack l'aurait déjà retourné et pénétré.

Mais c'était *Danny*. Le Danny grognon et impertinent qui passait trop de temps avec les humains et prétendait qu'il n'avait pas besoin d'une meute. Jack voulait qu'il le dise, qu'il l'*admette*.

Le loup glissa les mains sous le pantalon du grand homme et le rapprocha pour coller leurs corps l'un contre l'autre. Il n'y avait aucun faux-semblant ; l'érection de Jack appuyait avec insistance contre la cuisse de Danny.

— Elle a raison, ta femme, dit-il. Tu me désires.

105

À la seule mention de Jenny, Danny se crispa et mit de la distance entre eux, sans un mouvement.

Bon sang. Jack n'avait pas l'habitude de charmer, pas avec les mots. Il était le fils du Numitor, l'un des loups les plus puissants. Un regard intéressé suffisait habituellement à lever les queues pour lui.

Jack attrapa Danny par le cou et l'abaissa, l'embrassant pour chasser la méfiance sur sa bouche pulpeuse. Il traîna ses dents pointues sur la courbe de sa lèvre inférieure, pour une longue morsure. Cela fit mouche. Danny pencha la tête et livra sa bouche à la langue de Jack. Son haleine portait une légère note de sang, un goût sucré de cuivre qui descendit jusqu'aux testicules de Jack et les fit se contracter.

Ils trébuchèrent aveuglément sur le lit et tombèrent sur le matelas en une masse de membres et de mains impatients. C'est Jack qui finit sur le dos, le corps lourd et long de Danny étendu sur lui. Ses muscles se contractèrent dans une lutte entre jeu et instincts de prédateur.

— Qu'est-ce que tu fais ?

Un large sourire se dessina sur le visage de Danny, il plissait le coin de ses yeux et formait une profonde fossette sur une joue. Il baissa la main, ouvrit la braguette de Jack et se glissa sous sa ceinture pour l'empoigner de ses doigts frais. Jack siffla, relevant les hanches du lit.

— Devine, répondit enfin Danny.

Il s'écarta de Jack et se redressa, en restant accroché aux poches de son jean. Il tira et le loup leva davantage les hanches pour laisser le denim glisser durement sur son fessier. Son érection se dressa d'entre ses cuisses, épaisse et dure, avant même d'être touchée. Jack vint l'entourer rudement de ses doigts et passa le pouce sur son gland. Lorsque Danny prit une inspiration tremblante, les lèvres du loup s'ourlèrent, lui donnant un air suffisant.

— Je croyais que la meute ne te manquait pas, Danny dogue.

— Je n'ai jamais dit ça, le corrigea-t-il, l'air de regretter que son message ait été mal interprété, avant de hausser les épaules. Il y a une différence entre « vouloir » et « avoir besoin ».

— Menteur.

Danny secoua la tête et s'accroupit en glissant les mains sur les cuisses de Jack. Il appuya les pouces contre les coutures du jean tandis qu'il entourait son membre de sa bouche habile. La chaleur douce, la succion avide de ses lèvres. Le plaisir frappa Jack, grilla ses terminaisons nerveuses et remonta son échine de ses doigts délicieux et ardents.

— Putain, grogna-t-il, en rejetant la tête en arrière.

Les mots. Il n'était pas doué pour ces saletés de mots.

Ses doigts se refermèrent sur les draps et tordirent le coton jusqu'à la déchirure. Danny traîna la langue à la base de son sexe, en traçant la longue veine qui remontait vers le gland. Il ramena également une main vers l'entrejambe de Jack et empoigna ses bourses, qu'il comprima juste assez pour lui couper le souffle.

Jack entortilla les doigts dans les cheveux du jeune homme. Ses racines étaient encore mouillées, fraîches au toucher. Il tira légèrement dessus, pour reculer la tête de Danny afin que sa bouche couvre à peine son gland humide de salive.

— J'ai dit que j'aimais ta bouche, tu te rappelles ? dit-il d'une voix sévère. J'aime que ne parles pas quand elle est pleine.

Danny libéra une main pour lui montrer son majeur avec emphase. Jack rit et lui baissa la tête, se poussant à l'intérieur de sa bouche. Il plaça ensuite sa main sur la courbe lisse du crâne de Danny, juste au-dessus de sa nuque, pour lui imposer un rythme à la flexion de ses doigts puissants.

La faim lui nouait l'estomac, ses muscles contractés obligèrent les longues lignes d'encre sur son ventre à onduler et à se réécrire… Cela faisait longtemps que quelqu'un avait touché son sexe, en dehors de sa propre main. Avec les loups, vous aviez toujours l'impression d'être observé en pleine action, pour voir votre degré de perversion. Avec les humains, c'était toujours un peu plus fade.

Mais avec Danny…

Jack l'aimait bien. Depuis toujours. Il aimait le fait qu'il ne taisait pas ses pensées désobligeantes et que ses pensées lubriques se reflétaient systématiquement dans ses yeux, et il adorait ce petit truc qu'il faisait avec son pouce à la base de son organe. Il en était fou, la mâchoire serrée et les lèvres retroussées sur ses dents.

Le petit merdeux rit autour de son sexe, le son le faisant vibrer comme une seconde main, et il recommença. La sensation se propagea dans tout son entrejambe, de l'aine au fessier. Le plaisir était si intense qu'il lui fit l'effet d'un canif.

Danny saisit son membre, sa main fraîche comparée à la peau chauffée en bouche, et remonta en tournant. Les hanches de Jack suivirent le mouvement et se décollèrent du matelas, puis il prit Danny par la peau du cou. Sa retenue ne tenant plus qu'à un fil, Jack éloigna Danny de son sexe et le tira sur le lit. Le corps tout en longueur du jeune homme se posa sur lui, chaud et mouillé. Le jean qu'il avait emprunté frotta violemment contre son érection douloureuse, quand la cuisse de Danny appuya entre les siennes.

Leur baiser avait un goût sucré-salé de sperme et lorsque Jack le rompit, il eut l'air arrogant.

— C'est comme ça qu'elle baise, ton humaine ? demanda Jack, incapable de se retenir, apparemment. Avec... de l'adresse ?

La surprise gifla Danny au visage, remplacée aussitôt par la colère. Il se poussa brusquement de Jack et se releva, comme s'il venait de se brûler. Avec le bras, il s'essuya la bouche.

— Va te faire voir, prince de pacotille, lança-t-il, avant de se tourner et de partir en trombe, les pieds nus et le dos tendu par la rage.

Jack roula sur le lit et se débarrassa de son jean, son membre mouillé et glissant frémissant contre son ventre plat. Il devrait se sentir frustré, énervé. Sauf qu'il avait toujours apprécié l'amour réticent de Danny. Il était facile d'être aimé lorsqu'on était le louveteau du Numitor, et plus dur de trouver quelque chose d'aussi sincère que le simple désir sexuel.

Il rejoignit la porte en deux enjambées, attrapa Danny avant qu'il quitte la pièce et le plaqua complètement au mur. Danny se raidit, les fibres tendues de ses muscles roulèrent sous les doigts de Jack alors qu'il tentait de se libérer.

— Je n'ai jamais dit que c'était désagréable, Danny dogue, souffla Jack, qui saisit ses poignets et les écrasa contre la porte.

Jack était haletant, mais pas d'effort physique. L'odeur de l'excitation était si enivrante qu'on aurait dit une drogue, elle faisait sortir les derniers droits humains de Danny par les pores. Jack sourit dans le cou de l'autre homme, en frottant sa petite barbe sur sa peau tendre.

— Je n'ai pas dit non plus que je ne voulais pas recommencer. Mais ce n'est pas ce que *toi*, tu veux. Je me trompe ?

Danny ferma les poings, ses tendons se déplaçant sous les doigts de Jack. Il pencha la tête en avant afin de poser le front contre le bois.

— Tu crois peut-être que je veux me faire baiser contre un mur ?

— À ton odeur, je dirais que tu veux te faire prendre là où je te voudrais, lui souffla Jack.

Il sentit la réaction de Danny dans le frisson qui parcourut tous ses muscles : un tremblement de brutale anticipation. Lorsqu'il lui lâcha les poignets, le chien garda les poings pressés contre le plâtre. La Nature Sauvage soufflait un vent tumultueux dans l'esprit de Jack, le poussant à se libérer et à courir, à hurler et à chasser, à poursuivre.

Cette pensée : Danny, acculé, en sueur et à bout de souffle, pris sous son poids, arracha au loup un grognement d'impatience. Sous la vibration du son sur sa nuque, Danny tressauta et se mordit la lèvre. La chair de poule gagna ses bras. Jack traîna ses dents sur ses épaules, en insistant sur les ridules d'anciennes cicatrices. Marquer un métamorphe n'était pas une mince affaire, mais les gens s'y étaient efforcés avec Danny. Une ligne en pointillés du tissu cicatriciel perforait son épaule et ressortait sous ses clavicules. Elle datait d'il y a dix ans et Danny évitait toujours les questions qu'on lui posait à ce sujet, mais il suffisait de l'érafler pour lui couper le souffle.

Aussi simple que ça.

— Où je veux et comme je veux, ajouta Jack avec arrogance, en léchant la transpiration sur ses lèvres.

— Va en enfer, lâcha Danny, en se poussant encore vers l'arrière et faisant reculer Jack de quelques centimètres.

— Je connais. J'y suis.

Jack l'écrasa à nouveau contre la porte en s'aidant de son poids. Il passa une main devant Danny, tira sur son jean pour l'ouvrir et le baisser sur ses cuisses. Une fois le chemin dégagé, il entoura l'érection du jeune homme de ses doigts. La peau fine s'étirait et se plissait sous sa prise, avec les va-et-vient. Danny jura, haletant, et s'enfonça dans la main de Jack.

— Je sais que ta mère t'a enseigné le catéchisme. Les humains placent leur enfer au-dessus de notre monde.

Danny prit une inspiration saccadée et marmonna :

— J'ai testé les deux. En enfer, personne ne s'occuperait de ta tuyauterie.

— Mauvais chien, râla Jack, en resserrant sa prise pour que Danny gémisse et se pousse dans sa main, que ses muscles se tendent dans son corps mince et allongé. Ce n'est ni le moment ni l'endroit pour faire le malin, Danny dogue.

Il fit traîner sa main sur le sexe du jeune homme, deux coups rapides et violents qui laissèrent Danny haletant, tremblant et coi. Pour une fois. Jack se colla à son dos, la sueur perlait entre eux et son érection appuyait contre le fessier devant lui.

— Tu n'as pas besoin des hommes, lui souffla-t-il, la bouche pressée contre sa peau, juste sous la mâchoire. Tu as besoin de nous. Tu as besoin de ça. Chien ou pas, tu as la Nature Sauvage dans le sang.

— Je préférerais encore avoir le chauffage central et quelques épisodes de *Top Gear*.

Jack lui écarta les cuisses avec la jambe, lui arrachant un souffle de surprise. Il lâcha un poignet et le saisit à la mâchoire pour lui tourner la tête.

— Je vais te faire hurler, Danny, lui promit-il, ou le menaça-t-il. Ouvre la bouche.

— Va te faire foutre.

— Une autre fois.

Jack enfonça ses doigts dans la bouche de Danny. La chaleur douce et humide de sa langue fit tressaillir joyeusement son sexe. Finalement, il pourrait s'habituer à certains aspects de la vie humaine, se dit-il. Il retira ses doigts pour l'embrasser et les enfouit dans les cheveux du jeune homme afin de l'immobiliser. C'était un baiser denté plein de domination – un baiser de loup.

Lorsque Jack releva la tête, il trouva du sang sur les lèvres de Danny et plus aucune lueur de provocation dans ses yeux. Ce n'était pas une expression qu'il souhaitait voir persister, mais pour l'instant, la soumission dans le regard du chien était assez adorable pour faire frémir son sexe.

— Dis-moi que tu as besoin de moi.

La gorge de Danny se gonfla lorsqu'il déglutit, puis il passa un coup de langue sur le sang.

— J'ai besoin de ça, avoua-t-il, la voix rauque et excitée.

C'était presque ça. Si la lune ne lui refroidissait pas le sang et que la Nature Sauvage ne sifflait pas dans son esprit, cela aurait suffi.

Il grogna, le son résonna dans les deux corps, et il enfonça les doigts dans l'entrée de Danny. Son fessier se serra, les muscles se contractant puis se détendant. Le jeune homme eut le souffle coupé. Il se balança en avant, en pénétrant le poing de Jack.

— En... foiré, souffla-t-il.

Jack rit contre son oreille.

— Tu as passé trop de temps parmi les humains, Danny. Ta mère t'aurait lavé la bouche à coups de pierre ponce pour ce commentaire.

Perdant patience avec la séduction, Jack retira ses doigts et lâcha le membre de Danny. Le gémissement plaintif qui s'en échappa ressemblait presque – *presque* – à la confession que Jack attendait. Le jeune homme essaya de se pousser de la porte, ses muscles se tordant sous la peau de son dos, mais Jack le repoussa contre le bois.

— Pas bouger.

Danny obéit. Un sourire se dessina sur les lèvres du loup. Il était certain qu'à la minute où Danny jouirait, il se souviendrait de cela et le lui reprocherait. Jack cracha sur sa main et la glissa sur son membre, en serrant les dents devant le désir brûlant qui s'installait lentement dans ses testicules. Il passa un bras autour du ventre de Danny, ses hanches anguleuses parfaitement adaptées pour ses doigts, et s'enfonça en lui.

Toujours serré, malgré les préliminaires. Danny jura et ferma le poing, qu'il colla contre le mur. Tous les tendons et les muscles du poignet au coude ressortaient, mais cela ne l'empêcha pas de s'empaler sur le sexe de Jack lorsqu'il s'arrêta à mi-chemin.

— Prends-moi, le supplia-t-il, à la limite de l'ordre. Bon sang, Jack, dépêche-toi ! Pitié.

C'est le « pitié », gémi de la bouche de Danny, qui fit effet. Jack trouva une prise solide, donna un coup de reins et s'enfouit à l'intérieur du tunnel serré et contracté. Il lova son visage contre l'épaule de Danny, la bouche articulant contre sa peau, tandis qu'il le martelait :

— Tu es trop grand, bafouilla-t-il.

— Tu es trop court, lui renvoya Danny, passé en pilotage automatique.

Jack sentit la frustration palpiter à la base de son sexe. Il n'arrivait pas à trouver le bon angle. Il changea de prise, prit Danny fermement par la peau du cou, l'écarta du mur et les ramena par terre. Les genoux de Danny s'écrasèrent sur la moquette et il amortit sa chute avec les bras. Les longs muscles dans son dos se gonflèrent et se pressèrent les uns contre les autres lorsque Jack se mit à le pilonner.

En libérant une main, Jack enveloppa à nouveau le sexe de Danny. Les frottements de ses doigts le firent gémir et il baissa la tête, ses cheveux masquant son visage tel un voile.

— Lève la tête, ordonna Jack.

Il voulait le voir jouir. Puisque Danny ne répondait pas, Jack tendit le bras et attrapa une poignée de boucles. Il les utilisa comme levier pour tirer sa tête vers le haut, puis l'arrière. Sa jolie lèvre inférieure était emprisonnée entre des dents légèrement tordues, ses yeux étaient solidement fermés et des gouttes de sueur perlaient sur le côté de son visage.

— S'il te plaît ? siffla-t-il entre ses dents, en se poussant contre les coups de Jack. Je veux… Je dois…

Il ne réussissait pas à prononcer l'objet de son désir et de son besoin, mais qu'importait. Jack le savait déjà.

— Dans une minute, promit-il. Tu peux suivre mon rythme, pas vrai, Danny ?

Chaque coup faisait glisser sa peau, l'enfonçait profondément en Danny et resserrait progressivement ses bourses. C'était comme si du fil électrique brûlant était raccordé aux muscles contractés de ses cuisses et de son ventre. Il approchait de la délivrance.

À la limite de la crête grise et pierreuse de l'orgasme, Jack martela en lui. Ses coudes cédèrent et il partit en avant, retenu momentanément par le membre de Jack et sa prise sur ses cheveux. Jack l'écrasa contre le sol et jouit, tout tremblant pendant que, par petits coups, il se vidait en lui.

Affalé sur le dos de Danny, les frissons lui remontant encore l'échine, Jack comprima l'érection du jeune homme. Ses longues cuisses tressautèrent, en extrayant les dernières gouttes de sève du sexe de Jack, et il se mit à se tortiller sous son corps.

— Mon Dieu, oui, souffla-t-il. Encore un peu, juste…

Empoignant toujours les cheveux bouclés et pleins de sueur, Jack se retira et planta ses dents dans l'épaule de Danny. Il mordit assez fort pour le marquer, peut-être même plus fort qu'il ne le voulait, puisque le doux goût de cuivre lui chatouilla la langue. Cela ne sembla pas déranger Danny. Il éjacula, le liquide collant se répandant sur les doigts de Jack alors qu'un cri perçant et rauque s'échappait de sa gorge.

Ils s'effondrèrent tous les deux sur la vieille moquette, le souffle lourd. Jack caressa l'épaule de Danny avec son visage. Il sentait le sexe et le loup, mais plus rien d'humain.

— Tu vois ? lui murmura Jack, en rassemblant les cheveux hors de son visage et les tirant vers l'arrière. Je t'avais bien dit que je te ferais hurler.

XV

DANNY EUT l'impression de se réveiller tard, puisque la pièce semblait trop éclairée pour un début de matinée. Bien sûr, il n'avait encore jamais commencé sa journée sur la moquette. Il leva la tête, passa la paume de sa main sur sa mâchoire et sentit l'empreinte laissée par la moquette. Jack s'étalait à moitié sur son dos, un bras accroché de manière possessive à son cou. Son haleine était chaude, un souffle de prédateur contre la peau sous l'oreille du jeune homme.

Danny voulut se sentir agacé. Même avec la guérison accélérée, sa morsure à l'épaule lui faisait mal et ses hanches portaient une légère douleur sourde. Il *devrait* se sentir agacé. Et pas avoir l'impression que son corps n'était qu'un long élastique tout relâché.

Sans doute devait-il y avoir quelque chose de pervers dans cette satisfaction, car il se sentait irrité dès que la phrase « Jack avait raison » lui traversait l'esprit. Danny souffla sur les cheveux en travers de ses yeux et roula sur le côté sans se soucier du grognement endormi de Jack. Il s'appuya sur un coude et fixa l'espace entre les rideaux. La lumière qui filtrait à travers était d'un gris terne.

Il leva le lourd bras de Jack et s'en dégagea. Au moins, étant un chien, il ne craignait pas les marques de frottement à quatre pattes sur la moquette. D'abord, les lunettes, pour rendre la pièce plus nette. Puis, il attrapa son jean et l'enfila en marchant jusqu'à la fenêtre.

— Merde, souffla-t-il, en regardant dehors.

Il pleuvait encore, une lourde averse qui persistait, mais la température avait dû baisser dans la nuit. Tout était gelé et des gouttes tombaient des stalactites brillantes accrochées sur les côtés des voitures et le long de la clôture.

— Fenrir doit être un grand fan de la *Reine des neiges*, bredouilla-t-il. C'est bon à savoir.

Jack rit dans son bâillement, en se relevant du sol.

— Je ne crois pas. Libérer et délivrer, ça va un peu à l'encontre de ses préférences, dit-il, en rejoignant Danny et lui ébouriffant légèrement l'arrière du crâne. Et ne blasphème pas.

113

— Tu as vu le film ? demanda-t-il, perplexe.

— Pas besoin. On envoie toujours des petits à l'école, lui rappela Jack. Même Gregor doit connaître.

Son nom fit disparaître cette brève légèreté dans la pièce. Danny sentit un pincement de culpabilité pour avoir ri alors qu'un homme se mourait à l'étage d'en dessous.

— Je devrais aller voir comment va Jenny, dit-il.

— Envie d'entendre la voix de ta maîtresse et de te faire gratter le ventre ?

Le ton condescendant dans sa voix lui fit serrer les dents.

— Je l'aime bien, c'est tout.

Jack roula ses épaules nues dans un mouvement d'agacement.

— Elle ne fait pas partie de la meute.

— Et alors ? répondit sèchement Danny. Comme je viens de le dire, je l'aime bien.

Il se tourna pour prendre un pull sur le buffet. Jack le prit par la peau du cou, l'attira vers lui et colla son torse chaud au dos frais de Danny.

— Tu m'as plutôt bien aimé l'autre nuit, lui souffla Jack.

Il planta les dents dans l'épaule du jeune homme, en retrouvant les marques qui guérissaient lentement. Le souvenir de la nuit dernière le secoua. Les doigts brusques qui s'enfonçaient dans son cou, traînaient sur son érection, des blessures qui mettraient des heures à cicatriser, le sexe qui martelait le plaisir dans son corps. Il pouvait sentir la puanteur du désir sexuel qui émanait de lui. Vu le grognement qui vibrait dans son dos, Jack le sentait également.

— Tu étais consentant.

Danny se contorsionna et embrassa Jack, leurs bouches glissant l'une sur l'autre avec un angle maladroit. Voilà qui était une remarque étrange. Les loups se souciaient peu du consentement : soit vous étiez partant, soit vous vous transformiez pour arracher la face à quelqu'un.

— Si je ne l'avais pas voulu, je te l'aurais dit, avoua Danny, ses lèvres frôlant celles de Jack tandis qu'il articulait. Je ne suis pas un loup, mais je ne suis pas non plus une proie.

Jack lui mordit la lèvre, il tira et relâcha aussitôt.

— Alors reste, dit-il, en glissant sa main sur le ventre de Danny pour en tracer les muscles, avant d'empoigner son membre à travers le jean. Je te laisserai me courir après un moment.

Il serra son entrejambe sans ménagement pour souligner son offre et l'organe idiot se dressa à moitié. Danny ferma les yeux et ravala un râle. Pour une fois, il était tenté de baisser la tête et de jouer les soumis. Sauf qu'il était la raison pour laquelle Gregor était venu chasser sur ce terrain.

En outre, il ne voulait pas donner de faux espoirs à Jack. Danny n'était pas un loup et cela n'allait pas changer simplement parce qu'il s'en faisait un. Sa mère maintenait qu'il était un loup dans l'âme, mais il se doutait qu'elle-même ne réussissait pas à s'en persuader.

— J'ai donné ma parole, dit-il, en s'éloignant à contrecœur de Jack, avant d'enfiler son pull par la tête. Tu peux toujours venir nous filer un coup de main, si tu veux.

— Je sais, répondit Jack.

Il s'étira avec paresse et se jeta sur le lit, en remontant la couette sur ses épaules. Avec un bras derrière la tête, il haussa les épaules, ses muscles longs roulant sous la peau.

— Mais je vais m'abstenir.

— Et si Gregor s'en prenait à nouveau à Brock ? Tu pourrais l'attaquer par surprise.

Les commissures de ses lèvres se relevèrent avec mépris.

— Si mon frère était aussi bête, tu ne crois pas que je l'aurais déjà éliminé à l'heure qu'il est ? Et s'il voulait tuer ton Brock, il serait déjà mort, ajouta-t-il, avant de renifler l'air et de plisser le nez. C'est sûrement la puanteur qui l'a dégoûté. Je n'en mangerais pas, moi.

JACK AVAIT raison. La puanteur empirait. Elle n'était pas assez forte pour que Danny la sente du dessus, mais elle le frappa lorsqu'il pénétra dans l'appartement de Jenny. L'odeur inhumaine de Brock le fit reculer d'un pas. Après avoir macéré toute une nuit dans le sang et la fétidité, le canapé s'était mis à empester. Même la moquette semblait en être imprégnée, puisqu'elle lâchait des bulles malodorantes quand on marchait dessus.

Jenny était assise par terre près du meuble comme si elle ne sentait rien. Elle pencha la tête d'un côté, troublée.

— Un problème ?

— C'est rien, mentit-il, en déglutissant, la gorge sèche et pâteuse. C'est juste l'odeur.

Elle regarda autour d'elle comme si elle avait raté quelque chose et rechercha l'origine de l'odeur.

— Ça sent mauvais ? Je n'ai même pas remarqué.

Elle s'appuya du coude sur l'accoudoir et se leva.

— J'ai un diffuseur de parfum dans la cuisine.

Les molécules de lavande et de maïs n'allaient rien arranger. Danny dépassa Jenny sur son chemin vers la cuisine et posa les mains sur ses épaules. Elle leva la tête vers lui, sous ses yeux s'étendaient des marques violacées comme si quelqu'un y avait pressé ses pouces, et elle se renfrogna.

— Qu'est-ce qu'il y a ?

— Est-ce que tu as dormi, au moins ?

Elle commença un hochement de tête, puis préféra la secouer.

— Je n'arrivais pas à me poser. Chaque fois qu'il bougeait ou gémissait, je croyais qu'il… mourait. Là, sur mon canapé. Bon sang, Danny, on est à Durham. Comment se fait-il qu'on ne puisse pas emmener quelqu'un chez le docteur ?!

— On l'emmènera. Adil va amener son fourgon. Une fois que ce sera fait, on conduira Brock à l'hôpital. Ils peuvent le recoudre. Il sera…

Son mensonge s'arrêta derrière ses dents, il hésita. Jenny étira ses lèvres dans un sourire tendu et dépourvu d'humour.

— J'ai vu sa jambe, Danny. Il ne s'en sortira pas, n'est-ce pas ?

Il soupira et posa à nouveau la main sur son épaule.

— Va attendre Adil. Je veillerai sur Brock le temps qu'il arrive. Tu as besoin de faire une pause.

Jenny hésita une seconde, puis opina du chef.

— Merci, souffla-t-elle de manière presque inaudible.

Elle enfila sa veste. Elle n'était pas assez épaisse pour le froid, mais après tout, rien ne l'était vraiment.

— Est-ce qu'il pleut encore ?

— À mon arrivée, il pleuvait, répondit Danny, avant de hausser les épaules. Mais maintenant, qui sait.

Ce n'était pas une plaisanterie, mais elle émit tout de même un rire sec et saisit un chapeau qu'elle abaissa sur ses oreilles. Il était rouge. Elle ressemblait à un petit ourson triste.

— Ce n'était pas qu'une… Je l'aimais, avoua Jenny. Il me traitait bien. Jusqu'à un certain point.

Elle sortit sans prendre la peine de fermer la porte derrière elle. Danny passa les deux mains dans ses cheveux et s'approcha du canapé autant qu'il le put. La fièvre avait blanchi le visage de Brock, le laissant blême et gluant de sueur. Sa respiration, rapide et irrégulière, passait entre ses lèvres abîmées.

Danny devait bien le reconnaître, il avait pensé que l'homme s'éteindrait dans la nuit.

— Eh bien, tu as rempli ta part du contrat, murmura Danny, en essayant de parler sans goûter l'air. J'imagine que c'est à notre tour.

Un œil bleu injecté de sang s'ouvrit et observa la pièce. L'autre était toujours collé.

— Jenny ? Ça vient. Quelque chose arrive, bafouilla-t-il.

Il marqua une pause et baissa la voix à un murmure terrifié.

— Je le sens. Je l'entends. J'ai peur, Jenny.

Danny recula d'un pas et se força à s'arrêter. Il tenta de cacher le dégoût et l'irritation pour éprouver un peu de compassion, ou du moins de la pitié. Il ne trouvait rien. Peut-être était-il plus loup qu'il ne souhaitait l'admettre.

— Il n'y a rien, Brock, lança-t-il, en tentant de se faire rassurant. Tu es en sécurité. Il n'y a pas de chien ici.

Brock plissa l'œil et changea d'angle pour tenter de distinguer Danny.

— Ce n'était pas un chien, marmonna-t-il. Non. Je l'ai vu.

— Bien sûr que c'en était un, reprit Danny, en s'accroupissant à côté du canapé.

Il s'équilibra sur la plante des pieds, son poids tirant sur les muscles de ses cuisses.

— C'était un gros chien. Tout le monde l'a vu. Ils l'ont chassé.

Cette correction troubla Brock. Il secoua la tête, en marmonnant quelque chose à propos d'un monstre, et essaya de se pousser avec son bras cassé. Un gémissement de surprise s'échappa de sa bouche et il retomba sur le canapé, du sang frais et une nouvelle odeur se mirent à suinter à travers les pansements.

— Je l'ai vu. Il arrive… Quelque chose arrive.

— Pas pour toi, lâcha Danny.

Cela n'aida pas. La peur plongea Brock dans une stupeur fiévreuse, sa bouche articula des requêtes indéchiffrables que personne ne pouvait entendre. Danny en eut mal aux gencives : ses crocs pointaient. Cette odeur aigre avait quelque chose d'étouffant. Elle lui hérissait les poils.

Il recula encore et se redressa, puis avança vers la fenêtre pour chercher Adil. Il fut soulagé de voir le fourgon blanc glisser sur la route et s'arrêter sur le trottoir. Danny n'avait pas tellement envie de sortir dans le froid pour essayer de conduire un homme mourant à l'hôpital, qui n'était peut-être même pas ouvert. Mais il désirait encore moins s'attarder dans cette pièce.

— Il n'y en a plus pour très longtemps, lança-t-il, juste pour entendre sa propre voix, ou n'importe quoi d'autre que le sifflement et le râle des poumons encombrés par la fièvre. On te conduira à l'hôpital avant la pleine lune, tu n'as pas à t'inquiéter pour… les chiens. On t'y amènera.

Cette nuit-là, Gregor chasserait une proie tout autre.

LE TEMPS qu'ils descendent avec Brock et l'installent dans le fourgon, le sang s'était remis à couler à travers ses pansements. Ils avaient fait de leur mieux, mais avec une civière de fortune et un sol glissant, il était presque impossible de transporter un sac d'os sans accrocs. Quelque part, c'était une bénédiction : la douleur lui avait fait perdre connaissance.

Des crochets étaient fixés au sol du fourgon pour retenir les boîtes durant les livraisons. Ils s'en servirent pour attacher Brock, en passant des cordes rembourrées en travers de sa poitrine et sous ses genoux. Ce n'était sûrement pas la meilleure façon de transporter un blessé, mais c'était le mieux qu'ils pouvaient faire. Une fois le travail terminé, Bill se frotta la tête. Ses cheveux courts, implantés en demi-lune, lui grattèrent la main.

— Écoutez, dit-il, je suis désolé, mais c'est ici que je vous quitte. Ma femme ne veut pas que j'aille en ville, pas tant qu'elle est bloquée.

Il regarda Jenny d'un air désolé. Elle le fusilla du regard.

— Poule mouillée, lâcha-t-elle. Allez-y, partez !

Danny ravala un petit rire inapproprié et haussa les épaules, impuissant, lorsque Bill se tourna vers lui.

— Rentrez, conclut-il. Dites à votre femme que nous vous sommes reconnaissants pour tout ce que vous avez fait.

Soulagé de pouvoir s'éclipser, Bill s'extirpa du fourgon. Ses chaussures de sport glissèrent sur la glace, et accroché à la porte, il partit brusquement avec lorsqu'elle se balança.

— Attention à ne pas tomber, se moqua Jenny. On ne reviendra pas pour vous !

Il se redressa et traîna des pieds jusqu'au trottoir, en dérapant sur le sol comme un patineur maladroit. Danny se pencha hors du fourgon, attrapa les portes et les ferma avec une clé à molette.

— Je reste ici, le prévint Jenny, en s'agenouillant à côté de Brock. Va tenir compagnie à Adil, ajouta-t-elle, avant d'articuler à voix basse : Il est nerveux.

Danny se fraya un passage entre les sièges et courba son grand corps pour pouvoir rentrer dans la cabine. Assis sur le siège conducteur, Adil portait un bonnet en laine rayé dont les côtés retombaient sur ses oreilles, et des gants en cuir résistant.

— Pas de chauffage ni de musique, annonça-t-il, en voyant que Danny l'observait.

Ses lèvres gercées dessinèrent un sourire nerveux tandis que ses mains gantées tapotaient un marquage sur son volant.

— Nous avons un quart d'essence et il n'en reste plus dans aucun garage.

Danny glissa sur le siège, tira la ceinture sur son torse et la fixa.

— Je crois que la police ne sera pas de sortie, lui signala Adil.

Il tourna la clé et le moteur toussa avant de se taire à nouveau. Il se pencha sur le volant, comme si cela allait aider, et réessaya. Au bout de la troisième fois, le moteur froid s'alluma avec répugnance.

— J'ai plutôt peur de traverser le pare-brise, lança Danny.

Il n'en mourrait pas. Mais ce ne serait pas non plus une partie de plaisir. Adil retira son bonnet et peignit ses cheveux avec les doigts. Les bouts restèrent dressés à cause de la sueur.

— Je crois que je préférerais encore mourir plutôt que de finir comme lui, dit-il, avec un signe de la tête vers l'arrière du fourgon. Je n'aimerais pas me retrouver blessé, coincé dans une voiture, à crever de froid, sans savoir si quelqu'un viendrait me chercher.

— Quelle pensée réjouissante.

Adil haussa les épaules et remit son bonnet.

— Mon *babba*, il a combattu pendant la Seconde Guerre mondiale et certaines de ses histoires sont terribles. Quand un truc met la société à l'arrêt, les choses se gâtent. Tu as vu cet endroit ? Société : à l'arrêt.

— Ce n'est que le froid.

— Je parie que les mammouths ont dit la même chose durant l'ère glaciaire. Ça ne les a pas empêchés de se faire exterminer.

Adil appuya avec précaution sur l'accélérateur et desserra le frein à main, poussant le fourgon sur la glace. Celui-ci rebondit sur le trottoir et tourna. Il ne dérapa pas, mais décrivit une lente pirouette, tel un hippopotame sur la banquise. Adil jura dans sa barbe, un juron sincère et répété tandis qu'il se battait avec le volant pour reprendre le contrôle du véhicule.

Cela marqua la fin de leur conversation pour tout le trajet. En dehors d'occasionnels jurons paniqués, Adil passait son temps à dire à la voiture d'obtempérer et à informer l'univers qu'il n'aimait pas ça.

Il leur fallut plus d'une heure pour parcourir quelques kilomètres à travers la ville gelée. La glace fondait sous les roues du fourgon et des cristaux fraîchement formés craquaient sous les pneus. Par deux fois, ils heurtèrent en douceur des voitures abandonnées sur le côté de la route, en raclant le givre avec la peinture. Chaque fois, Adil et Danny durent sortir pour pousser le véhicule sur la route, pendant que Jenny tournait le volant, en abandonnant Brock un moment.

La première fois, ils avaient laissé un mot. La seconde, leurs mains étaient trop gelées pour manier un stylo.

— Je suis inquiète pour Brock, avoua Jenny en se faufilant entre les sièges tandis que Danny et Adil remontaient dans la cabine.

Elle rejeta en arrière les cheveux dans son visage, toute tremblotante sous ses couches successives de pulls trop larges, et joignit les mains devant sa bouche pour souffler dessus. La fumée filtra entre ses doigts lorsqu'elle parla.

— Ça pèle ! Les couvertures sont couvertes de givre, mais sa fièvre a tellement grimpé qu'il est brûlant au toucher. Il a besoin de médicaments, d'un soin, n'importe quoi.

Adil essuya la pluie fraîche et la transpiration sur son visage avec son bonnet.

— On y arrive. Lentement, mais sûrement.

La pluie tombait de côté, lancée sur la rue comme des aiguilles par un vent si fort que Danny le sentait bousculer le fourgon. Leur arrivée à l'hôpital s'annonçait mal. Le jeune homme ôta ses lunettes et nettoya les verres avec la manche. Il doutait même qu'ils puissent rentrer chez eux.

Encore deux kilomètres, décida-t-il. Si la route ne se dégageait pas d'ici là, il suggérerait à Jenny de rentrer. Ou du moins d'essayer. Il se pencha en avant, imitant Adil, et se tint au tableau de bord pour scruter la plaine blanche. Lorsque le premier grêlon s'écrasa bruyamment sur la vitre, gros comme un œuf, il recula brusquement.

— Merde ! lança-t-il.

Un deuxième grêlon rebondit sur le capot, suivi par toute une averse. Ils martelèrent le véhicule, assez gros et avec assez d'élan pour entamer le métal. Adil s'égosilla et freina brutalement. Le fourgon dessina une dernière longue pirouette et heurta une borne du côté de Danny. Sa portière se déforma sous l'impact, la couverture plastique craqua et éclata sur lui.

À l'arrière, Jenny cria de détresse et Brock gémit.

— Désolé, désolé, bredouilla Adil, en lâchant le volant et levant les mains.

Un énième grêlon, rond et taillé comme une pierre blanche, frappa le pare-brise et passa à travers. Danny leva les bras, recevant le projectile sur l'avant-bras avant qu'il touche Adil au visage. Une douleur brûlante, cinglante, remonta vers son aisselle, et ses côtes s'endolorirent par compassion. Le grêlon fondant tomba dans l'espace prévu pour les pieds. Le pare-brise, lui, éclata en mille diamants sous leurs yeux.

Les doigts de Danny refusaient encore de bouger. Étrange comment un simple engourdissement pouvait se révéler fatal. Il dut se contorsionner pour attraper Adil à l'épaule de sa bonne main.

— À l'arrière, cria-t-il, en soulevant l'homme et le poussant, alors que les grêlons s'abattaient et rebondissaient sur le fourgon. Vite !

Adil en reçut un sur la partie charnue de sa hanche et tressauta sous l'impact. La ceinture de sécurité retint Danny lorsqu'il tenta de le suivre. Il jura dans sa barbe, en cherchant la boucle de la ceinture, pendant qu'il était mitraillé aux épaules et au ventre. La ceinture se défit enfin, retrouva sa place, et lui crapahuta entre les sièges pour rejoindre les autres.

— Est-ce que tu vas bien ? demanda Jenny, en haussant la voix pour se faire entendre sur fond d'averse.

Le ciel s'était assombri, mais Danny voyait le blanc de ses yeux grands ouverts. Il s'adossa à son siège et se frotta le torse. Ses poumons serrés l'empêchaient d'aspirer assez d'air pour lui fournir une réponse. Il se contenta donc de hocher la tête, en balayant l'inquiétude de la jeune femme d'un geste de la main. Elle ne sembla pas convaincue, mais alla d'abord vérifier l'état d'Adil.

Danny se massa le torse jusqu'à ce que sa respiration ne soit plus gênée. Il retira ses lunettes pour les observer. La branche était tordue et la vis qui retenait la charnière craqua lorsqu'il la revissa.

La plupart du temps, ce handicap lui était égal. La moitié de ses connaissances avaient porté des lunettes à un moment ou à un autre. Ce n'était qu'entre loups que la myopie était une nouveauté. De plus, les chiens voyaient très bien et leur nez compensait la vue obstruée.

L'hiver de loup excluait les faibles. Voilà pourquoi les prophètes détestaient ceux de son espèce. Du moins, c'était ce qu'ils affirmaient.

Il remit ses lunettes, les ajusta jusqu'à ce qu'elles soient plus ou moins droites. Les grêlons bombardaient toujours le fourgon, des creux de la taille d'un poing se formaient sur le métal. Le bruit était violent, il bourdonnait dans ses oreilles et résonnait dans ses tympans. Certains projectiles passaient entre les sièges et ricochaient sur le sol.

— Adil, ça va, toi ? s'enquit-il.

— Ouais, répondit ce dernier après une pause, durant laquelle il se releva, en s'appuyant sur le côté sauf de sa hanche. Je vais bien. Bon sang, Maman va me faire la peau.

Danny pouffa de rire et rejeta la tête en arrière, en attendant que l'attaque du froid cesse. Elle dura plus longtemps qu'on ne l'aurait cru pour une grêle, mais au bout d'un moment, le tambourinement devint un tapotement et finit par s'effacer dans le silence.

— Je crois que ça s'est arrêté, dit Jenny. On pourrait...

— Non, lança Danny. On rentre à la maison. Impossible qu'on atteigne l'hôpital avec une voiture dans cet état.

— Le temps s'est dégagé, protesta-t-elle. On *doit* essayer.

Danny secoua la tête.

— Je ne vous laisserai pas vous tuer, toi et Adil, dans l'espoir de conduire Brock à l'hôpital. On a fait de notre mieux. C'est fini.

Elle le dévisagea, le menton relevé de manière provocante.

— Tu te venges à cause de la bagarre, c'est ça ? Ou c'est parce qu'il a couché avec ta petite copine ? Dans les deux cas, tu ne...

— Il est mourant, l'interrompit-il.

Dans l'espace confiné du fourgon, sa voix parut plus colérique que prévu. Jenny recula de surprise, bien qu'il ne sût pas si c'était dû à son ton ou au contenu de sa phrase. Il inspira par le nez et tenta de se ressaisir. Ce n'était pas gagné. Il avait froid, il était blessé et il transpirait la puanteur étrange qui émanait des plaies de Brock, malgré la basse température.

— Regarde-le, Jenny. Il est estropié, il a perdu énormément de sang et sa fièvre le cuit de l'intérieur. S'il avait été un animal, on aurait abrégé ses souffrances.

Jenny claqua le sol avec la paume de sa main.

— Il ne s'agit pas d'un ignoble mouton écossais, lança-t-elle. Il a besoin d'aide. On doit lui trouver de l'aide. C'est ce que font les gens. On ne peut pas… se contenter de le ramener et d'*attendre* qu'il… On ne peut pas. Adil ? Tu continueras, hein ?

Se trouvant tout à coup au centre de son attention, Adil bredouilla de mécontentement. Il frotta ses mains l'une contre l'autre, ses doigts mouillés et clairsemés de rouge, tandis qu'il réfléchissait à une réponse. Au pied du mur, il se confia enfin :

— Je ne peux pas. Ces routes me fichent la frousse et le fourgon est dans un sale état. Qu'arrivera-t-il si on parcourt encore quelques kilomètres et que ça se reproduit ? On pourrait se retrouver coincés ici pour la nuit. Je ne veux pas geler, Jenny, et je ne veux pas que ma mère et mon frère se fassent un sang d'encre parce que je ne suis pas rentré. Désolé. Mais je refuse.

Confrontée à son refus, Jenny baissa la tête un moment, mais elle n'allait pas s'avouer vaincue.

— Très bien, lança-t-elle. Je l'y emmènerai toute seule.

Elle rampa jusqu'à Brock et tira sur les attaches qui le retenaient, jurant en reniflant lorsque le tissu mouillé refusa de se dénouer.

— Ne sois pas bête, dit Danny, qui se mit à genoux pour lui attraper les mains, recevant pour la peine une claque sur les doigts. Quel bien cela lui fera-t-il si tu finis congelée ?

Jenny le poussa et se mit à le taper à l'épaule avec la paume des mains.

— Au moins, je ne reste pas là à rien faire ! cria-t-elle d'une voix suraiguë, avant de s'arrêter et de déglutir difficilement. Il faut qu'on fasse quelque chose.

Elle se remit à tirer sur les nœuds, les épaules voûtées et les lèvres serrées en ligne droite. Danny renonça, pour l'instant. Le débat était clos : quoi qu'elle veuille faire, il l'empêcherait de partir seule dans la neige.

Les deux hommes s'assirent dans un silence tendu et regardèrent Jenny se battre avec les nœuds. Finalement, Adil leva la tête et pointa le toit du nez, en plissant les yeux.

— Ça s'est arrêté.

Danny se redressa, s'arrêtant juste avant de se taper la tête, et se glissa jusqu'au fond du fourgon. La rincée qu'ils avaient reçue avait déformé le verrou, condamnant les portes. Le jeune homme dut jouer de l'épaule pour les forcer à s'ouvrir, et en chargeant, il manqua de peu de se jeter dans la rue lorsqu'elles cédèrent enfin. Le vent le sauva, en le repoussant à l'intérieur.

L'idée que cela puisse être plus qu'une simple coïncidence lui traversa l'esprit sur ses pattes fraîches. Un chien se rapprochait-il assez du loup pour être digne de Fenrir et de son hiver ? Il chassa cette pensée. Jack devait déteindre sur lui.

La grêle s'était peut-être arrêtée, mais la neige était venue prendre la relève. La route n'était qu'un champ de blanc, étiré en rubans et en nœuds par la bourrasque. Danny voyait à peine la main sous son nez et il faisait si froid qu'il sentait sa respiration se durcir sur ses lèvres.

— Jenny, lança-t-il, en se tournant vers elle. Nous devons rentrer.

La neige s'était déjà invitée dans le fourgon, posée en épais flocons blancs sur les cheveux de Jenny et les couvertures de Brock.

Jenny pinça fermement les lèvres, mais ne put s'empêcher d'opiner du chef.

— D'accord, dit-elle, en se massant sous les yeux, ridés par l'épuisement. On doit quand même lui porter secours. Il a besoin d'aide, Danny. On ne peut pas le laisser comme ça.

— On ne l'abandonne pas, lâcha Danny. Mais si on meurt, ça ne l'aidera pas.

Adil soupira de soulagement devant sa résolution et remonta difficilement dans la cabine. Il étira sa manche sur ses mains et balaya les blocs de glace et le verre cassé sur le siège conducteur. Pendant ce temps, Danny bondit dehors et dégagea avec les pieds la neige sous les pneus. Sous la neige poudreuse, il dut taper du talon pour briser la glace. La transpiration apparut sous sa veste, formant une couche gluante et fraîche contre sa peau.

Même elle, lui semblait-il, était contaminée par l'infection de Brock, bien que la sueur lui permît de s'hydrater.

— Prêts ? demanda-t-il.

— Ouais, répondit Adil qui se contorsionna, en passant le bras autour de l'appui-tête. Tu es sûr de vouloir pousser seul ?

Danny claqua une porte, le métal déformé résista.

— On n'a pas vraiment le choix. Ne t'inquiète pas, je ne te ferai pas un procès si j'attrape une hernie.

Il plaqua l'épaule contre la porte, ancra ses pieds dans la neige crevassée et poussa de tout son poids lorsque Adil tourna la clé. Jack aurait sûrement soulevé l'arrière du fourgon et ses passagers avec, mais Danny pouvait tout de même le sortir de la neige dans laquelle il était enlisé. Enfin, si le moteur avait suivi. Dans les faits, le moteur cracha et s'éteignit, alors que, sous la force de Danny, le véhicule quitta le trottoir dans un dernier craquement. Ses mains glissèrent sur le métal et il tomba dans la neige, le froid lui montant droit au crâne.

— Merde, lança Adil. Danny, qu'est-ce que c'était ?

Puisqu'il était déjà à genoux, Danny se mit à plat ventre avec précaution. Lorsqu'il avait acheté sa veste, un an plus tôt, le vendeur lui avait assuré qu'elle résistait à la neige. Il s'était sans doute trompé.

Le froid pénétrant sa peau, Danny regarda sous le fourgon. La suspension était morte, cassée en deux, et un liquide fuyait sous le moteur. Sans ramper complètement sous le véhicule, il pouvait seulement dire qu'il ne s'agissait pas d'huile. Liquide de frein ou essence, aucun d'eux ne rendait l'engin moins dangereux à conduire.

— C'est fini, conclut-il, en s'accroupissant. On va devoir rentrer à pied.

XVI

APRÈS PRÈS d'un kilomètre, Brock était assez réveillé pour crier. Il se débattait dans les cordes qui l'entravaient, son sang coulait de sa jambe et jetait des traces dans la neige. Les marques rouge vif disparaissant rapidement sous le blanc. Plusieurs rideaux ondulèrent lorsqu'ils passèrent près des maisons cachées du sol aux fenêtres, mais personne ne sortit pour proposer de l'aide.

La tête baissée, Danny essayait de tenir l'essentiel du poids de Brock et chancelait face au vent menaçant de le faire tomber. Il sifflait dans les rues étroites, ramassait les débris et les traînait d'avant en arrière. Un nain de jardin bondit d'un côté à l'autre de la route et éclata contre un montant de barrière, en éparpillant des bouts de plâtre.

— Ça empire ! cria Adil dans le vent qui lui volait les mots sur les lèvres.

Il marqua une courte pause pour essayer de retrouver l'équilibre alors que la bourrasque changeait de direction. Ses dents claquaient si fort qu'il arrivait à peine à articuler.

— On doit trouver un abri !

Jenny s'accrocha à une clôture, le bras accroché au montant. Ses cheveux avaient jailli de sa tresse et gelaient en s'entremêlant devant son visage.

— Peut-être qu'on pourrait trouver une maison vide ?

— Les appartements ne sont plus très loin, répondit Danny, qui leva la main pour frotter ses lunettes et gratter avec son pouce ganté le givre formé sur les verres. Je préfère qu'on les atteigne, si possible. La nuit va être froide. Je n'aimerais pas avoir à la passer enneigé dans une maison vide. Encore un peu !

Avec un soupir, Jenny se poussa en avant. Elle se servit de la clôture et des murets comme support contre le vent.

— Ça arrive, gémit Brock.

Il arrêta de se débattre, immobile dans son cocon de couvertures et de manteaux. Sa paupière gonflée s'était enfin entrouverte pour révéler une cornée laiteuse flottant sur le côté du blanc injecté de sang. L'autre œil roula nerveusement.

— … sens venir.

Toujours accrochée d'une main à la clôture, Jenny tendit l'autre pour tapoter l'épaule de Brock afin de le rassurer.

— Rien n'arrive, Brock. Tu es en sécurité. Je te le promets.

Danny n'en était pas si sûr. Il ne sentait rien dans l'air à part la neige, mais un mauvais pressentiment lui dressait les poils sur la nuque. Il y avait bien quelque chose là-bas.

— Continuez d'avancer, lança-t-il.

Ils avancèrent en vacillant. Brock frissonna, gémit et geignit à propos d'une chose à sa poursuite, mais au moins, il ne hurlait plus. Ils se tournèrent pour traverser la route et grognèrent d'effort lorsqu'ils durent soulever la civière de Brock pour le passer entre les voitures garées. Adil calcula mal la longueur du trottoir et trébucha, lâchant une plainte lorsque son genou plia. Brock glissa dangereusement sur le côté, son poids tira sur les nœuds mouillés, liés grossièrement, et Jenny cria.

Penchant péniblement le blessé à droite avant qu'il tombe, Danny faillit rater le mouvement dans la neige. C'était une ombre blanche sur un sol blanc, visible seulement à son déplacement dans la neige. Le jeune homme l'aperçut et hésita, ne sachant pas comment réagir, une seconde de trop. Un bras long et blanc sortit et Danny sentit la chaleur le parcourir. Lorsqu'il baissa les yeux, le sang s'écoulait du tissu déchiré et touffu de sa veste.

— Danny ? souffla Jenny. Que s'est-il passé ? Tu saignes !

Le vent se leva, transformant les flocons en un mur de blanc. Danny voyait à peine Adil de l'autre côté de la civière, et encore moins Jenny.

— Reste là où tu es, Jenny, lui ordonna-t-il. Je vais bien.

— Très bien, lança-t-elle, anxieuse, avant de déglutir bruyamment. Oh.

— Qu'est-ce qu'il y a ?

Aucune réponse.

— Jenny ? Jenny !

Elle répondit enfin, sa voix chevrotante, mais claire :

— Je vais bien. Quelque chose m'a heurtée. Je n'ai pas vu quoi, et je ne te vois pas non plus, d'ailleurs.

La silhouette pâle bondit sur une voiture, son capot craqua sous le poids des pattes et Danny eut le temps d'apercevoir la forme osseuse de sa mâchoire, de profil.

127

— Jenny ? Suis ma voix, lui cria-t-il. Attrape mon manteau, d'accord ? Ensuite, on repartira. Nous devons trouver un endroit pour nous abriter avant que la tempête se déchaîne.

Il parlait sans relâche, la voix tendue mais sûre, jusqu'à ce qu'elle saisisse le dos de sa veste. Adil s'était remis debout, il boita sur sa jambe blessée le temps qu'ils traversent la route. Sans la minime protection des voitures et les maisons, le vent les poussait à l'horizontale.

Par deux fois encore, l'ombre s'élança de la neige. Danny arracha Adil de son chemin une fois, en tirant sur la civière de Brock comme sur une laisse, et se mit entre la chose et Jenny la seconde fois. Des dents aiguisées se fermèrent sur son bras, broyant sa chair. Il lâcha Brock – trouvant en lui assez de compassion pour grimacer devant son hurlement de douleur – et ramena vivement son bras vers lui. Les mâchoires lâchèrent prise avant qu'il ait pu voir plus nettement, mais il sentait que quelque chose ne tournait pas rond : émacié, poils épars, yeux placés bas et emplis de haine.

— Que s'est-il passé ?!

Le sang coulait le long de son bras, mais ses manches s'en imbibèrent avant qu'il tombe par terre. Danny s'accroupit, en tirant le bras de Jenny sans la prévenir, et ramassa la civière du blessé.

— Un truc s'est accroché à mon bras, lança-t-il. Je suis désolé. Je pense que j'ai eu tort. Nous devons nous abriter avant que ça empire.

Ils traversèrent enfin la route. La nuque de Danny le démangeait, il sentait l'ombre dans la neige, mais ayant failli être vue, elle se contentait pour l'instant de les épier. Ils trouvèrent une maison abandonnée, ses fenêtres étaient dénuées de stores et aucun « cassez-vous » ne les accueillit lorsqu'ils tambourinèrent à la porte, alors Danny l'ouvrit avec un coup de pied.

— Jeunesse difficile ? demanda Adil, lorsque le pêne de la porte sauta violemment.

Danny rit, ravi de ne pas raconter de mensonge.

— Jeunesse passée dans une vieille maison avec des portes en bois, lança-t-il. Impossible d'accéder aux toilettes sans forcer la porte.

Ils entrèrent en titubant et posèrent Brock par terre, sur sa civière. Il était emprisonné dans une couche de glace sur plusieurs couches de tissus. Adil détacha ses doigts des bâtons, ses jointures raidies par le froid, et s'assit sur une chaise poussiéreuse.

— On devrait voir s'il y a un lit, proposa Jenny, qui souffla dans ses mains avant d'en presser les paumes contre son visage. Il n'est sûrement pas à l'aise... Oh, mon Dieu, Danny, ta poitrine !

Il baissa les yeux. L'avant de sa veste était rouge de sang, des bouts de sa doublure dépassaient horriblement.

— C'est moins grave que c'en a l'air, répondit-il, en plantant les doigts dans les trous.

Sa poitrine était trop engourdie, mais il sentait les croûtes de sang craqueler et le démanger.

— C'est juste une égratignure. Ne le bougez pas. Je vais continuer à remonter jusqu'aux appartements. Ce sera plus simple si je n'ai pas à me soucier de lui.

Ou d'aucun d'entre eux.

IL RESTA en homme. Le chien aurait eu plus de facilité à se déplacer dans la neige, mais on le soupçonnait d'être un tueur d'hommes. De plus, Danny en avait assez de s'introduire, nu, dans les maisons. Il enleva ses lunettes et les cacha dans la poche intérieure de sa veste. Le monde devint trouble, mais la tempête était si forte que cela ne fit aucune différence. Une fois ses lunettes cachées, il quitta sa veste ensanglantée et l'attacha autour de la taille. Il avait froid, mais il bougeait plus librement sans ce duvet encombrant.

Les poteaux téléphoniques vacillaient et craquaient dans la rue, leurs câbles tendus sonnaient sous le pincement du vent. Le ciel était déjà noir et s'assombrissait.

Danny remonta la rue à grandes enjambées, ses pieds mordant dans le sol. Il sentait le chasseur l'épier dans la neige, la respiration du prédateur sur ses talons, et il avait assez de loup en lui pour refuser de devenir une proie. Cela lui hérissait le poil, noyait sa bouche de bave et appelait ses crocs à sortir.

Mais au moins, le monstre le traquait lui, et pas Jenny ni Adil.

Ce n'était pas Gregor. Il était de la même couleur fauve que Jack et gonflé de muscles. Pas blanc et émacié. Danny l'avait également vu chasser. Il était vicieux, mais d'une efficacité redoutable. Gregor n'avait pas la patience de tourmenter ses victimes.

Un grognement résonna dans la tempête. Danny virevolta et vit le loup bondir devant lui, sa gueule couverte de givre ouverte en plein vol.

Il planta ses canines pointues dans sa main, l'obligeant à s'ouvrir, puis disparut. Danny lui grogna dessus, exprimant la frustration du chien.

Il porta la main à la bouche et suça la chair meurtrie. Elle avait un goût rance. Il l'écarta de ses lèvres, en grimaçant, et cracha le goût dans la neige.

— Si tu ne te brosses pas les dents, hurla-t-il dans la bourrasque, ronge au moins un os !

Le chasseur rôdait dans la neige et bougeait sans cesse avec le vent. Danny essuya sa main en sang sur son jean et se remit à courir. Il n'était plus très loin des appartements. Une fois arrivé, si Jack voulait avoir un toit sur la tête, il allait devoir se bouger l'arrière-train et l'aider.

Ce sentiment de réconfort qu'il ressentit en pensant à Jack l'agaça d'ailleurs légèrement.

Le monstre l'attaqua encore une fois, il lui laissa une poignée de poils gelés dans la main et emporta une manche de sa veste, puis il se fondit dans la tempête. Après plusieurs minutes, Danny entendit l'animal hurler une dernière fois sa surprise dans la rue voisine. Le jeune homme s'arrêta, sa respiration sortant en une fumée blanche et humide, et il s'essuya le visage avec l'autre manche.

Visiblement, le chasseur avait trouvé une proie facile, mais Danny en avait encore des frissons. Il ne croyait pas en ce moment de répit, cependant, il n'avait d'autre choix que d'avancer ou de rebrousser chemin. Alors il continua. Au milieu de la route, le chasseur le guettait.

Sa façon de se déplacer paraissait étrange, raide et en ligne droite, mais il bondit sur Danny avant que le jeune homme ait le temps de trouver ce qui le dérangeait précisément. Le corps lourd s'affala sur son dos, les griffes s'enfoncèrent dans ses épaules et les crocs raclèrent son cuir chevelu.

Danny atterrit sur les bras, les paumes de ses mains s'enfoncèrent dans la neige jusqu'à toucher la route, et il se repoussa. Le chasseur bondit en dérangeant la neige, mais Danny l'attrapa par la patte. La peau glissa dans sa main, mouillée et gluante, et l'animal le frappa au visage. Son talon le toucha au menton, lui fermant si violemment la bouche qu'il goûta du sang, avant de retomber dans la neige. Il avait la tête qui tournait, les pensées éparpillées et les membres récalcitrants.

L'image troublée du blanc et des crocs planait sur lui, ses yeux luisant faiblement dans leur orbite enfoncée. La bave coula, chaude, sur son visage. Son haleine acide empestait la charogne. Danny leva le bras, se préparant à la douleur, mais au lieu de le mordre, le chasseur leva le museau vers un hurlement proche.

Il se dégagea de Danny et s'enfuit. La tempête se referma derrière lui et couvrit ses pas.

En roulant sur le côté, Danny réussit à se lever sur un genou le temps que Jack le rejoigne. Le loup le fit à nouveau basculer, la truffe reniflant son cou et appuyant sur son ventre ainsi que sur ses côtes. Ses points sensibles.

Danny éclata de rire, sa voix trembla lorsqu'il eut mal aux côtes, et il gratta Jack derrière ses oreilles pointues. Ce dernier grommela et secoua la tête, puis mordilla le bout de ses doigts avec des crocs affûtés. La morsure devint baisers lorsque Jack se transforma en homme, dont les lèvres étaient posées sur ses doigts.

— Tu sens comme si tu t'étais roulé dans la merde, critiqua-t-il.

Il attrapa Danny et l'attira dans une étreinte virile, tout en empoignant son haut pour le secouer.

— Idiot. Voilà ce qu'ils t'apportent, tes humains.

Lové dans le mur de muscles frais et de peau dure, Danny ignora la fin de sa phrase. Il passa un bras autour du cou de Jack et creusa son épaule avec les doigts.

— Ce n'était pas Gregor.

Les larges épaules se haussèrent sous le bras de Danny.

— Je te l'ai dit, il a des adeptes.

Danny recula, en laissant une trace de sang sur le visage de Jack.

— Je ne l'ai pas reconnu, avoua-t-il, en levant la main et la passant avec précaution dans ses cheveux.

Ses plaies le faisaient souffrir, mais il aurait pu aussi y laisser la moitié de son crâne. La dernière fois que sa tête s'était trouvée prise entre les mâchoires d'un loup, son crâne avait craqué et il avait saigné des oreilles pendant plusieurs jours.

— Tu as été absent trop longtemps.

Peut-être. Des loups se joignaient parfois à la meute, en passant le mur, mais il ne pouvait pas concevoir que le Numitor ait pu laisser cet étrange loup tout crispé se mêler aux siens. Ses doigts tatillons touchèrent un objet emmêlé dans ses cheveux. Il tira dessus, en grimaçant de douleur, et retira, avec une poignée de boucles noires, un croc cassé et noirci.

Il dut lutter contre l'envie de jeter la chose loin de lui. Les loups ne perdaient pas leurs dents, pas dans cet état : par bouts pourris. Il préféra la glisser dans sa poche.

131

— C'était bizarre, dit-il. Quelque chose n'allait pas avec ce loup.

Jack frotta sa joue contre l'épaule de Danny, puis les releva tous les deux. Ils se courbèrent ensemble pour faire face à la force du vent.

— Il y a des loups qui diraient la même chose de toi, Danny Dogue, répondit-il, en affichant un sourire denté l'instant d'après. Et encore plus diraient que quelque chose ne tourne pas rond chez moi…

Sa phrase resta en suspens entre eux, une confession et le partage gênant de son intimité. Cette partie de Danny qui avait fui, vite et loin, les loups et leur façon d'aborder un problème – façon se résumant à le croquer ou à l'ignorer – voulait des détails. Mais il faisait froid, ses os étaient agités par l'adrénaline, et peu importe les soucis qu'avait le Numitor avec les préférences sexuelles de son fils, cela ne le concernait pas. Peut-être que, juste pour cette fois, il laisserait couler.

Du sang coulait dans ses oreilles, le chatouillant quand il goutta vers son tympan. Il se gratta avec le talon de la main.

— Moi, je pense que tu vas bien, répondit-il enfin.

Jack éclata de rire, ou plutôt d'un aboiement râpeux. Le vent plaquait ses cheveux contre son crâne, la neige fondait et gelait sur sa peau.

— Très touchant, se moqua-t-il. Je crois que ce temps passé avec les humains a fait de toi un poète.

— Je retire ce que j'ai dit, reprit Danny, sa voix asséchée par le vent semblant plus irritée que prévu. Tu es un con. Voilà ce qui cloche chez toi.

Il se secoua et inspira profondément. L'air glacé contracta les poumons dans sa poitrine. Toutefois, cela l'aida à vider son esprit de la douleur et de la lutte. Il se tourna, la neige crissa, et il regarda derrière lui. En dehors de l'endroit où le combat avait aplati la neige en dessinant un ovale de glace et de sang, ses traces avaient été comblées. Il vit des ombres roses ici et là, couvertes par un fin duvet de poudreuse, mais une minute plus tard, elles aussi furent effacées.

— On doit aller chercher les autres, je les ai laissés enfermés dans une maison, là-bas derrière, expliqua-t-il. Avec nous deux, ce loup – peu importe de qui il s'agissait – devrait garder ses distances.

Un grognement irrité remonta dans la poitrine de Jack lorsque Danny évita de citer Gregor. Mais il ne le corrigea pas. Du moins, pas là-dessus.

— Ils devront rester là où tu les as laissés, répondit-il. Au moins jusqu'à demain.

Danny grimaça de frustration.

— Je ne les laisserai pas, lâcha-t-il. Si tu ne m'aides pas, j'irai les chercher tout seul. Va donc pisser sur ton réverbère...

Jack saisit la manche qui pendait de sa veste et la tira en arrière, en déchirant encore plus le tissu. Des bouts du rembourrage taché furent délogés par le vent et emportés dans la tempête.

— On n'a plus le temps, lança Jack. La lune se lève.

Non. Danny s'essuya le nez avec les doigts et leva les yeux. Il faisait encore clair, le ciel était blanc de neige.

— Il n'est pas si tard que ça, rétorqua-t-il.

Jack plaça la main autour de sa nuque et l'attira si près de lui qu'ils pouvaient goûter la respiration de l'autre. Ses yeux, enfermés entre des cils givrés, étaient encore des yeux de loup.

— Si, insista-t-il. Séléné a l'œil ouvert et il est posé sur nous. Tu persistes peut-être à avoir des amis humains, mais veux-tu vraiment leur expliquer que tu n'en es pas ?

Zut. Danny s'écarta de Jack pour scruter à nouveau le ciel. Il ne voyait pas la lune, mais Jack venait de dire... La douleur dans ses os ne venait pas seulement de la lutte. Son sang bouillait d'envie de bouger, de se transformer, de gambader. Une fois que la lune culminerait bien haut dans le ciel, ce ne serait plus une envie, mais une compulsion.

— Si on se dépêche, pourra-t-on les ramener à temps ?

C'était une question, mais Jack n'avait pas besoin d'y répondre. Pas le temps. Même s'ils les reconduisaient jusqu'aux appartements, en expliquant pourquoi Jack, en tenue d'Adam, ne craignait pas la neige, comment pourraient-ils s'éclipser à nouveau ?

— Je ne peux pas les abandonner.

Jack le lâcha pour le presser à avancer.

— Alors, abandonne-moi, souffla-t-il. Escorte tes moutons chez eux comme un bon chien. Je dois retrouver et tuer mon frère, pas jouer les bergers.

Il revêtit sa peau de loup et tourna la queue à Danny, en s'enfuyant dans la tempête. Danny hésita, le poids de la culpabilité et de la responsabilité le tiraillant comme des câbles accrochés à ses côtes. Il était un chien, après tout. La loyauté était innée. Sauf que Jack avait la priorité dessus, et cela depuis le jour où il avait tiré Danny et sa copine des flammes, cette fameuse nuit dans les hautes terres.

Jenny tiendrait jusqu'au petit matin. Ils étaient aussi bien protégés dans cette maison que dans les appartements, peut-être même mieux, puisque Gregor les savait sur le territoire du chien. C'était une grossière justification, mais il n'en trouvait pas d'autre.

La lune étourdissante voulait qu'il se change, qu'il chante, mais il était plus simple de réfléchir sous sa forme humaine, si nécessaire. Ainsi, toujours à deux doigts de la transformation, il poursuivit la fourrure de Jack, un point qui disparaissait dans le blizzard.

XVII

CETTE CHIENNE de déesse était aveugle ce soir-là, l'hiver formait un voile entre elle et le monde d'en dessous. Jack sentait encore son appel dans son sang, comme si des rasoirs et du miel passaient sur ses os, et une main soyeuse caressait sa fourrure.

C'était agréable. Plus que rassurant. Cette chienne était une sirène, elle entraînait sa meute dans une course folle qui leur éclaterait à tous le cœur et leur craquerait les os. Cela faisait des années que Jack ne s'était pas abandonné à la lune, mais à chaque fois qu'elle montait, il en mourait d'envie.

— Jack !

La voix de Danny lui caressa le dos, son grasseyement écossais et son ton irrité adoucis. Jack frissonna sous sa peau de loup, une vague de désir fit ressortir l'homme en lui l'espace d'une seconde. Il pointa sa truffe par-dessus son épaule et vérifia…

Son amant ? Son partenaire ? Le premier était trop humain pour lui et il savait que le second ferait fuir Danny, car le terme rappelait trop la meute.

À lui. Cela suffirait. Jack regarda Danny escalader la basse clôture et tituber lorsque la neige et l'herbe épaisse s'accrochèrent à ses pieds. Du sang marquant le côté de son visage s'écaillait. Il était trop gelé pour dégager une odeur, mais sa vue extirpa malgré tout un grognement de la poitrine de Jack. Lorsque son père l'avait banni, il avait baissé la tête et laissé sa meute lui filer entre les doigts sans un murmure. Gregor aurait dû s'en contenter, et pas le suivre jusqu'ici pour essayer de lui prendre le reste.

— Tu as gagné. Tu aurais pu ralentir, grommela Danny.

Il s'accroupit près de Jack, une main enfouie dans les poils épais autour de son cou. De la glace collait les plis de son pull et la laine craquela quand Danny baissa le bras pour enlever la neige dans ses yeux.

— Il fait plus froid, ce soir. Tu crois vraiment que Jenny et les autres s'en sortiront ?

Jack n'allait pas changer de peau simplement pour parler du sort de trois humains. Il poussa le flanc de Danny avec l'épaule, le faisant tomber à genoux, et renifla pour montrer son impatience.

L'irritation venait aisément si près de la chasse. La colère nourrissait la Nature Sauvage, aiguisait ses sens, or cette nature voulait écouter Séléné.

Peu importait le nombre de fois où les loups montraient leur ventre à Fenrir, leur malédiction appartenait à Séléné. C'était la laisse autour de leur gorge et une des raisons pour lesquelles ils voulaient tant planter leurs crocs dans le ventre tendre de la déesse. Les colliers étaient conçus pour les chiens, pas les loups.

Jack inspira profondément. Ses poumons se gonflèrent avec l'odeur de Danny et de la neige, une senteur fraîche et apaisante. La lune s'était levée et il était temps de joindre leur voix à la chanson de la garce. Il rejeta la tête en arrière et hurla, un son mélancolique, sans meute pour le suivre. Le vent le saisit et l'emporta loin de lui.

Puis Danny prit une grosse bouffée d'air, sa poitrine se gonfla contre les côtes du loup et il ajouta sa voix au chant. Le son sortait rugueux et fin de sa gorge humaine, sonore et sans grognement, dénué de l'harmonique propre aux loups, mais c'était suffisant. Jack n'était plus seul. Sa meute était réduite, mais elle existait.

Et c'était le sang qui liait la meute.

Il décolla son épaule du bras de Danny et commanda avec un grognement. La Nature Sauvage se coinça entre ses doigts d'humain. Elle se faufila sous la peau humaine jusqu'à trouver la fourrure du chien, qu'elle tira vers la surface. Les yeux marron se firent ambre, ses os craquèrent sous la chair. Danny le maudit et se recula difficilement, en quittant ses vêtements avec des mains hâtives.

Pendant une seconde, il se retrouva nu, tout en longueur et en pâleur, ses boucles négligées bondissant sur son visage avec le vent. Il frissonna sous la morsure du vent, refroidi, mais pas gelé. Comment avait-il réussi à jouer l'humain tous les jours pendant cinq ans ?

Puis la transformation lui voûta le dos et allongea sa mâchoire. La fourrure s'épaissit sur ses muscles de rechange et ses longs os tandis qu'il s'abaissait à quatre pattes dans la neige. Sous cette forme, malgré ses pattes élancées de chasseur, Jack le dépassait d'une épaule.

Bien. Jack remua la queue et lâcha un râle. Il fixa Danny jusqu'à ce qu'il baisse les oreilles et se pose sur ses talons dans une soumission obéissante. Satisfait, Jack détendit sa posture et leva le museau pour humer l'air.

Il hurla à nouveau, Danny rejeta la tête et l'imita. Dans la nuit enneigée, leurs voix s'élevèrent en chœur. Gregor. Le frère qu'il aurait dû

136

manger dans le ventre de sa mère, avant que ces douze minutes n'aient le temps de régir leur vie.

Plus tard, il enfoncerait ses crocs dans la gorge de son frère, pour reprendre ses douze minutes et lui voler les années qu'il lui restait à vivre. Pour l'instant, ils laisseraient leurs voix monter au ciel ensemble.

Que Séléné entende leur vénération. Qu'elle coure plus vite.

LE MONDE était différent, vu à travers le prisme de la Nature Sauvage. D'abord, la chasse se joua à travers les bois broussailleux et dans les plaines où la terre et la boue s'étaient gelées en couteaux. Ils feignirent leur servitude à la nature avec le sang des lièvres, la viande maigre, au goût de gibier, des écureuils, ils burent l'eau terreuse et fraîche, mangèrent des scarabées. Ensuite, ils s'affrontèrent comme des dieux – avec les dieux – entre les énormes chênes anciens de la forêt primaire anglaise. Un large élan, dont les bois s'étendaient d'un côté tranchant à l'autre sur plus de trois mètres et heurtaient les arbres, fuyait la meute à l'origine de toutes les meutes. Jack les entendait, là-bas, pousser des hurlements étranges, quelque part, ailleurs, au loin.

C'était un monde que Danny, l'ombre qui marchait sur ses talons, ne verrait jamais. C'était un monde qui n'acceptait que les loups. Il n'y avait pas de place pour l'homme. Ici, un loup pouvait courir sans fin, s'élancer sur ses pattes imposantes et silencieuses à travers le paillis.

Tout à coup, ils captèrent l'odeur de la proie, l'urine riche en phéromones, l'herbe, la peur et la viande. Danny sentit l'odeur, lui aussi, et haleta d'intérêt. Il fonça en avant, en sautant par-dessus un enchevêtrement de branches. Jack grogna en signe de désapprobation, mais le suivit. Il rentra dans le flanc du chien et l'envoya valser dans la neige. Le chien grogna, ses poumons se vidèrent sous son poids et il se retourna pour mordre Jack.

Il n'en obtint qu'une bouchée de poils, mais Jack le réprimanda malgré tout. Ses crocs blancs aiguisés tintèrent les uns contre les autres à un cheveu de la truffe noire et mouillée. Danny gémit en guise d'excuse, plaqua ses oreilles et lécha les lèvres noires du loup.

Grâce à son côté sauvage, Jack pouvait distinguer la trace du loup dans l'ombre de Danny. Il avait de lourdes épaules et des oreilles plus pointues. Les loups ne parlaient pas, mais la volonté de Jack s'abattit sur les liens fragiles de la meute et du passé qui les unissait. Tous deux virent des bribes d'images : des ombres en cercle sur l'herbe, la biche fatiguée, immobile, et des lignes irrégulières de rouge-brun et de lumière dans la boue.

Immobiles. Patients. Des chasseurs rusés.

Le chien rejeta brièvement ses oreilles en arrière, mais souffla sa soumission. Jack recula pour le laisser se redresser et ils coururent vers les ronces piquantes censées les protéger. Danny haleta d'impatience et trembla d'anticipation lorsqu'il vit un groupe de cerfs se nourrissant des feuilles flétries par le givre d'une plante malade. Ils étaient d'un brun-roux boueux avec une queue blanche, et leurs oreilles tournaient comme des paraboles.

La salive remplit la bouche de Jack et coula sur sa langue pendante. Il se pencha en avant, les yeux rivés sur les flancs hauts et allongés. Le cerf leva la tête, ses narines flairant le danger, et ses bois s'emmêlèrent dans les branches d'une plante grimpante. L'année précédente, ils devaient être repus et bien dodus, parfaits pour un dîner. À présent, ils étaient musclés et exténués, des proies destinées à être mangées en route.

Le vent changea de direction et les cerfs levèrent la tête, les narines dilatées pour sentir leur mort. Une jeune biche s'écria à l'arrière, un son bas et vibrant, et le groupe fila comme s'il avait reçu une tape sur l'arrière-train.

La vue des sabots et des cuissots blancs le secoua tel un fil rattaché directement à ses os et à ses muscles, et le besoin de poursuivre le frappa assez fort à la poitrine pour le pousser à bouger. Il traversa les ronces, perdant des poils sur leurs épines, puis Danny le dépassa. Ses muscles lourds et ses longues pattes le firent voler au-dessus de la neige, une neige qui s'aplatissait là où elles la touchaient. Il sautait plus qu'il ne courait, comme s'il suffisait que le vent souffle pour qu'il s'envole.

Les cerfs se dispersèrent, mais Danny se trouvait parmi eux. Les sabots frappèrent autour de ses oreilles, le blessèrent, lui envoyèrent un coup dans l'épaule. Il claqua des mâchoires devant eux, ses crocs acérés se plantant dans les flancs émaciés et pénétrant la peau dure. Cela ne suffisait pas pour abattre un animal, mais un de ses sauts dentés lui valut la patte d'une biche. D'une incisive, il traversa la peau solide, rongea l'animal jusqu'à l'os et s'accrocha à un tendon.

La bête fut précipitée au sol avec un cri presque humain, ses pattes s'agitant inutilement par terre tandis qu'elle tentait de se débattre. Jack abrégea ses souffrances en lui plantant ses crocs dans la gorge. Le sang dans sa bouche avait un goût de bonbon musqué, aussi puissant que n'importe quelle drogue humaine.

Elle succomba rapidement, sa vie se déversant dans des bulles et des gargouillis. Jack tint bon, la vidant de son air jusqu'à ce qu'elle s'immobilise enfin. Quelle que soit la force qui animait ces proies, sans doute une version de la Nature Sauvage pour les ruminants, elle disparut et il ne resta plus que la viande. Ouvrant la gueule, Jack passa au-dessus de son ventre qui gargouillait encore, et l'ouvrit de l'anus au sternum. Ses entrailles se répandirent en un mélange chaud à la couleur vive, qui fondit la neige sur son passage.

Le loup puisa au fond de lui-même et se força à revêtir sa peau humaine. Cette fois-ci, le changement ne lui semblait pas naturel, sa forme humaine mal adaptée à son esprit plus que séduit par l'idée qu'il n'était qu'un loup. Il enfouit ses doigts dans les entrailles de la biche et en sortit un foie mouillé, d'un riche rouge violacé, qu'il jeta à Danny.

— Tu es rapide comme l'éclair, toi ! lança-t-il, sa voix dressant les oreilles de Danny sans pour autant l'empêcher d'engloutir son foie. Le monde a changé et nous en sommes les rois. Enfin, nous le serons bientôt.

Oui, mais pas du monde. De la nature.

Jack lécha le sang sur ses doigts, le goût du fer intense sur sa langue, puis il se releva. Les tatouages couvrant sa peau paraissaient grossiers et fraîchement tracés sous le clair de lune, comme si de l'encre coulait sur son corps. La cendre qui la composait brûlait encore parfois, une douleur trop enfouie sous la peau pour être atteinte sans l'aide de griffes. À une époque, ils semblaient en valoir la peine, mais à présent, ce n'était qu'un motif sur sa peau.

À moins qu'il se réapproprie leur signification.

— Gregor ! hurla-t-il d'une voix cassée.

À ses pieds, Danny gémit et leva les yeux de son foie, les oreilles couchées par le vent.

— Tu disais vouloir te battre. Je suis là, petit frère !

Au début, la seule réponse fut la respiration fraîche de Fenrir qui soulevait la neige. Puis, un loup fauve aux épaules lourdes sortit de l'ombre, à l'autre bout de la clairière. Il s'ébroua, se débarrassant des bouts de neige gelée et de ses poils. Il se leva alors dans la neige, ses tatouages semblables à ceux de Jack. Mais il ne lui ressemblait plus, du moins, pas à *Jack*. Ses cheveux étaient trop longs et trop marqués de mèches rouges, et sur sa joue se trouvait une vieille cicatrice qu'il s'était faite une année auparavant. C'était comme la première fois qu'on se prenait en photo : une ressemblance indéniable, vue sous un angle impossible à reproduire dans le miroir de la salle de bain.

— Je n'ai jamais douté de toi, *petit* frère, répondit Gregor. Tu es peut-être un pervers sentimental, mais tu n'es pas un lâche.

Jack afficha ses dents dans un sourire dénué d'humour.

— On est pareils, toi et moi, des cheveux aux couilles, rétorqua-t-il. Aimes-tu vraiment les femmes, ou te contentes-tu de fermer les yeux et de penser à une queue pour faire ton devoir et la fierté de ton père ?

Un grognement de loup retroussa ses lèvres, en exposant à la nuit des canines aiguisées.

— Au moins, il est fier de moi.

Jack avait été si en colère pendant des mois, que cela aurait dû le laisser de marbre. Il réagit malgré tout, frappé en plein cœur, à l'endroit où se trouvait autrefois la considération de son père. Alors, il fit ce qu'il avait toujours fait : lui rendre la monnaie de sa pièce. Ils étaient peut-être différents, mais ils seraient égaux.

— Il est fier de ta queue, lâcha-t-il, impassible. Ça ne veut pas dire qu'il est fier de toi, Gregor.

Le commentaire fit mouche, provoquant la même réaction chez Gregor. Après une seconde, les frères jumeaux haussèrent les épaules d'impatience.

— Est-ce bien utile, maintenant ? demanda-t-il.

Gregor avait raison, se dit Jack. Ils s'étaient chamaillés toutes ces années parce que le vieil homme refusait de les laisser s'affronter, et maintenant, plus besoin de sa permission. Pourquoi essayer de se blesser mutuellement avec les mots, quand les crocs rentraient plus profondément ?

Aux côtés de Jack, Danny grogna nerveusement et se pressa contre sa jambe. Sous son épais manteau, son corps était chaud comme une bouillotte. Jack lui ébouriffa les poils, en entortillant ses doigts dans les mèches broussailleuses.

— Danny n'est pas mêlé à ça, lança Jack, en plissant les yeux. Quel que soit ton petit jeu, si tu gagnes, laisse-le tranquille.

À travers le rideau de neige, Jack aurait juré que Gregor avait eu l'air troublé, l'espace d'une seconde. Peut-être était-ce le fait de le laisser tranquille ? Son jumeau s'était toujours montré hargneux et rancunier. Peu importe son expression, elle fut rapidement couverte par un rictus.

— Sinon, quoi ?

Jack pouffa de rire, sa respiration sortit en fumée de sa bouche.

— Sinon, personne ne croira jamais que *toi*, tu m'as battu en combat. Même si tu rentrais à la maison avec ma peau sur le dos pour te porter chance, ils se diront que tu as triché.

Ses capacités dépassaient à peine celles de Gregor. Au fil des années, il avait souvent eu l'avantage dans les bagarres, mais en réalité, l'avantage n'égalait même pas douze minutes. Aucune importance. Ce qui comptait, c'étaient les loups et les ragots. Si Jack retraversait le Mur et annonçait qu'il était le fils unique du Numitor, on ne le croirait pas non plus.

Après une sombre pause, Gregor acquiesça avec un grognement.

— Je le laisserai vivre, dit-il. Mais je ne le laisserai pas tranquille. Un chien errant qui joue à la dînette avec les humains risque de me faire du tort.

Danny lui grogna dessus. Un son de chien, ce grognement, tout en rage et en menace. La salive qui bullait entre ses dents et coulait de ses lèvres se solidifiait et se gelait dans la neige. Les loups hurlaient et posaient, mais avec autant de colère, ils seraient déjà en train de se battre. Jack caressa Danny derrière l'oreille avec le dos de la main.

— Pour une fois, Danny, dit-il sèchement, boucle-la et reste à ta place.

Le chien le regarda du coin de l'œil et baissa la queue. Pour la soumission, c'était à contrecœur. Parfois, Jack se disait que l'homme était plus facile à gérer que le chien.

Gregor souffla d'impatience et avança dans le nuage créé par sa propre respiration.

— Assez. Je n'ai pas fait tout ce chemin pour te voir te ridiculiser devant un clébard, petit frère. Je suis venu te tuer. Alors, finissons-en. Je veux être rentré au Nord avant la première transformation des petits.

Les humains discutaient de leurs sentiments. Les loups se contentaient de les ressentir. Pourtant, Jack se sentit étranglé par le désir lorsqu'il s'éloigna du gros chien. Il ne savait pas de quoi il s'agissait, c'était comme un os coincé dans sa gorge, alors il tapota indélicatement l'animal.

— Arrête de collectionner les humains, lui dit-il, en s'éloignant. Un jour, ça te sera fatal.

Des chaînes auraient dû limiter l'ampleur de leurs mouvements, les lier au défi comme Fenrir l'était, ou l'avait été, et un prêtre devait être présent pour prononcer les mots. Aucun des deux n'eut besoin de rituel pour s'encourager au meurtre, pas quand ils le prévoyaient depuis qu'ils avaient ouvert les yeux, mais une parole devait être dite.

— La vie aurait été plus simple si nous ne nous détestions pas, lança Jack.

— Sauf qu'on se déteste, lâcha Gregor, en haussant les épaules.

Ils se changèrent au même moment et se jetèrent l'un sur l'autre, en formant une boule de poils, de dents et de griffes. La neige vola en un nuage poudreux lorsqu'ils roulèrent dedans, tantôt sur le cou, tantôt sur le dos, comme un point gris. Il faisait si frais que la fourrure craquait sous leurs dents, mais leur sang, lui, restait chaud. Gregor perça le museau de Jack avec un croc – un coup douloureux et sanglant, mais pas fatal – et Jack l'attrapa par le bout de l'oreille, qu'il arracha. L'hémoglobine tacha la neige avec des flaques et des éclaboussures noires. Des bouts de poils et de peau s'enfoncèrent dans le blanc.

L'éclat de la lune filtrait entre les arbres : la déesse était venue admirer le spectacle.

Des mâchoires puissantes se fermèrent sur une patte et mordirent, un craquement d'os retentit sur la neige. En cet instant, plus proche de son frère qu'il ne l'avait été depuis leur naissance, Jack ne sut pas dire à qui appartenaient la dent et la patte. L'élancement qui se déversa de sa moelle exposée à l'air éclaircit la situation. Il glapit de douleur, surpris par sa soudaine fragilité, et se déchaîna dans une panique meurtrière. Son croc rasa un côté du visage de Gregor, raclant sa joue jusqu'à l'os, et le priva d'un œil vert et perçant.

Les fluides qui remplirent la bouche de Jack sentaient le cuivre, le sel et différents liquides pâteux et vitreux. Il les cracha et plissa les lèvres de dégoût.

Blessés tous les deux, ils s'éloignèrent et se tournèrent autour, Jack, en clopinant sur trois pattes, gêné par la neige tachée et dérangée, et Gregor, en tournant la tête afin de garder son œil sauf sur l'autre loup. À l'extérieur de leur ring improvisé, il voyait Danny avancer et reculer. Le chien maigre gémissait et s'agitait.

C'est Danny qui le vit en premier, ses oreilles dressées se plaquèrent sur son crâne étroit. Il aboya, un bruit vibrant et étrange dans la nature sauvage. Jack lui faisait assez confiance pour se détourner de Gregor une seconde et regarder ce qui l'avait troublé.

L'étroit ruban du clair de lune qu'il avait aperçu au début du combat se déplaçait et se cachait d'un arbre à l'autre. C'était… bizarre. Jack ouvrit les mâchoires, en soufflant des bouffées chaudes et inquiètes tandis qu'il humait l'air. Même Gregor, tendu et plein de suspicion, se mit en position pour observer à la fois Jack et les arbres.

Au loin, dans la neige, le fin ruban pâle *ressemblait* aux rayons de la lune. Mais il n'en était rien. Lorsqu'il se rapprocha, Jack distingua sa peau tachée, décolorée, et le contour de ses haillons noirs qui ondulaient au vent.

Mauvais pressentiment.

Un homme sortit des arbres, en boitant sur ses jambes tordues, abîmées et poilues. Ses cheveux grisonnants emmêlés par la saleté descendaient sur ses épaules décharnées, d'où pendait une femme écorchée. Son bras libre s'agita et les restes déchirés de sa bouche articulèrent à l'oreille de l'homme, comme si elle lui dictait des ordres.

Jack avait raison, c'était bien une déesse venue observer leur combat, mais pas celle qu'il espérait. Hel rejoignait tôt l'hiver. Un son étranglé s'extirpa de sa bouche et résonna dans la tête de Jack, puis celle de son jumeau.

Dans les profondeurs de la forêt, des ombres déambulaient. La déesse de la mort ne venait pas seule.

XVIII

JENNY S'AGENOUILLA sur le tapis poussiéreux devant le foyer, un coin de sa couverture entourant sa main pendant qu'elle nourrissait le feu de bûches humides. Il éclata et jaillit, les cendres s'éparpillant sur son jean, au niveau des genoux. La fumée s'échappa en un énorme nuage gris et se répandit dans le petit salon. La jeune femme la sentait se poser sur ses mains, comme de la poussière, lorsqu'elle entreprit de bouger le charbon à l'aide du tisonnier.

Elle était si frigorifiée que la chaleur lui faisait mal, lui rougissant et lui tachant la peau comme une brûlure de radiateur. Il lui fallut malgré tout un gros effort et beaucoup de force mentale pour se pousser, afin de la partager avec les autres. Une partie d'elle voulait se l'approprier, l'aspirer entièrement et se lover dans un coin, en attendant que Danny revienne. Comme une sorte d'ex en manque, à la peau de lézard. Elle rit à moitié en passant sa main sale sur son visage.

— Qu'est-ce qu'il y a ? demanda Adil en se rapprochant du feu.

Il tendit les mains et les recula lorsque la chaleur mordit ses doigts blanchis par le froid. Grimaçant, il les secoua et les enfouit sous les bras une seconde, avant de succomber à nouveau à l'appel du feu.

— Qu'est-ce qu'il y a de si drôle ?

— Rien, répondit Jenny, en secouant la tête.

Derrière eux, couché sur le lit de coussins et d'oreillers sur lequel ils avaient réussi à le rouler, Brock marmonnait et happait l'air dans son sommeil. La petite bulle d'autodérision qui avait brièvement amusé Jenny éclata et disparut.

— Rien du tout, ajouta-t-elle.

Elle se pencha sur ses genoux pour éviter de fixer Brock et se sentit immédiatement coupable. Il n'y a pas si longtemps, elle adorait l'observer, les muscles lourds de son dos, ses phalanges marquées qui ressortaient lorsqu'il regardait la télévision, et même ses tatouages mal faits, qu'il regrettait un peu. C'était le garçon que ses parents (pas assez déçus devant son premier petit ami blanc – à savoir : Danny – pour satisfaire son désir de rébellion) n'auraient *jamais* accepté.

« Je l'aime » disait-elle aux gens, car admettre qu'elle avait rompu avec Danny simplement parce qu'elle voulait une bonne partie de jambes en l'air avec un mauvais garçon était hors de question. Ce n'était pas le genre de choses que ferait une gentille fille comme elle. À présent... elle ne savait pas si c'était une personne qu'elle avait aimée qui mourait dans d'atroces souffrances pendant qu'elle restait assise à ne rien faire, ou si cette personne se mourait parce qu'elle l'avait gardée trop longtemps à ses côtés, pour pouvoir faire semblant. Elle se demanda ce qui était le pire.

Adil se rapprocha du foyer et toussa lorsqu'il inspira de la fumée.

— Mon *awa* nous répétait qu'on ne connaissait pas l'hiver. Elle est née à Auli, dans l'Himalaya, et quand elle était petite fille... dit-il, avant d'éternuer, en posant les mains devant la bouche. Je lui disais toujours qu'elle devait se considérer chanceuse. Que moi, j'aurais adoré pouvoir faire du ski au parc national de Lake District. Je n'étais qu'un gamin pourri gâté.

Jenny tendit la main et lui poussa tendrement l'épaule.

— Allez, ce n'est pas comme si tu étais responsable de ça, dit-elle, en indiquant la fenêtre. Tu voulais de la neige à Noël et une colline pour faire de la luge. Pas le rationnement et les attaques de chiens.

— Non, répondit-il, avec un faible sourire. Effectivement.

Ils restèrent assis en silence pendant un moment, à écouter le feu crépiter et les bredouillements fiévreux de Brock. Il éleva progressivement la voix, et à présent, son marmonnement à propos d'une personne qui approchait devenait presque joyeux. Jenny finit par se forcer à se lever et à vérifier son état, se maudissant de ne pas l'avoir fait plus tôt. Elle s'accroupit à ses côtés et lui caressa les cheveux, sa brosse rousse semblait sèche et raide sous sa main. Sa peau, elle, était si chaude qu'il ne transpirait même plus, et les taches sous ses pansements n'étaient plus rouges. Le coton était couvert de jaune et de marron. Il s'en dégageait une odeur douceâtre, qui lui rappela des pommes pourries pleines de guêpes.

— Tiens, dit-elle, en essayant de ne pas montrer son dégoût lorsqu'elle colla l'eau à ses lèvres. Essaye de boire, Brock.

Avant, l'eau coulait simplement sur ses lèvres craquelées, entre des sutures faites à la hâte. Cette fois, il se précipita vers la bouteille comme un bébé vers sa mamelle, ses cicatrices se rouvrant quand il suça l'eau avec frénésie. Lorsque Jenny tenta de la retirer, surprise par sa soudaine énergie et se demandant s'il pouvait boire autant, il l'attrapa de sa main sauve et enfonça fortement les doigts dans son poignet.

— Les entends-tu ? demanda-t-il.

Sa voix était râpeuse, ses mots mal articulés par des lèvres gonflées, mais il semblait presque… normal. Toutefois, cela changea car la folie s'entendit ensuite dans ses paroles.

— Ils m'attendent. Je suis en retard, mais je ne savais pas. Tu le savais, toi, Jenny ? Est-ce que tu le savais ? Est-ce qu'il t'a demandé de garder le secret ou n'a-t-il pas eu besoin de le partager ? Il aurait dû le partager.

Elle retira brusquement sa main et recula sur le sol, loin de lui. Il tourna la tête sur le côté, la fixa d'un œil injecté de sang. C'était idiot, puisqu'il était trop malade même pour s'asseoir, mais l'espace d'une seconde, elle avait eu peur de lui.

Puis, il fit une crise. Son corps s'arqua sur le lit, ses muscles tordant les os comme s'il essayait de se plier en deux. Un gargouillis terrible émergea de sa gorge serrée, comme s'il tentait de crier quand le son n'avait nulle part où aller. Il empoigna les oreillers et les bandages qui retenaient son bras cassé.

— Sa fièvre a dû monter, lança Adil en se levant rapidement. Il convulse. Jenny, aide-moi à le retenir.

La jeune femme hésita. Faisant des crises d'épilepsie depuis ses six ans, elle savait qu'il ne fallait pas immobiliser la personne ou lui mettre un objet dans la bouche. Mais elle savait également que ces règles s'appliquaient aux personnes normales, pas à un blessé déjà cassé de partout. Malgré tout, elle sentait qu'il ne fallait pas s'en approcher, et les poils sur sa nuque se dressèrent avec une espèce d'instinct de rejet.

Elle se ressaisit, ne comprenant pas cette sensation, après tout ce qu'elle avait fait jusqu'ici pour soigner Brock, et se jeta sur ses jambes pour les maintenir. Du sang frais se répandit sous ses pansements, en noircissant les taches qui les marquaient déjà. On aurait dit que ses muscles vrillaient sous sa peau tandis qu'il s'agitait.

Elle se demanda brièvement si ses crises à elle ressemblaient à cela. Puis, Brock se ramollit, sa respiration devint haletante comme celle d'un chien.

Jenny se poussa de ses tibias et s'assit lourdement sur les fesses. Il faisait encore froid, mais elle transpirait sous son manteau. Adil enleva ses gants avec les doigts et pressa le dos de sa main contre le front de Brock, avant de remonter sa paupière pour vérifier ses pupilles. Avec un air perplexe, il mâchouilla sa lèvre inférieure.

— Est-ce qu'il va bien ? demanda Jenny.

— Non. Mais il n'allait pas mieux avant, dit-il, avant de marquer une pause et de hausser les épaules, le visage blême et teinté de gris. Vu les circonstances, je dirais qu'il ne s'en tire pas trop mal.

Les larmes lui piquaient les yeux, et tout à coup, elle fut frappée par un mélange terrible de peur et de frustration. Elle était gelée et apeurée, et Danny l'avait laissée avec cela sur les bras. Elle était sans doute injustement furieuse contre lui – Brock ne représentait rien pour lui – mais elle l'était malgré tout. Durant toutes ces années, elle l'avait toujours soutenu. C'était injuste d'abandonner une personne comme ça, simplement parce qu'elle avait commis une erreur.

— Bien, lança-t-elle en se frottant le visage avec la manche.

Adil fit semblant de ne rien voir et continua à s'occuper les mains en resserrant les bandages de Brock. Incapable de retenir ses larmes, Jenny se leva.

— Je… Je vais aller voir si je peux nous trouver des draps propres, ou des serviettes, n'importe quoi. On pourrait changer ses pansements.

Elle se redressa et quitta la pièce, puis monta au premier étage. Elle pénétra dans la salle de bain gelée, s'assit sur les toilettes et fondit en larmes, en silence. Elle avait la mine défaite et les mains tremblantes, mais au moins, ses larmes n'étaient plus ce rocher de sel bloqué dans sa gorge.

Cela lui rappela qu'elle n'avait pas pris ses médicaments. Elle renifla et trouva dans sa poche une plaquette de comprimés. Ils étaient vieux, leur emballage craqué s'effritait dans le dos. Son traitement expérimental avait touché à sa fin la veille.

— Danny est plutôt cool, hein ? lança Adil en bas des escaliers, la voix chevrotante de joie forcée. Je veux dire, qui l'aurait cru, pour un mec qui porte des cardigans ?

— Sûrement pas moi, avoua Jenny aux murs carrelés de bleu.

— Quoi ?

— Rien ! répondit-elle.

En montant sur les toilettes, elle ouvrit la fenêtre de la salle de bain et regarda dehors. Il faisait sombre à l'extérieur, la neige couvrait tout le jardin, hormis les quelques branches de noisetier qui ressortaient du duvet blanc. Il n'y avait aucun signe de mouvement.

— Je vais bien, Adil. J'ai juste besoin d'une minute pour…

Il cria, un cri perçant de stupéfaction qui se transforma en flot d'injures. Jenny tomba des toilettes en heurtant la baignoire de son épaule.

147

La douleur l'aveugla une seconde, lui coupa le souffle, puis elle se releva. Un bruit sourd résonna au rez-de-chaussée, et Adil se tut.

— Adil ?

Elle jaillit de la salle de bain et dévala les marches deux par deux, ses bottes grondant sur la moquette en jonc de mer.

— Qu'est-ce qui se passe ?! Est-ce que… ?

Elle tourna à l'embrasure de la porte, pénétra dans la pièce et s'arrêta net, confuse, pendant que son esprit tentait de comprendre. Le lit de fortune qu'ils avaient créé pour Brock était sens dessus dessous, les oreillers et les coussins déchirés, leur rembourrage répandu comme neige sur le sol. Adil était affalé contre l'âtre, le côté de son manteau commençant à brûler et à brunir à cause de la chaleur.

Il n'y avait aucun signe de Brock.

Jenny se lécha les lèvres, son souffle court et rapide, puis se dépêcha d'attraper Adil et de l'éloigner du foyer. Sa veste présentait des marques de roussi, et lorsqu'elle toucha l'arrière de sa tête, ses doigts ressortirent ensanglantés. Que diable s'était-il passé ?

Quelque chose se brisa dans la cuisine. Jenny allongea soigneusement le jeune homme, souffla une excuse et rampa pour jeter un coup d'œil de la porte.

C'était une cuisine IKEA, toute en surfaces rouges brillantes et en bandes magnétiques. Elle comprenait un évier carré, un micro-ondes encastré et un plan de travail sur un îlot central. Brock était penché dessus, tandis qu'il s'empiffrait de viande à moitié congelée. Il devait faire assez froid pour garder le congélateur à bonne température sans électricité, car Jenny pouvait entendre ses dents broyer le steak dur comme du bois.

— Brock ? demanda-t-elle, la voix hésitante.

Il leva brusquement la tête et la tourna pour la scruter. Elle cria de surprise en portant la main à sa bouche comme si son poing pouvait retenir le son. Le visage de Brock ressemblait à une chirurgie plastique bâclée. Ses lèvres lacérées étaient gonflées et sectionnées au milieu jusqu'au nez, aplati et écarté comme celui d'un boxer. Même sa peau paraissait épaisse et irritée, comme s'il avait eu droit à un mauvais peeling.

— Ce n'est pas normal, souffla-t-elle en s'aidant de la porte pour se relever. Brock, tu ne vas pas bien. Viens te recoucher.

Elle avança d'un pas, ses bottes crissant sur le sol carrelé, les mains levées pour caresser l'air d'une manière apaisante. Brock se courba sur son tas de viande, son dos se voûta étrangement haut, et il lui grogna dessus tel un animal. De la bave coula de sa bouche abîmée sur les lambeaux épais qui en pendaient.

Des justifications, ou plutôt des explications, traversèrent l'esprit de Jenny en bande de téléscripteur : le tétanos, le délire, même l'Ébola. Sa bile s'en fichait. Elle voulait seulement sortir. Jenny inspira un bon coup, un haut-le-cœur la menaçant à cause de la puanteur maladive et aigre-douce, et tenta de l'appeler à nouveau :

— Brock. S'il te plaît, écoute-moi. Il y a quelque chose qui ne va pas. Tu es malade.

Il hissa son corps fiévreux sur l'îlot, les morceaux de viande et de boîtes en plastique cassées s'enfonçant dans ses genoux. Avec des doigts déformés et ensanglantés, il se cramponna au comptoir et le plastique solide se fendit. Lui, continuait à pousser ses grognements inhumains et inquiétants.

Rien sur son visage n'indiquait qu'il la reconnaissait. Jenny recula alors d'un pas, discrètement, comme s'il était un animal qu'elle ne voulait pas risquer d'apeurer. Elle garda un sourire forcé et nerveux sur son visage et recula encore, en portant son poids sur ses talons.

Brock bougea la ceinture de muscles autour de ses épaules et hurla, la bouche si ouverte que Jenny put y voir de la viande congelée prise entre ses dents cassées et pointues. Se surprenant à lui renvoyer son cri, Jenny se jeta dans le salon. Elle tomba avec fracas sur la moquette, et avec un coup de pied, elle ferma la porte qu'elle bloqua en s'adossant au canapé. Brock martela le bois si fort qu'elle le sentit dans ses genoux, qui tremblèrent.

— Oh, mon Dieu, oh, mon Dieu, répétait Jenny.

Son cœur battait à tout rompre dans sa poitrine et elle n'arrivait pas à reprendre son souffle. Après une minute, Brock s'arrêta. Jenny resta en place, jusqu'à ce que ses jambes soient prises de crampes. Elle remonta précautionneusement vers la porte en essayant d'être aussi silencieuse que possible. Elle l'entendait encore de l'autre côté, avec sa respiration humide et rauque.

Elle saisit une chaise aussi discrètement que possible et la posa sous la poignée de la porte. Puis, elle s'approcha d'Adil à pas de loup, pour le sortir de sa torpeur et le remettre debout. Ses cils papillonnèrent et ses yeux troubles tentèrent de se focaliser sur elle. Elle posa tout de suite sa main sur la bouche du jeune homme pour le faire taire.

— Il y a quelque chose qui cloche avec Brock, chuchota-t-elle. Il faut qu'on sorte.

Ses lèvres étaient raidies et engourdies par le choc, son cerveau rempli d'idées insensées. C'était la pleine lune. Elle en avait eu un aperçu, en regardant par la fenêtre. C'était la pleine lune et Brock avait été attaqué par... *une chose*. Sauf que c'était complètement fou, même sans mettre un nom dessus. Elle aida Adil à s'asseoir, puis le tira en arrière, vers la porte.

Là, Brock frappa à nouveau. La chaise éclata, la porte céda, sa poignée s'enfonça dans le mur. Brock entra en traînant des pieds. Peut-être bien que les idées folles de Jenny ne l'étaient pas...

Elle cria. Brock traversa rapidement la pièce en boitant et la réduisit au silence.

XIX

LES LOUPS ne pratiquaient pas la religion comme les humains. Ils ne respectaient pas les hommes saints ; ils les honnissaient. Les prophètes occupaient un rang social légèrement plus élevé au sein de la meute, mais même le plus religieux des loups, et même Gregor, préférerait encore s'associer à un chien. Même un *vrai* chien.

Alors le chien ne comprenait pas pourquoi Jack et Gregor avaient les oreilles couchées et la queue entre les jambes devant ce vieux prophète décrépit, dans ses habits miteux. Le prophète aurait dû avoir sa fourrure, puisque la lune était bien pleine et haute au-dessus de leur tête, or seuls les loups les plus forts arrivaient à garder leur peau. Danny aboya, un son vibrant d'hésitation qu'il transforma en grognement lorsque le prophète le regarda.

Job. Dans la meute, le bruit courait qu'il avait été le frère, le fils et le rival du Numitor, avant d'avoir perdu ses crocs et son lien avec la Nature Sauvage sur ordre du roi précédent. C'était également Job qui avait accusé sa mère d'être inféconde, elle qui avait donné naissance à un chien au lieu d'un loup.

— Enfuis-toi, chien, lui souffla Job, ses mots sifflant dans les trous laissés par ses incisives. Va te rouler au coin du feu. Nous sommes les rois de la Nature Sauvage, à présent. *Je* suis le roi de la Nature Sauvage.

Il caressait machinalement son manteau, en passant ses doigts dégriffés dans ses poils emmêlés. Sa bouche forma un sourire sournois. Dans sa tête de chien, une pensée tentait de se frayer un chemin à travers l'appel entêtant de Séléné. Des cheveux secs et épais, et un croc craquelé qui empestait.

Le prophète remonta sa veste d'un haussement d'épaules et glissa ses bras maladroitement dans les manches étroites. Les coutures grossières se tendirent au niveau des épaules, en arrachant le cuir. Pas le cuir, la peau. Le chien ne sentait ni le tanin ni l'urine, rien qui aurait pu teinter son manteau. Seulement une odeur de peau, de rouille et…

— Je suis le nouveau Numitor, lança le prophète, en pliant le bras par-dessus son épaule.

151

Il en tira une tête, une tête de loup dans le prolongement de la peau qui vint lui couvrir le visage. Ses oreilles molles tombèrent sur des orbites ensanglantées et vides, du sang et du pus se déversèrent par le museau et les canaux lacrymaux.

Non. Ce n'était pas seulement une peau, c'était un loup dépecé. Job le prophète avait dépecé un des leurs et le portait comme un caban mal entretenu. Ou une seconde peau : l'extérieur de l'animal mort, étiré sur celle du prophète, respirait encore la Nature Sauvage. Ses cheveux d'hybride bicolores descendaient en nœuds, son crâne devint un tas d'os mal agencés et sa mâchoire déborda de crocs, trop nombreux pour être contenus dans sa bouche. C'était horrible, mais ainsi, le prophète retrouvait son mordant et ses griffes.

Il leva le bras, et de ses mains meurtries transformées en masses griffues, il invita les monstres à sortir d'entre les arbres : deux créatures bondirent sur leurs poings fermés, leurs ongles blancs si recourbés qu'ils touchaient leurs bras, et elles tâtèrent l'air avec des crocs trop gros pour leur bouche en biais. Gregor et Jack grognèrent à l'unisson, bougèrent comme deux copies et attaquèrent, en oubliant leur différend devant ce nouveau défi.

Les jumeaux avaient beau être imposants, ces monstres l'étaient encore plus. Néanmoins, ils paraissaient maladroits et se déplaçaient d'une bien étrange façon, comme si leurs jointures tentaient de bouger d'une manière que leurs muscles ne reconnaissaient pas. Gregor fonça sous la gifle d'une patte massive, traversa les restes déchirés d'un pyjama jaune Minion, et frappa la chose au ventre. Au même moment, Jack saisit le bout flottant d'une écharpe noir et blanc à l'apparence de collier, tout encerclée de poils, nouée autour du cou du deuxième monstre. Il secoua cet ancien supporteur des Magpies comme un prunier, jusqu'à ce que le « clac » d'une vertèbre disloquée se fasse entendre. Le loup l'attaqua alors au flanc. Sa chair et ses muscles à vif se mirent à fumer dans l'air glacial qui s'était infiltré sous sa fourrure, et la chose monstrueuse pencha en avant. Son visage creusa un tunnel dans la neige et elle resta là, à remuer. Elle n'était pas morte, mais sa guérison prendrait un certain temps, alors en attendant, Jack rejoignit Gregor pour finir la première bête.

Ce n'était ni un loup, ni un chien, ni un humain, du moins, plus maintenant. C'était un être impossible, ou plutôt un cauchemar tout droit sorti de vieilles histoires. Celles que les loups trop âgés pour chasser racontaient aux enfants à l'heure du coucher.

Danny se serait posé trop de questions. Il aurait été perdu. Il aurait voulu comprendre la situation actuelle et savoir la suite. Pour le chien, c'était plus simple. Ces choses étaient anormales, le prophète était une anomalie, et tous devaient être éliminés.

Cependant, il n'était pas un chien de combat. Pour les bêtes petites et poilues, c'était la mort sur pattes, mais les seules cicatrices dont il aurait pu s'enorgueillir lui venaient de combats perdus. Pourtant, l'instinct et la tension palpable de la meute enragée le poussèrent à se précipiter vers eux, pour mordre les talons et ces tiges dans le prolongement de la colonne vertébrale, qui devaient être des queues.

Leur sang parut trop dense, trop riche dans sa bouche, si salé qu'il faillit s'étouffer avec, et dégageait un arrière-goût étonnamment âcre et volatil. Le coup d'un gros bras – des muscles lourds enroulés autour d'os à l'air trop fin – le projeta. Un coup de pied exposa sa poitrine, des ongles épais lui fendirent poils et muscles, avant de l'envoyer rouler sur la neige, la queue entre les oreilles. Il se redressa à grand-peine, chaque souffle douloureux le temps de la guérison, puis il repartit au combat.

Ses pattes s'enfoncèrent dans la neige, les croûtes de sang gelé craquèrent et il vacilla. Un des loups se détourna du combat et lui grogna dessus, ses dents blanches et aiguisées se refermant férocement sur l'air. Il était si ensanglanté et en piteux état, avec du rouge qui s'écoulait de son oreille le long de son cou et une lèvre déchirée qui montrait sa gencive, que le chien ne sut pas dire s'il s'agissait de Jack ou de Gregor. De toute façon, le message était clair.

Ce n'était pas un combat pour un chien.

Il se coucha, avec le goût du fer sur la langue et la respiration rapide, pendant que son sternum se ressoudait douloureusement. Les deux loups donnaient le meilleur d'eux-mêmes, la Nature Sauvage brillait dans leurs yeux verts, et leurs blessures guérissaient presque instantanément. Mais ce « presque » pourrait mener à leur perte, surtout que le monstre mis à terre par Jack bougeait à nouveau.

Les muscles élancés dans ses cuisses de chien se contractèrent et tremblèrent sous l'envie de courir, mais il résista. Que pourrait-il bien faire contre de telles créatures ? Il n'était bon qu'à courir.

Hésitant, il baissa la truffe, les yeux rivés sur le combat. En prenant appui, le chien attendit une ouverture entre les corps entremêlés et les dents blanches hargneuses.

Le prophète, bicolore dans ses loques rouge et noir, attrapa l'un des loups et le secoua comme un tapis. Le corps lourd couleur fauve s'écrasa contre un arbre et tomba, inerte, sur le sol. Il lui fallut une seconde pour se relever avec peine. L'hémoglobine coulait de son nez sous forme de gouttes rouge vif.

Le chien se mit en mouvement, avant même de voir l'ouverture, il sillonnait déjà la neige de son corps tout en longueur. Il s'élança sous les bras levés d'un monstre et se jeta sur le prophète, en refermant ses crocs sur son fessier, jusqu'à l'os. Le monstre cria de surprise, se retourna brusquement et souleva le chien. Ce dernier tint comme il put, mais la chair finit par céder sous sa prise et il vola. Son épaule heurta le sol dans un bruit sourd, l'impact le vida de son air, avant que le prophète s'adresse à lui ; sous des paupières tombantes, ses yeux étaient clairsemés de taches d'un jaune de bile.

— Le chien, dit-il en réussissant par miracle à teinter sa voix gutturale de dédain, avant d'aboyer un rire rauque et étouffé. Meute de… pervers et de *chiens*.

Cette bouchée de viande mouillée, glissante, prit un mauvais goût dans la gorge du chien. Il la recracha et poussa un grognement faible et retenu. Derrière le monstre, le loup blessé revint à la charge. Le sang s'échappait toujours de ses oreilles et il chancelait comme un ivrogne.

Le chien inspira une grande bouffée d'air frais et se rua sur le nez de l'hybride. Les cartilages craquèrent, le sang et la glaire envahirent sa bouche avec un goût de cuivre et de gros sel. La chose hurla et se leva sur ses jambes, en emportant le chien avec elle grâce à sa prise. Lâcher ou arracher. Le chien choisit de mordre, ses dents pénétrèrent l'os et il secoua la tête comme un terrier sur un rat, en balançant sauvagement son corps long et gris d'avant en arrière. Le prophète hurla, manquant d'assourdir le chien, et le retira avec son bras puissant. L'animal vola à nouveau. En plein vol, il comprit que s'il heurtait un arbre, ce plan ne marcherait pas. Il se contorsionna, en essayant de penser comme un chat et de réduire la distance entre ses pieds et le sol. En vain. Il atterrit d'abord sur une souche, puis un rocher et s'étala enfin par terre. Sous sa gueule, le sang coulait, mais puisqu'il souffrait dans tout le corps, il était inutile d'en chercher la source.

Debout. Ses pattes tressaillirent, la douleur les retenait, en dehors de cela, aucun mouvement. Du sang bullait sous sa truffe noire avec chaque souffle nauséeux. Il avait trop mal pour bouger.

— Chien, gronda un monstre, d'une voix différente, plus claire, alors que la bouche du chien était encore remplie de vieille peau et de cheveux coupés. Chien *mort*.

Il peina à se relever avec la fourrure qui pendait entre ses dents comme une chemise déchirée. À l'endroit où il avait attaqué le prophète, la peau à vif, en sang, ne guérissait visiblement plus. Et il y avait mieux : Job avait perdu la forme prise grâce au lycanthrope mort et redevenait le vieillard mutilé. Ses mâchoires s'ouvrirent, dénuées de crocs, et ses jambes meurtries, bien que tendues, plièrent sans la force de ses pattes volées.

Le prophète, nu, vacilla en arrière. Il pointa les moignons de ses doigts vers le chien.

— Attrapez-le ! hurla-t-il. Tuez-le et rapportez-moi ma peau !

Gregor – que le chien pensait être le loup le plus violent des deux – était par terre, les côtes écrasées par le talon calleux d'un monstre. Jack luttait toujours, mais pour l'instant, c'était un loup de sang et de fourrure lacérée. Le monstre qui immobilisait Gregor parut indécis, puis lui empoigna la tête.

— Attrapez-le ! cria le prophète, qui s'enfonçait dans les bois, où la pénombre l'étreignit. Maintenant ! Bougez-vous, bande d'idiots. Attrapez ma peau !

Les monstres – des loups-garous, comme on les appelait dans les vieilles légendes, en riant de cette idée absurde – se tournèrent vers le chien. Les dents fermement plantées dans la peau, il pivota et fila dans les bois comme un dératé, malgré les branches qui le giflaient au visage et aux oreilles. Sa respiration rapide résonnait dans ses oreilles, mais il lui était inutile d'entendre pour savoir que les monstres étaient à ses trousses. L'animal sentait leur chaleur, la force de leur passage musclé entre les arbres.

Ils étaient lents. Plus lents que lui, en tout cas. Leurs griffes en forme de crochets à viande entravaient leur course, les fixant à la terre à chaque pas. Et heureusement.

Le chien courut sans un regard en arrière.

Après une minute, il sentit la Nature Sauvage l'envelopper. Elle sentait les arbres séculaires et avait un goût de glace fondue. Des odeurs qui lui piquaient la truffe, aiguisaient ses sens. Cela n'arrangeait pas sa peine et ses douleurs : le grattement et le frottement des tendons dans ses genoux, le crissement de ses côtes cassées à chaque fois qu'il happait l'air, comme s'il se noyait… mais le chemin s'aplanissait sous ses pas, la distance entre les buissons de ronces assez grande pour lui permettre de les traverser sans ralentir.

Ce n'était pas grand-chose, mais il se contenterait de n'importe quel avantage. Le bout de sa queue fut piqué de douleur, un frisson lui parcourut l'échine jusqu'au crâne, puis elle lâcha prise lorsque le chien s'élança de plus belle. Il lui *fallait* ce petit avantage.

Amputé d'un bout de queue, la peau en lambeaux flottant des deux côtés de sa mâchoire, le chien sortit des bois sur une route étroite. L'hiver, qui l'avait surprise par sa rudesse, avait craqué son bitume et éparpillé ses rognures sur sa surface gelée. Elles roulaient sous les pattes du chien et piquaient ses tendres coussinets.

Il sentit la Nature Sauvage s'effacer. La reconnaissance du chien pour ces restes brisés d'une civilisation marquait visiblement leur séparation. Sans elle, il sentit sa démarche changer et il se remit à boiter. Le temps pressait. Il poussa ses pattes douloureuses à avancer pour atteindre l'eau.

Les monstres grondaient derrière lui. C'étaient presque des mots, mais entre les cris peinés qui résonnaient dans l'air et l'implantation chaotique de leurs dents pointues dans leurs gencives à vif, ces mots ne voyaient jamais le jour. Le chien regarda par-dessus l'épaule, lorsque le premier se poussa d'entre les arbres et roula sur la route, décoré de ronces comme des guirlandes. Ses éraflures profondes et ses lésions se résorbaient déjà.

— … uutaain… al'par… Te tuer.

Le monstre était trop proche et le chien s'affaiblissait avec des jambes de plomb empoisonnées par l'exténuation. Il réussit à sprinter une dernière fois et atteignit le bout de la route, où il vacilla comme un soûlard pour tourner. Le pont n'était plus. Un camion calciné penchait dans le vide, ses roues fondues accrochées à la route cassée. Le corps du conducteur était encore logé dans la cabine, gelé et livide dans son cube glacé, scellé de métal.

À bout de forces, le chien monta sur le parapet. La pierre endommagée trembla sous son poids et ses miettes chutèrent dans la rivière en dessous. L'eau était gelée, son cours ralenti sous la couche de glace translucide. Le chien hésita, regarda encore une fois en arrière.

Le monstre s'était à nouveau relevé et marchait sur la route comme s'il avait tout son temps. Sa mâchoire déformée affichait une expression qui s'apparentait au rictus. Il savait que le chien était fait comme un rat. Pendant que ce dernier l'observait, le second monstre émergea de la forêt en titubant.

Danny n'avait nulle part où aller. Il se ressaisit et sauta. Il faillit atteindre l'autre côté, en rampant sur la pierre couverte de neige, mais ne réussit pas. Il tomba alors comme un rocher et atterrit sur la rivière dans un craquement qui lui vola son souffle. La glace résista une seconde, puis se mit à craqueler, jetant le chien dans son courant gelé. Il remonta à la surface, éternua de l'eau et toussa en happant l'air. La rivière l'emportait, le tirait en arrière et vers le fond, sous la glace. Une pierre perdue le frappa à l'arrière de la tête, lui faisant voir trente-six chandelles et boire une grande tasse d'eau stagnante. La peau était partie, en lui laissant un goût de graisse sale sur la langue.

À travers la couche de glace, il vit les monstres descendre avec maladresse vers le bord de la rivière.

Il se réveilla sur un arbre abattu dont l'écorce rentrait dans son ventre nu. Ses bras étaient plongés dans l'eau piquante de froid, ses doigts fripés, mais trop engourdis pour l'inquiéter. Une main brusque l'attrapa par les cheveux et lui tira la tête en arrière. Des yeux verts dans un visage beau et dur le scrutèrent.

— Le chien est encore avec nous, lança Gregor.

Danny éternua un mélange dégoûtant et marron de sang et d'eau. Il sentait encore la pression du liquide dans ses sinus.

— Écarte-toi de lui, lui répondit sèchement Jack, en poussant son frère d'un coup d'épaule.

Il prit Danny sous les aisselles et le hissa sur la rive, en dégageant un carré de terre noire et ferme dans la neige pour l'y allonger. Danny s'y étala un moment pour regarder un ciel flou, puis roula sur le côté afin de vomir dans la rivière.

Sa transformation ne devait pas dater, puisque ses os le faisaient encore souffrir et que son dos le lancinait à cause d'une queue fantôme. Et il ne voyait peut-être pas clairement le ciel, mais il sentait encore la lune pointer entre les nuages.

— Comment ? demanda-t-il, la voix éraillée par son haut-le-cœur, en tâtant son visage avec des doigts qu'il ne devrait pas avoir.

Danny n'était pas un rejeton du Numitor. Même s'il avait été un loup, il restait le petit dernier d'une louve de Glasgow dotée d'un penchant pour la mesquinerie et les coups en dessous de la ceinture. Sa mère ne chevauchait pas la Nature Sauvage. La Nature Sauvage lui passait dessus.

Jack lui malaxa l'épaule, puis haussa les siennes et se leva dans une flexion fluide des muscles. La dernière fois qu'il avait vu le chef de la meute, il était meurtri et en sang. À présent, il était tout en peau bronzée et en tatouages éclaircis par la lune, sans aucune cicatrice. Il lui tendit la main.

— Soit tu as fait plaisir à la Nature Sauvage, expliqua-t-il, lorsque Danny saisit sa main et bondit sur ses pieds, soit Séléné t'a fait un clin d'œil pour te remercier du spectacle. Comme on dit, à cheval donné on ne regarde pas la denture. Les chiens ne sont pas doués pour la survie.

Danny aurait parié sur la Nature Sauvage. Peu importait l'essence de ces monstres – il n'était pas bête, il avait un terme pour les définir, mais ne voulait pas l'utiliser – la Nature Sauvage ne les portait pas dans son cœur. Il chancela, les muscles de ses cuisses l'informant ainsi qu'elle ne l'appréciait pas non plus assez pour le guérir comme Jack. Il s'appuya contre l'épaule puissante du loup.

— Je dois y aller, dit-il. Je dois retourner auprès de Jenny.

Il perçut le grognement sous son bras avant qu'il quitte la gorge de Jack. Cela aurait dû l'alarmer, mais il ne réagit pas à temps. Jack le poussa contre un arbre, la main autour de son cou et le pouce appuyé contre son menton. Des blocs de neige tombèrent tels des fruits d'hiver et s'écrasèrent par terre.

— Des monstres rôdent dans la forêt, un putain d'affront au monde sauvage, et l'un d'eux porte la peau d'un loup mort comme une parka, grogna-t-il, en collant la tête de Danny contre l'écorce. Et tout ce que tu as en tête, ce sont tes humains ? Tu es peut-être un chien, mais pas besoin d'être leur animal de compagnie.

Danny le frappa. Sa mère aurait levé les yeux au ciel devant ce crochet mou lancé à l'aveugle qui le toucha au menton. Aucune technique. Aucun talent. C'est la surprise qui le fit reculer, plus que l'impact, et cela lui valut un rire rauque de la part de Gregor.

Jack recula d'un pas en se massant la mâchoire. Sa colère contenue dans sa respiration, dans ses épaules carrées, était plus effrayante encore que la main qui s'était posée sur le cou du chien.

— J'espère que tu as une bonne raison de me frapper, dit-il.

Le ressentiment avait un goût de bile et d'eau de rivière. Danny le ravala pour plus tard et pointa Jack du doigt.

— Sais-tu au moins ce qu'*était* ce prophète ? demanda-t-il à la place. Sais-tu de qui il s'agissait ?

Au début, le visage de Jack resta de marbre. Puis, il baissa le menton et grimaça, en jetant un regard à Gregor.

— Quand j'ai été banni, Job a proposé de faire de moi une légende, ou un monstre, confia-t-il. J'ai refusé son offre.

— Même proposition ; même réponse, ajouta Gregor.

Le frère s'accroupit dans la neige, les mains posées avec désinvolture sur ses genoux et le membre pendant entre ses cuisses élancées et marquées de cicatrices. Ses yeux verts de lynx regardaient Jack avec lassitude, leur cessez-le-feu trop fragile encore pour s'y fier.

— Je lui ai dit que je n'avais pas besoin de son aide pour abattre mes proies. Comme mon frère l'aurait appris, si nous n'avions pas été interrompus.

Jack retroussa ses lèvres, pour afficher des dents émoussées qui auraient dû être des crocs.

— Ne t'inquiète pas, Gregor, on finira ça bien assez tôt.

Se poussant de l'arbre, Danny avança.

— Nous avons tous entendu des légendes à propos de loups capables d'équilibrer la Nature Sauvage pour maintenir une demi-forme. Quand on était petits, Maman nous obligeait à leur hurler dessus, la nuit. Durant la chasse à la pleine lune, ma sœur s'égosillait tellement qu'elle en louchait. Ces autres…

Gregor haussa les épaules, et de ses doigts, il planta trois trous dans la neige avec nonchalance.

— Certains loups n'ont aucune fierté. Ou peut-être que ce sont des chiens. Ils empestaient la ville.

L'écharpe noir et blanc toute sale s'imposa à l'esprit de Danny, avec ces bourrelets qui ressortaient des bandes serrées. Aucun des leurs ne se serait transformé en portant une chose pareille. C'était une habitude dans laquelle vous tombiez étant petit et dont vos gardiens devaient vous défaire. Ils bougeaient anormalement aussi. Même le prophète, saucissonné dans sa peau volée, se mouvait avec l'assurance de quelqu'un dont la conception de la chair était en train de… changer. Les deux créatures vacillaient et peinaient à marcher sur leurs os nouveaux et leurs muscles malheureux.

— Je pense qu'il y avait une bonne raison à ça, répondit Danny à Gregor, qui prit un air renfrogné et lui lança un regard accusateur, irrité qu'un chien lui adresse la parole. Ils étaient…

À la dernière minute, il perdit le courage de prononcer les mots. Alors Jack les articula à sa place :

159

— Des loups-garous. Notre malédiction, volée par les humains.

L'idée fit grogner Gregor, dont les épaules se gonflaient à mesure que sa rage naissante montait en lui.

— Ce ne sont que des histoires pour effrayer les enfants, dit-il. Et les chiens. Nous avons un droit de sang sur cette malédiction, ce n'est pas une espèce de maladie qu'on peut attraper.

— L'histoire de Fenrir effraie aussi les enfants, rétorqua Danny. Nous aussi sommes à l'origine d'histoires conçues pour faire peur aux enfants, et le prophète empestait comme Brock empestait. Empeste encore. Vous l'avez vu tous les deux. Vous l'avez senti.

Le doute résorba la peau de loup de Gregor, du moins une grande partie. Il se tourna vers Jack.

— P'pa ne l'aurait jamais laissé faire. La Nature Sauvage nous appartient.

— Je n'aurais jamais cru qu'il me bannirait à cause de mes penchants sexuels, rétorqua Jack. L'hiver de loup arrive, peut-être pense-t-il que ni toi ni moi ne sommes prêts à l'affronter ?

Gregor ne voulait pas en entendre parler. Il râla, son beau visage se ridant affreusement d'émotion, et coupa court à la conversation en se détachant du groupe. Pourtant, il ne le contredit pas.

— Et si Brock était comme eux ? reprit Danny. Je dois rentrer. Je ne permettrai pas que Jenny soit blessée à cause de moi. Pas cette fois.

Jack saisit Danny par la peau du cou, l'attira à lui et l'abaissa tant que le jeune homme dut se tordre la nuque pour lever la tête. Il déposa alors des baisers brûlants et violents sur sa bouche, lui mordillant les lèvres au point d'y goûter le sang. Il devait manquer une case à Danny, cela expliquerait pourquoi cette possessivité cruelle emplissait sa verge de désir.

— Nous rentrerons en ville. Pas pour sauver tes animaux de compagnie, mais pour nous assurer de la véracité des faits, lança Jack, en mettant fin au baiser.

Il lécha le rouge sur ses lèvres et repoussa le jeune homme avec impatience.

— Et ce n'était pas une bonne raison de me frapper. On en reparlera plus tard, ajouta-t-il.

Il s'écarta, lui et son frère se transformèrent en même temps, et Danny les regarda partir. Il sentait encore le baiser de l'autre homme et son propre sang dans sa bouche.

Plus tard. Très bien, il y ferait face au moment venu, l'essentiel c'était que Jenny aille bien. S'il n'arrivait pas à la protéger, qu'il était trop tard… il pourrait toujours s'enfuir. Il n'y avait qu'à demander au monstre, à sa mère, à n'importe qui : il était doué en la matière.

IL CONSERVA son apparence humaine. La Nature Sauvage s'était peut-être montrée généreuse avec lui, ce soir-là, mais supposer qu'elle le laisserait se retransformer de bonne grâce, c'était jouer avec le feu. Ainsi, la meute de loups courut à travers une ferme qui venait d'être ravagée par une « attaque animale ». Une allusion au prophète. Alors, lui ramassa au passage, dans son appartement, un jean froissé dont le tissu se colla à sa peau mouillée, et un sweat de l'université de Durham.

Il sentait moins le froid qu'avant. Était-ce lié à ses récentes transformations ? Ou peut-être que ce chien-là était plus proche du loup qu'on le croyait ?

Les deux jumeaux traversaient les bois à grandes enjambées, en glissant subrepticement entre les arbres et autour des rondins tombés. Tous deux semblaient en plus mauvais état qu'au début de la nuit, mais aucun ne s'en trouva ralenti.

Il était difficile de suivre leur rythme sur deux jambes, mais la route n'était plus très longue. Maintenant qu'il avait passé plus de temps sous sa peau humaine, Danny commençait à se remettre en question. Gregor avait raison. Les légendes qui l'inquiétaient n'étaient que des cauchemars, pas la réalité.

Se dit le lycanthrope, en courant à travers la forêt, accompagné de deux loups qui étaient parfois hommes.

XX

UNE ODEUR suspecte flottait dans la rue. Elle était si forte que Danny put la goûter sur sa langue, avant même de poser un pied sur le bitume. Elle était inqualifiable, incomparable. Seulement suspecte. Gregor s'arrêta si brusquement qu'il manqua de trébucher. Il éternua et secoua la tête, en faisant rebondir ses oreilles. Jack le mordit à la queue et cela faillit lui coûter un bout d'oreille. Les jumeaux se poussèrent l'un l'autre, avec des coups d'épaule, puis Jack revêtit sa peau humaine. Il resta accroupi dans la neige, afin que personne dans ces maisons ensevelies sous la poudreuse ne puisse l'apercevoir.

— Avant, ça ne sentait pas comme ça, remarqua-t-il.

Plié en deux, Danny posa les mains sur les genoux et tenta de ne pas respirer bruyamment comme un universitaire en manque d'activité physique. Ses jambes brûlaient à force de sprinter et un point de côté lui donnait la sensation d'un coup de couteau. Aucun humain n'aurait supporté la course, mais pour un chien, sa condition physique était une disgrâce. Il reprit sa respiration et rejeta en arrière les cheveux mouillés de son visage. Ses boucles pleines de sueur étaient froides au toucher, leurs bouts raidis par le givre.

— Enfin, si, se corrigea Jack. Mais maintenant, c'est bien pire. Je croyais que c'était une sorte d'infection.

Après un moment, Jack poussa l'épaule de Danny.

— Va me chercher des vêtements, lui ordonna-t-il. On va aller voir ce qui se passe. Si c'est…

Quelqu'un cria dans une des maisons. C'était un cri de souffrance, un bruit qui s'était échappé d'une poitrine, qu'on l'ait voulu ou non. Danny se mit à courir, en oubliant la douleur dans ses côtes et la voix de Jack, en train d'aboyer rageusement son nom.

La neige avait caché ses traces, masqué les marques olfactives qu'il laissait habituellement pour retrouver les bâtiments. Malgré tout, il lui fallut peu de temps pour le retrouver. Il avait cassé le verrou pour y entrer, mais ce qui en était sorti s'était contenté de casser la porte. Des bouts de plastique et de métal décoraient le trottoir, les débris de verre luisaient. Ils étaient couverts d'une fine couche de blanc. Quoi qu'il ait pu se passer, cela était arrivé il y a peu de temps.

Danny sauta par-dessus les débris et faillit tomber dans une flaque de sang à l'entrée. Son cœur se serra d'effroi, car elle portait la trace aigre du prophète. *Pas celui de Jenny. Par les crocs de Fenrir, faites que ce ne soit pas celui de Jenny.*

Il faiblit une seconde en y songeant : si Brock l'avait mordue, serait-elle également infectée ? Là, une voix l'appela :

— Danny ? Est-ce que c'est toi ?

Le jeune homme n'était pas délicat. On ne passait pas son enfance à manger des écureuils crus en faisant le difficile. Mais l'idée de marcher dans ce sang puant le révoltait. Il l'enjamba et pénétra dans le salon. Adil était allongé par terre, le visage gris et creusé. Les cernes sous ses yeux noirs et agités semblaient avoir été peintes en violet. Une plaie s'étendait sur sa tempe, noire sous la peau, et sa jambe gauche était tournée dans le mauvais sens.

— Je suis désolé, souffla-t-il, en bégayant. J'ai essayé d'aider. J'ai essayé de l'arrêter, d'arrêter cette chose, mais... Danny, tu n'as pas idée. Il m'a attaqué, et son visage, Danny ! Tu aurais dû voir son visage. Il était...

Il y avait des règles à respecter. Les humains n'étaient pas censés savoir que les loups vivaient dans leurs villes et prenaient leurs transports en commun. Ceux qui le découvraient étaient réduits au silence. Le monde avait certes changé, mais c'était un risque que Danny n'était pas prêt à courir.

Il attrapa Adil par le menton et le serra jusqu'à ce que le jeune homme se concentre sur lui. Plus ou moins.

— On t'a frappé. Tu es tombé dans les vapes. Ta vision était trouble. Tu comprends ?

— Non, répondit Adil, en secouant la tête. Qu'est-ce que tu veux dire ? Pourquoi menti...

Danny lui couvrit la bouche et regarda par-dessus son épaule. Il était peut-être déjà trop tard. Les loups avaient l'ouïe fine.

— Adil, qu'est-ce que tu as vu ? insista-t-il.

Danny releva sa main tout juste assez pour qu'il marmonne un « rien » contre sa paume.

— Bien, dit-il, en se levant difficilement et s'installant sur une chaise. Crie si tu veux.

— Comment ça ? s'étonna le jeune homme.

Danny posa la main sur le sternum d'Adil, ses doigts s'enfoncèrent dans le rembourrage du manteau et il attrapa sa cheville avec l'autre main. Il ne s'y connaissait pas assez pour effectuer cette opération, pas sur un humain, mais laisser sa jambe dans cet état lui ferait plus de mal que de bien. Il resserra sa prise, tira et tourna. Adil ne cria pas. Sous le choc, à cause de la douleur. Il se contenta d'ouvrir grand la bouche pour pousser un faible gémissement, pendant que la jointure reprenait sa place sous la peau gonflée et les muscles déchirés.

Il s'égosilla une fois le travail terminé, en retrouvant sa voix dans un beuglement perçant.

— Désolé, lui souffla Danny. Ça va te faire mal, mais si tu fais attention, ça devrait guérir. Qu'est-il arrivé à Jenny ?

Au début, Adil éprouva de la difficulté à parler, trop occupé à haleter. Il renifla enfin sa morve et passa sa manche sur son visage.

— Il l'a emportée. J'ai cru qu'il allait nous tuer. Bon sang, Danny... il était...

Les doigts de Danny se crispèrent sur le genou d'Adil qui jura dans sa barbe et se tordit de douleur. Ce n'était pas voulu. Il n'avait pas fait exprès de le blesser, mais cela lui servit de leçon. Tout ce qu'Adil comptait dire, il le garderait pour lui.

La neige crissa à l'extérieur et Jack avança dans l'entrée. Il s'était trouvé un jean quelque part, mais rien d'autre. Il resta dans l'angle mort d'Adil. L'odeur de sa colère – comme du bois vert en train de brûler – coupait celle de la souillure.

— Danny, gronda-t-il.

Même sous sa forme humaine, sa façon de l'appeler rappelait un grognement.

— Que s'est-il passé ?

Il lança une œillade inquiète à Adil et le lâcha pour se tourner vers Jack. Compte tenu de l'hostilité et de l'excitation qui flottaient dans l'air, il s'efforça de garder les yeux baissés.

— Il a pris Jenny. Je ne sais pas pourquoi... ni où.

Jack s'accroupit, plongea les doigts dans la flaque de sang, en cassant la légère croûte de glace, et renifla le liquide. Il plissa le nez.

— Tu avais raison, reconnut-il. C'était Brock, mais il est parti. Et nous avons d'autres chats à fouetter.

Jack sortit en éclaboussant le sang sur son passage. Il ne s'intéressait qu'au prophète et aux monstres. Pas à Jenny. Danny se releva, puis hésita. Il jeta un regard coupable à Adil.

— Je suis désolé. Je dois aller avec lui. Est-ce que tu… ?

La sueur dégoulinait de son visage et teintait son col. Il acquiesça.

— Tu dois y aller et je n'ai rien vu, lança-t-il.

— Je…

Adil secoua la tête.

— Contente-toi de nous ramener Jenny, d'accord ? Et cette chose que je n'ai pas vue, elle faisait peur à voir, d'accord ? Alors sois prudent.

Danny ramassa une couverture étalée par terre, mais Adil la repoussa. L'odeur nauséabonde de l'infection et de la transpiration du monstre était si forte qu'elle piquerait même le nez humain.

— Va, lui répéta-t-il. Je vais bien. Je m'en sortirai. Je ne dirai rien. Mais récupère-la.

— Je la récupérerai, promit Danny.

Il se redressa et se dépêcha de sortir, à la recherche de Jack et de Gregor. Ils étaient déjà en route. Danny jura, leur courut après et attrapa Jack par le coude lorsqu'il les rattrapa.

— Nous devons poursuivre Brock, lança-t-il.

Jack fit « non » de la tête d'un air grave et déterminé.

— C'est Job, le problème. Si on tue d'abord les monstres, il pourra toujours en refaire. Voilà ce qu'il fabriquait. Les cadavres étaient seulement… des accidents de parcours. Pas un message. Il n'a pas su se maîtriser quand il a pu mordre à nouveau. On doit l'éliminer, ensuite on ira chercher ton humaine. Ce vieux fils de salaud a enfreint presque toutes nos lois. Il détruira tout ce que nous possédons si nous le laissons faire.

— Non, tu te trompes, rétorqua Danny, en le dépassant. Tu ne te souviens donc pas des histoires que ta mère nous ra…

— Notre mère est morte, lâcha Jack, impassible. Et notre père avait mieux à faire que de nous bourrer le crâne de contes de fées.

— Si ce ne sont que des contes, alors nous aussi, on est en train d'en vivre un, lui fit-il remarquer, avant de baisser d'un ton. C'est une histoire que mon grand-père a racontée à ma mère, et elle n'est même pas de première main. Un vieux prêtre lui a dit que ça s'était passé dans la meute de Coaldown.

— J'ai entendu parler d'eux, reprit Jack, qui perdait patience.

165

C'est Gregor qui l'interrompit avec un grognement, en appuyant son épaule contre Jack et fixant Danny de ses yeux verts perçants. Jack leva les yeux au ciel, mais pressa Danny à continuer.

— Vas-y, raconte-nous ton conte de fées.

Danny frotta les paumes moites de ses mains sur ses cuisses.

— On ne les appelait pas des loups-garous, mais… il y avait un prêtre, et ils étaient des monstres. Ma mère disait qu'ils étaient devenus des cannibales, sans le savoir au début. L'hiver était rude et le prêtre les avait nourris avec la viande de leurs morts pour essayer de les garder en vie. Ils se sont transformés en monstres, se sont abandonnés à la Nature Sauvage, et le Numitor a dû les abattre. Seul le prêtre s'était enfui, ou du moins, il a essayé. Le souci, c'était que ses loups étaient aussi loyaux que des chiens. Même lorsqu'il voulait qu'ils déguerpissent, ils le suivaient à la trace. Voilà comment ton père a fini par le retrouver. Mon grand-père avait beau jurer que c'était vrai, ma mère ne l'a jamais vraiment cru. D'après elle, c'était seulement une histoire d'épouvante, expliqua-t-il, avant d'afficher un sourire crispé. Mais l'histoire serait d'autant plus épouvantable si elle s'avérait et que Job s'était fait la même chose.

Danny attendit. Jack ne semblait pas convaincu et frottait, perplexe, son pouce sur sa lèvre inférieure, mais il ne rejeta pas sur-le-champ son exemple. Finalement, c'est Gregor qui fit peser la balance en sa faveur. Il colla sa truffe froide dans la main plus froide de Jack, leurs yeux se croisèrent et ils échangèrent quelque chose en silence.

— Est-ce que ce ne serait pas plutôt Coulsden ? demanda Jack. Et pas Coaldown ?

— Ça se pourrait, répondit Danny, en haussant les épaules. C'est une vieille histoire. M'man ne nous a jamais épelé les noms. Pourquoi ?

— Job est un loup de Coulsden, expliqua lentement Jack. La meute n'existe plus depuis longtemps, comme beaucoup d'autres, mais leur lignée est encore *encrée* sur sa peau. Si l'histoire est vraie…

— Peut-être que c'est la raison pour laquelle il sait créer des monstres ? termina Danny à sa place.

Il hésita, ne voulant pas démonter son propre argument, mais ne souhaitant pas non plus en rester là.

— Dans l'histoire de ma mère, il n'est fait mention d'aucun humain, en dehors des victimes.

Un petit sourire froid courba les lèvres de Jack.

— Évidemment. Des histoires où les humains partagent notre malédiction ? P'pa les aurait emportées dans sa tombe. Même s'il a donné sa bénédiction à Job, ce n'est pas une leçon à enseigner dans notre religion. Comme les chiens, comme la moitié des choses dont personne ne se souvient plus. Il commettrait ses péchés et attendrait que le temps efface les souvenirs.

La vérité fit réfléchir Danny. C'était lui qui adorait les histoires, les livres : les traces écrites. Pourtant, il ne lui était encore jamais venu à l'esprit que la biographie du Numitor était, pour l'essentiel, constituée de murmures et d'allusions. Il y avait des *mythes* que Danny avait pu étudier avec plus de contexte archéologique que leur chef.

— Si je ne me trompe pas, reprit Danny, en recentrant la conversation là où il la voulait, Brock nous mènera directement à Job, du monstre au créateur de monstres.

— Dans les deux cas, tu récupères ta copine, dit Jack.

Gregor lâcha un rire de loup, sa langue se déroula tel un ruban de sa bouche. La moquerie lui valut un coup dans le flanc de la part de Jack, mais il ne sourcilla même pas. Il s'ébroua simplement, en agitant sa lourde fourrure, et lança un autre de ses regards à Jack.

C'était étrange. Il n'y avait aucun lien fraternel qui se serait tout à coup tissé, ni aucun amour dans leurs gestes. Ils avaient encore les oreilles dressées comme s'ils se détestaient. Pourtant, ils ressemblaient plus que jamais à des frères. C'était dans l'aise avec laquelle ils se haïssaient, si familière qu'elle ne les détournait plus de la chasse.

— Tu avais raison de dire que Job offrait des crocs et une fourrure aux humains, reconnut Jack après un instant et un haussement d'épaules. Tu pourrais encore avoir raison. Nous suivrons Brock et ton amie bavarde.

ILS SORTIRENT de la rue en vitesse et en traversèrent d'autres. Brock, quoi qu'il soit devenu, n'avait apparemment pas l'intention d'être discret. Les traces de sa course pesante et chancelante menaient au bout d'une rue et à travers une clôture, où des brisures de bois poussées par le vent roulaient sur la neige.

Un éclair s'étira dans le ciel, en déchirant les épais nuages bas et en éclairant les ruelles. Aveuglé, Danny essayait encore de s'en remettre lorsqu'une chose grosse, lourde et noire s'élança d'une allée. Elle le heurta aux côtes et l'étala par terre, où il se vida de son air dans un râle.

Des dents raclèrent son cou et des pattes tapèrent à travers le denim pour s'enfoncer dans les muscles puissants de ses cuisses. Au début, il n'eut pas mal et ne sentit que le sang chaud et la peau froide, puis la douleur frappa. Danny ravala un cri, serra les dents et leva le bras pour l'appuyer contre la gorge de son agresseur.

La créature hurla et lui perça la clavicule de ses crocs, son grognement poussant ses os à vibrer. Danny entendit un craquement, la douleur lui parcourut l'échine, et cette fois, un cri lui échappa. En se tortillant, le dos dans la boue, il poussa la chose du bras jusqu'à ce qu'elle lâche un gargouillis étouffé. Mais elle s'accrochait.

Un nouvel éclair éclata.

La toison sale de cheveux roux mouillés et l'écharpe de supporteur nouée autour du cou, appartenaient à l'un des monstres de Job. Sans ces indices, Danny n'aurait jamais deviné que la chose avait été autrefois un humain. Les loups-garous des légendes humaines passaient la majeure partie de leur vie en hommes civilisés, mais il était difficile d'imaginer que cette atrocité puisse reprendre sa forme d'origine. On aurait dit que son visage, si proche de celui de Danny qu'il peinait à respirer à travers la puanteur, était accroché, comme un masque en caoutchouc bon marché, sur son crâne d'os cassés et de mastic. Ses lèvres lacérées étaient recourbées sur ses gencives saillantes, le sang et sa propre chair se coinçaient dans ses dents pointues de prédateur qui ressortaient entre des incisives fissurées. Celles qui étaient actuellement plantées dans la peau de Danny.

C'était une transformation en loup incomplète, un corps qui se disloquait sans modèle sur lequel se baser pour se ressouder.

Danny empoigna le visage du monstre de sa main libre et enfonça le pouce dans la boule douce et mouillée de son œil. Son marbre gonflé éclata, des gouttes de gelée infectieuse perlèrent sur la mâchoire et le cou du jeune homme. Il eut un haut-le-cœur et ravala sa bile, tandis qu'il creusait plus profondément avec le pouce, son ongle grattant les tendons et la chair sablonneuse.

La créature hurla, rejeta sa tête en arrière et lança un crochet de son bras mal agencé. Danny pencha la tête de côté juste à temps, les phalanges marquées écorchant le côté de son crâne au lieu d'écraser son visage. L'impact résonna dans sa tête. Au-dessus de lui, le monstre poussa un râle de satisfaction, mais le bruit mourut sur sa langue quand sa tête s'affaissa dans un craquement humide.

La masse tordue d'os et de chair s'immobilisa, les horreurs infligées par la transformation devinrent simplement de la chair lacérée et infectée. Pendant que le fanon reprenait la forme d'un cou et d'un menton humains, Danny commença à distinguer les os cassés et les creux à l'endroit du coup. Le cerveau se mit à couler de ses yeux. Le coup aurait abattu un loup, et visiblement, l'effet fut le même sur le monstre.

Jack dégagea le corps étalé sur Danny, s'accroupit et grimaça devant l'étendue des dégâts. Son cou, se dit le jeune homme avec une clarté d'esprit étonnante, devait être en charpie. Après tout, il avait du mal à respirer.

— Reste tranquille, lui ordonna Jack, en le repoussant dans la neige lorsqu'il essaya de se lever. Couché, le chien.

— Dé… gage, siffla Danny entre ses dents.

Sur quoi, Gregor entra dans son champ de vision, la tête basse et les oreilles dressées dans un angle dangereux, et ferma les mâchoires sur le cou du jeune homme. Ses dents aiguisées pincèrent la plaie avec un picotement, quand les nerfs à vif frottèrent contre l'os brisé. Danny prit une grande bouffée d'air et sentit les crocs de Gregor déchirer la peau de son cou, lui-même en train de bouger.

— Qu'est-ce que tu fabriques ?

Son propre corps répondit par un tremblement, lorsque la Nature Sauvage remonta son sang et appela le changement dans ses os. C'était lent, ses poils le grattaient en poussant, ses muscles se remodelaient le long de ses os. Ensuite, Gregor lâcha prise et Jack attrapa Danny par la mâchoire. Il stoppa la transformation, en laissant au jeune homme une respiration sifflante et des postillons. Ce n'était pas douloureux, seulement… étrange, comme ces réveils abrupts qu'on fait après avoir rêvé d'une chute libre.

Jack laissa sa gorge et s'assit, en s'essuyant la main sur sa cuisse.

— Ça, répondit-il enfin.

Appuyé sur le coude, Danny se releva. Lorsqu'il se massa le cou, sa peau parut entière et il ne restait que le souvenir d'un élancement sur sa clavicule. Il la tâta prudemment, à la recherche d'os fissurés. Elle semblait juste contusionnée. Sans aide, cela aurait fini par guérir. Un jour. Si personne, avec de la rancune ou une pelle, ne le trouvait entre-temps.

GREGOR L'OBSERVAIT avec un regard intense, ses épaules poilues voûtées sous les flocons de neige fouetteurs. On aurait dit qu'il attendait quelque chose.

— Merci, lui dit Danny, en essayant de ne pas sembler aussi amer qu'il l'était.

Difficile de ricaner pour un loup. Gregor y arriva et tourna le dos à Danny avec un mépris flagrant. Le jeune homme se releva avec difficulté, sans demander d'aide et sans qu'on lui en offre. Il s'essuya le nez avec le dos de la main, puis regarda le monstre de haut. L'homme mort était allongé dans une mare de sang et de neige fondue. Sous le flash irrégulier de la foudre, il ne paraissait pas tranquille. Seulement horrible et mort. Danny tenta d'exprimer les bons sentiments, ceux qu'un professeur en théologie ressentirait à la vue d'un corps mutilé. Tout ce qu'il ressentait, c'était une sorte de pitié dégoûtée. Pas assez à son goût.

Il posa le pied sur les côtes du cadavre, les sentit craquer et s'affaisser, puis le poussa du chemin. L'écharpe rayée se déroula sur la neige, mais entre le sang et les autres liquides, son blanc avait viré au jaune et au vert.

— J'avais raison à propos de Brock et de Job. On se rapproche sûrement.

— Peut-être, conclut Jack.

Lorsque Danny le fusilla du regard, il haussa ses larges épaules nues. Il faisait assez froid pour pâlir son corps, rendre le noir de son encre violacé, mais autrement, il semblait y être insensible.

— Il a très bien pu nous suivre depuis la rivière. Il se pourrait aussi qu'on marche droit dans un piège. Pour quelle autre raison un loup-prophète aurait-il besoin de ton ex ?

Danny sentit un frisson dans ses tripes, frisson qui n'avait rien à voir avec le temps frais.

XXI

La **peur** avait le goût amer du vomi et du sel.

Par terre, Jenny se blottit dans un coin de la cuisine vide, aussi loin de Brock que possible. Les briques s'émiettèrent contre ses lèvres lorsqu'elle bougea, pour coller une main sur le côté de son visage. Sa pommette n'était probablement pas cassée ; elle n'était pas infirmière, mais la tâter ne la fit pas crier. Cependant, sa joue lancinait avec une faible sensation de chaleur. Son nez, lui, était cassé. Il avait éclaté sous le coup de Brock, dans un déversement de douleur et de morve, et la dernière fois qu'elle l'avait touché, elle avait failli s'évanouir.

Elle ne savait pas ce qu'elle faisait ici.

Elle ne reconnaissait plus Brock.

Mais elle savait que son nez était cassé et que sa pommette ne l'était – sans doute – pas.

Elle n'aurait pas dû y trouver du réconfort, mais en éprouva malgré tout. Peut-être que c'était le fait de savoir quelque chose, quand toutes ses certitudes concernant le monde avaient été ébranlées. Quelle que soit la nature de Brock, ce n'était pas naturel. Même en acceptant la définition la plus obscure et la plus *SyFy*-esque de la science, elle ne trouvait pas de place pour lui. Le seul terme possible lui venait du souvenir d'une soirée pyjama chez sa meilleure amie, passée à regarder des films d'horreur interdits, à douze ans : un « loup-garou ».

L'idée lui retournait l'estomac, comme si en admettant cette anomalie, elle ne pouvait plus attendre du monde qu'il continue à tourner parfaitement sur son axe. Mais ce n'était pas le pire. Le pire, c'était que Brock ne semblait pas se rendre compte de sa nouvelle condition. Il savait qu'il avait changé, mais il ne réalisait pas encore à quel point il était... grotesque.

— Brock, souffla Jenny, en essayant d'avoir l'air... normal.

En vain. Sa voix trembla avec la peur et les larmes, sa gorge se noua lorsqu'il se contorsionna pour la regarder.

— Je veux seulement rentrer. Laisse-moi rentrer, tu veux bien ?

Il grogna, un véritable grondement dans sa poitrine, et secoua la tête. De la bave clairsema le vieux parquet poussiéreux lorsqu'il courut vers elle.

— Pas encore, dit-il, ses mots inarticulés et déformés par sa mâchoire difforme, mais déjà plus distincts qu'avant, puisqu'il semblait s'habituer à son nouveau corps. Tu 'ois d'abord le rencontrer. Y te rendra am'reuse de moi.

Une expression, qu'elle crut être un sourire, tordit sa bouche. Il caressa délicatement ses cheveux de sa main calleuse et griffue, en tirant sur les nœuds bien qu'il voulût visiblement se montrer doux.

— Je suis désolée, souffla Jenny, en balançant le poing.

Le bout de brique qu'elle tenait, dont un côté était encore peint en rose pâle et sali de graisse, s'écrasa sur la tempe de Brock. Les os trop travaillés craquèrent, son œil gonflé ressortit de son orbite, et dans un hurlement, Brock l'envoya valser à travers la pièce. Jenny heurta le sol en criant, elle eut des côtes cassées et son visage palpita d'une douleur nouvelle. N'en tenant pas compte, elle se redressa maladroitement et fonça vers la porte.

Dans sa course, elle piqua ses pieds nus sur les planches rugueuses posées par terre, en laissant des traces de sang. Elle atteignit la porte, soupira doucement et chancela dans l'entrée. Il n'y avait pas de porte d'entrée, seulement du bois cassé et un grillage rouillé. Jenny se hâta vers lui, comme poussée dans le dos par le cri de Brock.

La neige la frappa tel un linge mouillé lorsqu'elle sortit précipitamment. Elle avait déjà froid. À présent, elle était brusquement gelée. Ses oreilles et son nez brûlaient, ses lèvres gercées lui faisaient mal lorsqu'elle respirait. Wharton Park. Elle reconnut tout à coup cet endroit. La vieille petite maison du gardien. Elle savait où elle se trouvait et comment rentrer chez elle.

— Salope ! bredouilla Brock.

Quelque chose percuta Jenny dans le dos. Elle tomba en avant, en glissant sur l'herbe mouillée et la boue. Son épaule était chaude et insensible, paralysée alors qu'elle tentait de se relever en se poussant. Elle roula sur le dos, en s'écorchant le coude contre le bout de brique ensanglanté que Brock lui avait jeté.

La neige tombait sur elle. S'il avait plu, elle aurait eu l'impression de se noyer, mais ces flocons qui se déposaient sur son visage avaient presque un effet apaisant. Mieux que tout ce que Brock lui réservait, une fois qu'« il » serait arrivé.

Une ombre noire et difforme s'abattit sur elle. Brock attrapa une poignée de ses cheveux pour la tirer à lui, nez contre museau. Il articula soigneusement avec sa bouche ravagée pour s'assurer que ses mots soient compréhensibles.

— Regarde ce que tu m'obliges à faire.

Il arma le bras vers l'arrière. Jenny ferma fermement les yeux et inspira difficilement par le nez. Une espèce de pitié terrible et illogique emplit son ventre. Le père de Brock tapait sa femme comme un tambour et leur fils avait juré de ne jamais lui ressembler. Il avait blessé Jenny, avec ses paroles et ses actes, mais jamais il n'avait porté la main sur elle. Pas jusqu'à…

— Il suffit ! lança une voix sèche à travers la tempête.

La main emmêlée dans les cheveux de Jenny lâcha prise. La jeune femme retomba dans la neige, ses larmes se gelant à son contact.

— Il faut lui pardonner, ajouta la voix rauque.

Son petit accent, campagnard et chaud, sonnait comme celui de Jack. Ou celui de Danny, après quelques verres de trop. Mais la voix semblait plus âgée et légèrement cassée, presque à la limite du cri.

— Mes chiens sont loyaux, mais mal éduqués. Pour l'instant.

Être aveuglée n'arrangeait en rien la situation. Jenny s'essuya le nez sur la manche et leva la tête. L'homme était grand et sec, doté d'une barbe hirsute et de yeux pâles et étranges, placés des deux côtés d'un nez méchamment cassé. Il était vêtu de loques, sentait le vieux et… la terre. Si elle l'avait vu dans la rue, elle aurait changé de trottoir. Et de toute évidence, elle aurait eu raison de le faire. Quelque chose remua derrière lui et un cri étranglé s'en échappa.

Des chiens, avait-il dit, songea-t-elle. Au pluriel. C'était une autre créature semblable à Brock.

L'homme la releva, malgré sa vive résistance, et la porta jusqu'à la maison. Il la posa près d'un radiateur rouillé auquel il attacha sa cheville. Elle recula de dégoût, en s'adossant si fortement à l'engin que ses contours creusèrent son manteau déchiré.

— Je vous en prie, laissez-moi partir, supplia-t-elle, en sentant un goût de noix dans sa bouche lorsqu'elle déglutit. Je ne sais rien. Je veux seulement retrouver ma maison.

Il lui jeta un regard froid.

— Ne vous a-t-on pas prévenue ? Vous ne pouvez pas rentrer chez vous, jeune fille. Mais continuez donc à crier. Vous êtes ma chèvre de Judas, ma chèvre meneuse, et je vous veux bêlante.

Il gloussa comme s'il avait entendu la meilleure plaisanterie du monde. Lorsque l'amusement se tarit, il se mit à se déshabiller. Ce n'était pas… Jenny détourna le regard, elle sentit ses joues s'enflammer et ses paumes devenir moites de cette ancienne peur. Son geste n'avait rien de sexuel. En ce qui le concernait, les prophètes étaient aussi asexués qu'une table basse. Il se débarrassa de son jean et s'étira, son corps couvert de muscles puissants et de peau blanche typique des Écossais. Sous ses vêtements, il portait une veste sale ou... du cuir. Plutôt la peau mouillée d'un animal, trempée et couverte d'une substance gluante rose au niveau de sa poitrine velue.

Elle avait le nez et les oreilles qui piquaient. Ce n'était pas dû au froid. Les médecins l'avaient avertie qu'en arrêtant le traitement expérimental, ses crises risquaient de s'intensifier. Elle déglutit et tenta inutilement de retarder l'échéance.

L'homme semblait lui-même pris de convulsions, il grognait et s'agitait dans tous les sens. Lorsque ses os se mirent à craquer, Jenny se cacha les yeux. Mais c'était comme visionner un film d'épouvante. Elle ne pouvait pas s'empêcher de regarder entre ses doigts.

Sur la peau de l'homme grandissait une tache pourpre, tandis que des ampoules de sang éclataient au niveau de ses follicules pileux. Sa mâchoire se désaxait à vue d'œil avec le bruit sec du déchirement des tendons. Il soufflait par le nez, les narines dilatées et le blanc des yeux injecté de sang. Pendant que sa colonne vertébrale se gonflait et ondulait sous la chair, une pointe ensanglantée lui poussa au bout. Elle perça la peau et s'enroula entre ses jambes, en se parant de chair et de fourrure.

Peut-être était-ce destiné à se produire ? Était-ce dû à la peur ? Pour Jenny, il s'agissait d'habitude d'une simple pause, d'une absence d'une minute ou plus, avant qu'elle se réveille dans un corps couvert d'égratignures et de courbatures. Cette fois, elle vit... quelque chose.

Des murs moisis et fissurés, recouverts de plusieurs couches de béton, des pierres nues qui s'étendaient vers le ciel hivernal. Elle pouvait goûter la neige et une odeur de pin dans l'air. Un goût plus frais, étrangement plus propre. Brock, lorsqu'il se pencha sur elle pour la renifler de son nez fendu, n'était qu'un chien de chasse aux yeux rouges et aux os renforcés. L'Écossais, lui, était... Jenny gémit et essaya de détourner le regard, mais son corps, qui ne lui appartenait plus, conserva sa position. Il était devenu un loup, dont la taille faisait le double du mastiff que sa meilleure amie possédait à une époque, sauf que son corps était à moitié nappé de pourri. De la peau galeuse pendait sur ses muscles décharnés, les os se voyaient à travers des trous en décomposition. Des asticots se tortillaient dans ses

174

orbites, et son odeur nauséabonde donnait des haut-le-cœur à la jeune femme.

Le loup se jeta sur Brock, lui arracha un bout du cou, puis se tourna lentement vers Jenny. D'abord d'un œil ambré mauvais, puis avec l'orbite en décomposition située de l'autre côté du nez.

— Vous nous voyez, dit le loup, en la lorgnant. Intéressant.

Depuis des années, Jenny ne croyait plus qu'aux dires de la science et d'Internet, et ne prononçait plus que des prières vides de sens en présence de ses parents, pour les calmer. Dans sa jeunesse, c'était différent et voilà que, tout à coup, elle replongeait dans le passé. L'ancienne prière jaillit des tréfonds de son esprit, et avec elle, le souvenir de la main assoupie par l'âge de sa grand-mère, et la conviction chaude de l'enfance que seuls ces mots comptaient.

La prière n'y changerait rien, mais quelque part, elle l'aidait. L'absence l'emporta. Lorsque Jenny reprit connaissance, elle était allongée dans la tiédeur de son propre vomi et la hanche de sa jambe attachée donnait l'impression qu'on avait voulu la dévisser.

Elle s'assit lentement, en essuyant le vomi sur son visage, et se pencha doucement pour défaire les cordes. Ses ongles se cassèrent avec le gonflement rapide de ses doigts, mais elle persista. Elle ne savait même pas si on la cherchait. Danny était peut-être le seul, mais pouvait-elle lui faire confiance ?

Brock, en tout cas, prétendait que Danny savait.

XXII

L'ORAGE SE mêlant à la neige, la foudre s'abattit. Elle frappa les branches d'un arbre, les fendit en deux avec un grésillement et un grand fracas. Le tronc fut carbonisé dans la longueur, la neige fondit en lignes fractales et de la fumée s'éleva des racines de l'arbre. Une odeur de brûlé et de sève chauffée flottait dans l'air. Assez forte pour noyer la puanteur des monstres. L'éclair suivant s'écrasa sur la griffe levée d'un excavateur, en marquant la peinture jaune de cendre noire.

La reconstruction du parc de Wharton Park. Danny avait signé des pétitions en sa faveur l'année précédente. Il devina qu'elle ne se terminerait pas de sitôt. Toute la pelouse retournée avait été ensevelie sous les congères, le gel avait figé les traces de pneus dans le sol. Au moins, cela offrit aux loups une couverture toute trouvée, au bout de leur piste.

Danny s'accroupit entre deux roulés de bitume fissuré et fixa intensément une maison étroite et érodée par le froid, posée au milieu d'un champ blanc. Les bribes d'odeurs mauvaises du monstre flottaient dans l'air, mais l'orage les emportait avec assiduité.

Le tonnerre gronda au-dessus de leur tête, soulignant tardivement la foudre.

Danny reprit forme humaine, en grimaçant sous l'opposition de ses jointures. Ses os lui firent mal, et ayant abusé de la métamorphose, ses muscles tremblèrent avec des douleurs lancinantes. C'était la fièvre du changement, quelque chose que seuls les adolescents qui passaient trop de temps à changer de peau, attrapaient. Après cette nuit-là, il serait malade comme… un chien… pendant une semaine. Il râla intérieurement et baissa le menton pour essuyer la sueur froide contre son épaule. Enfin, s'il ne mourait pas comme un chien, cette nuit-là, évidemment.

Jack s'accroupit dans la boue près de lui, la respiration forte et maîtrisée. De son bras, il enveloppa ses épaules avec nonchalance et se pencha vers lui pour lui parler. Le geste aurait pu irriter Danny, si seulement il n'était pas aussi agréable.

— Gregor a fait le tour du périmètre. Aucune trace de nouvelles créatures, seulement les deux que nous connaissons.

— La dernière fois, ça a suffi, commenta Danny, en traçant du pouce les côtes musclées de Jack. Ils ont failli te faire la peau.

Le poing sous le menton de Danny remonta, lui faisant lever la tête pour exposer son cou.

— Nous étions déjà blessés, se défendit Jack, ses mots accentués par un grognement non pas de colère, mais de réprimande. Et ils nous ont pris par surprise. Maintenant, nous savons ce qu'ils sont, ça se passera différemment.

— Si tu le dis, rétorqua Danny.

Il saisit le poing de Jack, le tira de sous son menton et se remit à scruter la maison. D'une manière un peu malsaine, il souhaitait revoir un de ces monstres. Ils n'étaient pas sauvages, du moins, ils n'appartenaient pas à la Nature Sauvage. Ils n'étaient pas domptés. C'étaient seulement des erreurs de la nature, et cet accident était assez intrigant. Même s'il vous retournait l'estomac.

— Crois-tu vraiment que le Numitor, ton père, pourrait en être responsable ? demanda-t-il.

— Peut-être, avoua Jack après un moment. Mon père n'a sans doute pas demandé à Job de transmettre notre malédiction aux humains, mais... quelle différence entre un monstre et un héros aux yeux d'un loup ? Il paraît que mon père pouvait aussi se transformer à moitié, à l'époque où il était encore jeune et testait les limites de la Nature Sauvage, dit-il, avant de marquer une pause et serrer les dents. J'en suis incapable et Gregor ne pense qu'à courir en loup. Si P'pa croyait Job capable de donner à l'un de nous le pouvoir de tuer l'autre, de régler la question du règne à l'ancienne ? Peut-être.

DE L'AUTRE côté de la clairière, dans le pré de la petite maison, l'énorme carrure couleur fauve de Gregor apparut une seconde d'entre les arbres. Il lança un regard dans leur direction, sûr de les repérer. Puis, il repartit.

Une seconde plus tard, Job sortit de la maisonnette en courant, vêtu de sa peau de loup. Ce patchwork miteux de fourrure collé à son corps faisait ressortir les tendons tendus et tremblants qui équilibraient difficilement toute cette masse d'os et de muscles.

Mais Danny eut l'étrange impression que son passage à l'eau l'avait... affaibli. Il inspecta le loup plus en détail et remarqua des carrés de peau lisses sur ses épaules et ses hanches, une peau à vif et suintante, comme un granulome de léchage, qui semblait plus lâche sur ses os. Derrière lui, deux monstres, dont Brock, s'extirpèrent de la maison par la porte, en grognant l'un sur l'autre pour gagner la faveur de leur maître. Ils s'accroupirent comme deux nœuds de chair et d'os de chaque côté du prophète.

Il regarda autour d'eux, en scrutant la neige d'avant l'aube.

— Lâches et fouines se cachent, jeta-t-il.

Il marqua une pause pour tourner sa langue dans sa bouche, puis cracha un bout de dent cassée.

— Devrions-nous faire crier la chienne du chien ? Vous montrerez-vous à ce moment-là ?

Jack appuya sur l'épaule de Danny, en lui ordonnant à l'oreille de rester « calme ». Là seulement, Danny sentit le grognement vibrer dans sa gorge. Il se mordit l'intérieur de la joue, en sentant un goût de rouille, déglutit difficilement et ravala sa colère.

— Pendant qu'on s'occupera de Job, tu iras chercher ton humaine, lui dit Jack dans l'oreille. Tu la fais sortir de là. Compris ?

C'était logique. Jenny ne ferait que rester dans leurs pattes et Danny serait inefficace dans un combat à mort. Mais la logique n'était pas forcément plus acceptable. Sa loyauté devait aller à Jenny. Même s'il ne l'avait jamais aimée comme elle – ou eux deux – le voulait, il l'aimait malgré tout. Sauf que l'idée de laisser Jack se battre seul avec Gregor pour protéger ses arrières…

Il lui était toujours bien trop facile d'aimer Jack et ô combien plus dur d'arrêter. Cependant, il devait tirer Jenny de là. C'était sa faute si elle s'était trouvée mêlée à cette histoire, et peu importe l'objet de son amour, c'était son devoir d'assurer la sécurité de la jeune femme.

— D'accord, répondit-il, la voix tendue.

Jack le dévisagea un instant. Lorsqu'il s'assura que Danny était sous contrôle, il se leva et sortit de sa cachette. La foudre éclata à nouveau au-dessus de leur tête, fourchant sur la neige dans un éclair aveuglant.

— Le Numitor te tuera pour ça, lança Jack, en avançant lentement vers la clôture cassée.

Job se tint là, une main sur la tête de Brock comme s'il était son animal de compagnie préféré, et attendit.

— J'ai beau avoir été banni du mur, je n'en reste pas moins son fils. Et il a nommé Gregor comme son successeur.

Le sourire était affreux sur la gueule du loup.

— Gregor a désobéi à son père en partant à ta poursuite. C'est d'ailleurs lui qui m'a chargé de faire d'un de vous un loup. Et si ça ne fonctionnait pas ? Il s'en laverait les mains, et c'est le Numitor qui nous ferait entrer dans l'hiver de loup, expliqua Job. Il a raison. Excepté qu'il croit encore que ce sera lui.

— Et tu te vois à sa place ? lui demanda Jack, la voix chargée de mépris. *Tu* comptes défier mon père ?

Il y avait quelque chose de sournois dans le coin de ses yeux et la façon dont Job se lécha les babines. Danny sentit cette boule familière dans son ventre, celle qu'il avait ressentie lorsqu'il s'était montré à l'université en croyant tout connaître et en réalisant qu'il avait tout faux. Que le monde renfermait encore des secrets.

— Pourquoi pas un prophète ? demanda Job, l'air toujours aussi sournois, lorsqu'il tapota la tête mouillée et ensanglantée de Brock. Vous nous damnez, nous condamnez à cette condition et nous crachez dessus pour le service rendu. Maintenant, nos prophéties se confirment, les dieux approchent, alors pourquoi devrions-nous demeurer votre souffre-douleur ? Que l'hiver de loup se déchaîne, sous notre, ou plutôt sous ma gouverne, les dieux verront que nous pouvons encore les servir. Les loups nous crachent peut-être au visage, mais les dieux remarqueront notre dévotion !

Jack cracha justement dans la neige.

— Je n'ai jamais rencontré de prophète qui n'insulte pas les chiens. Maintenant, je sais pourquoi : vous leur enviez leur collier.

La rage tordit les lèvres grises de Job sur sa double rangée de dents. Il empoigna fermement la peau lâche dans la nuque de Brock et le jeta vers Jack. Brock chancela, puis se rattrapa et s'élança à travers la neige. La salive vola d'entre ses mâchoires saillantes, postillonnée en virgules sales sur le duvet blanc.

Se préparant à la charge, Jack se transforma en deux foulées. Il mordit Brock au visage, lui arracha un bout de chair de l'œil à la mâchoire et le recracha aussitôt comme s'il avait mauvais goût. Brock cria, ses dents cassées exposées par son visage déformé, et balança le bras dans un coup brutal et lourd. Il atteignit Jack à l'épaule et l'envoya valdinguer queue contre truffe. Il atterrit dans la boue, glissa et rebondit sur ses pattes. Ses lèvres se retroussèrent dangereusement tandis qu'il secouait la tête pour chasser l'étourdissement.

Danny s'élança à moitié et se figea, sa dette envers Jenny paralysant ses jointures.

Se pouvait-il que Brock se souvienne de son premier combat contre Jack, dans le parking de l'immeuble ? Il rugit en signe de défi et fonça en dérapant vers le loup sonné. Il se mouvait comme un gorille, s'appuyait sur le talon des mains au lieu de ses phalanges inexistantes.

Job lâcha un rire sonore.

— Battu par un singe avec des griffes, le railla-t-il. Pas besoin de tuer ton père, il mourra de honte !

Avant qu'il finisse de jubiler, Gregor jaillit d'entre les arbres et écorcha l'épaule de Brock. Le frère de Jack était un homme imposant, plus imposant encore en loup, et il bénéficia de l'effet de surprise. D'un coup sec de crocs, il lui arracha l'oreille, puis érafla la première jambe venue. Brock plongea dans la boue et atterrit maladroitement sur la hanche, Jack en profita pour lui refaire le portrait.

Sentant son humeur se gâter, Job poussa du pied l'autre monstre, qui avait sûrement été une femme, et la jeta dans la lutte.

XXIII

Jack fit volte-face et planta ses crocs dans la jambe du monstre. Les muscles puissants de ses mâchoires broyèrent les os. De la chair au goût amer et du sang plus amer encore lui remplirent la bouche. Il résista à l'envie de recracher l'infection. Le monde sauvage, avec ses arbres séculaires et son air frais, disparaissait tandis que la volonté de l'homme prenait le pas sur l'instinct du loup, et il secoua violemment sa prise. Entre ses dents, il sentit un craquement bien distinct.

La chose cria d'une voix quasi humaine et se leva sur les pattes arrière. Elle le souleva du sol, lui qui se balançait encore comme un idiot, et le flanqua contre un arbre. En comparaison, son sang à lui avait encore un goût de propre. Il sentit ses côtes s'affaisser et se briser, puis la Nature Sauvage souffla en lui et l'emplit tant qu'elles se ressoudèrent instantanément. Il ressemblait plus à un ballon dégonflé qu'à un être vivant. Le temps de la chute, il pouvait déjà retourner se battre.

Gregor bondit et mordit la partie charnue du fessier, en majorité humain, de Brock. Il se battait toujours à la déloyale, le petit frère de Jack. De ses crocs aiguisés, il dépouilla Brock d'un bout de chair ferme, mais l'odeur lui donna mal au cœur. La créature virevolta sur elle-même. Gregor esquiva en reculant plus vite que sa carrure ne le laissait prévoir. Il grogna et claqua des mâchoires juste sous son nez afin qu'elle reste focalisée sur lui.

Leur combat n'était qu'un enchevêtrement de poils tirés, de sang et de crocs. Gregor et Jack avaient l'avantage de toute une vie passée à se haïr, la familiarité de leurs techniques de combat et des faiblesses repérées. Les monstres étaient plus lents, plus maladroits. Ils n'arrêtaient pas de se gêner, de bloquer les coups du partenaire.

Malheureusement, cela ne les arrêta pas, ne les ralentit même pas. Soit ils ne connaissaient pas la douleur, soit elle était dérisoire par rapport au supplice de leurs os cassés et de leur chair reformée.

Cependant, cette insensibilité ne leur suffirait pas, pas quand la Nature Sauvage soutenait Jack. Il était capable de les tuer. Mais y arriverait-il à temps ? Les monstres se consolidaient après chaque morsure, chaque coup, leur corps constamment à la recherche de la forme parfaite.

Si seulement Danny avait été là pour leur prêter main-forte…

Jack ne s'attacha pas à cette pensée. Les éventualités étaient vides de sens. Les loups les trouvaient futiles. Il contourna le monstre aux muscles puissants autour desquels était noué du coton bleu et jaune, et déchira son ischio-jambier, en attaquant sauvagement l'arrière de son genou comme s'il s'agissait d'une proie de premier choix. Une telle déchirure demandait du temps pour guérir et sans personne pour joindre les tendons, le résultat ne serait pas propre. Le monstre s'écroulerait sous son propre poids.

— Baisse-toi ! hurla Danny, sa voix cassée et l'odeur de la peur très forte. Maintenant !

Sans réfléchir, Jack s'exécuta. Il y eut un bruit de craquement et la tête du monstre partit sur le côté. Cela n'avait l'air de rien, mais son sang et son cerveau furent pulvérisés sur le visage de Brock. De gros morceaux lui bouchèrent la vue, d'autres lui entrèrent dans la bouche, le faisant tousser et reculer. La femme-monstre en bleu et jaune vacilla sur place un moment, puis pencha et tomba sur le côté, mollement et irrévocablement. La majeure partie de son visage avait disparu, pelée lors de l'explosion de sa tête.

Danny se tenait derrière elle, l'air aussi surpris que Jack. Il avait les yeux grands ouverts, étrangement doux sans ses lunettes, et il tenait dans ses mains tremblantes un pistolet à clous jaune vif, décoré d'autocollants prônant la sécurité. De la vapeur se dégageait au bout.

Gregor se remit rapidement de sa surprise et engagea une attaque contre Brock. Avant de le suivre, Jack pencha la tête de côté d'un air inquisiteur. Danny afficha ses dents dans un bref sourire troublé.

— Je vais bien. Vas-y.

Une fois qu'ils purent affronter Brock à deux, ils ne mirent pas longtemps à le finir. Gregor se jeta sur son dos, en s'accrochant à ses côtes et le mordant le long de la colonne vertébrale, pendant que Jack le provoquait pour l'empêcher de déloger son frère.

Brock. Il l'avait rencontré brièvement. Maintenant, comme la fois précédente, il se moquait éperdument de lui, mais le monstre devait bien avoir son nom dans l'histoire. Si son père était derrière tout cela, Jack jurait sur le réveil de Séléné d'obtenir ses aveux.

Gregor finit par percer l'échine de Brock de ses crocs et on entendit un craquement. Le monstre tomba, ses yeux se firent vitreux, ses côtés se soulevèrent désespérément avec de l'air qui n'avait nulle part où se loger. Gregor ouvrit la gueule et se délogea de la chose, les oreilles couchées et le nez froncé de dégoût. Il s'ébroua en jetant du givre et du sang, puis partagea un grand sourire de loup avec Jack.

Ils se détestaient, mais ils venaient d'affronter des monstres et de gagner. C'était digne d'une légende.

— Jack !

La voix perçante et nerveuse de Danny vint de briser un rare moment d'affection fraternelle. Jack lança un regard sévère au jeune homme, puis à l'objet de son inquiétude. Job quittait la maison en boitant et traînait Jenny derrière lui. Son bras entourait le cou de la jeune femme, ses griffes prélevaient du sang de ses clavicules.

Jenny se débattait et pinçait les doigts du prophète.

— Danny ! Danny, que se passe-t-il ?

— Laissez-la partir, le menaça Danny en avançant d'un pas, l'arme toujours à la main. Si vous lui faites du mal, j'irai au Nord annoncer moi-même à tout le monde que vous avez échoué. Un simple prophète parmi d'autres qui vendait du vent et de la fumée !

Le commentaire résonna avec son passé. Il réagit en plantant ses griffes dans l'épaule de Jenny. Elle cria puis ravala son cri en se mordant la lèvre inférieure jusqu'à ce qu'elle pâlisse.

Jack revêtit sa forme humaine. Il dut y mettre plus d'efforts que d'ordinaire. Ses os le brûlaient tandis que la Nature Sauvage consentait à le libérer.

— Lâches et fouines se cachent, tu te rappelles ? lui renvoya-t-il ses propres mots. Comment appellerais-tu un être qui se cache derrière une humaine ?

Job plaça Jenny devant lui et resserra son bras autour de son cou. Il appuya sa main-patte poilue contre sa tempe, en prenant la tête de la jeune femme en étau avec son autre avant-bras.

— Préféreriez-vous que je lui torde le cou ? demanda-t-il, avant de lâcher un rire rauque entre ses dents cassées. Elle ne représente rien pour vous, n'est-ce pas, prince des chiots ?

Gregor se jeta sur lui, quatre-vingt-dix kilos de muscles et d'os saisirent son bras tordu. Perdant l'équilibre avec les secousses du loup attaché à son bras, Job chancela vers l'arrière. Il lâcha Jenny, la poussa à rentrer dans la maison et balança son bras pour écraser Gregor contre le mur en brique de la maison.

— Tire ! hurla Jack, et lorsque Danny hésita, il gronda : Maintenant, bon sang ! Tire-lui dessus !

Le pistolet se déchargea. Jack ne savait pas si Danny lui avait obéi ou si c'était un faux mouvement. Job vacilla, du sang gicla de son épaule. Un deuxième éclat transperça son torse en tonneau. Hébété, l'hémoglobine coulant le long de son corps, il cria de douleur. Sa peau volée se déchira, le laissant mouillé et à vif, tandis que Gregor le rouait de coups et l'écorchait de ses griffes affûtées par le givre.

Rugissant de douleur, Job saisit Gregor par la peau du cou et la torsada. Le frère de Jack resta accroché pour lui ronger le bras jusqu'à la moelle avec des coups de crocs lents et sanglants. La fourrure volée se prit entre ses incisives, les poils et le bout des doigts du prophète furent pelés horriblement, en dévoilant une surface gluante et lisse comme celle d'un ver. En prenant Gregor par la patte arrière, Job le martela contre la façade de la maison jusqu'à ce qu'il mollisse.

Jack fut surpris par le soudain frisson de peur et de chagrin qui le parcourut lorsque Job laissa choir son frère. Il s'attendait avant tout à se sentir soulagé, pas inquiet.

— Ne t'arrête pas maintenant ! grogna Jack, en se tournant vers Danny. Tire sur l'enfoiré !

— Je ne peux pas, souffla Danny, en secouant l'arme comme s'il s'agissait d'une télécommande récalcitrante. Il traîne dans la remise depuis des mois. Jack, j'ai déjà eu de la chance que le pistolet marche une fois. Là, il est mort.

Évidemment. La Nature Sauvage aimait ses loups, mais elle préférait le chaos. Jack rejeta la tête en arrière pour laisser la pluie perler sur son visage, et éclata de rire. Il pouvait sentir l'eau sur sa langue, le picotement de l'ozone masquait son goût fade.

— Cours, Danny, dit-il. Prends la fille et enfuis-toi.

— Va te faire.

Son refus était catégorique, ses épaules droites. Jack ouvrit les yeux et essuya son visage avec le bras. Job avait démoli la clôture d'un coup de pied et courait droit vers eux. Le sang coulait lentement du trou dans sa poitrine. Il guérissait déjà, les muscles se superposaient dessus comme un pansement compressif.

— Non, lança Jack, sa voix montant en volume, comme un cri pour se faire entendre du bruit de l'orage. Qu'*il* aille se faire ! Va au diable, Job ! Sale vieillard geignard et pathétique. On t'a condamné à devenir un prophète ? *Tes* péchés ont fait de toi un prophète, et à présent, tu n'es qu'un monstre. Mon P'pa aurait pu te prêter oreille durant l'hiver de loup, mais maintenant, il ne te reste plus rien !

Une rage horrible et absolue traversa le visage grimaçant de Job et il se jeta dans une course folle à travers la neige. L'espace d'une seconde, le monde que voyait Jack se teinta de vert, l'ombre d'arbres immenses s'étira vers le ciel et une meute chanta dans le noir. Il y avait pire comme vision, avant la mort. Jack tendit les bras à la Nature Sauvage et inspira, emplissant son corps de sa force au point de sentir « Jack » s'éroder progressivement.

L'éclair brilla, les aveuglant tous. On entendit un cri, puis Jack et Danny baignèrent dans l'odeur de viande calcinée et de cheveux brûlés.

Lorsqu'ils recouvrèrent la vue, Job se tenait au même endroit. Le monstre avait disparu, ne laissant que l'homme. Étrangement, on aurait dit qu'il allait parler. Ils se regardèrent l'un l'autre un instant, puis les yeux blanchis par la cuisson de Job se révulsèrent et ses genoux cédèrent.

Une main caressa Jack le long du dos, des omoplates au bas des reins. Il se pressa contre son épaule et il redevint lui-même. Ou presque. Il était différent dans sa tête, ou dans son cœur, comme s'il avait livré définitivement une partie de lui à la Nature Sauvage.

— Est-il mort ? demanda Danny.

— Je l'espère bien, marmonna Jack.

Il se mit à marcher vers son frère et faillit s'écrouler, la fatigue le frappant comme un maillet. La nuit avait été longue. Sa chevauchée de la Nature Sauvage avait trop duré et à présent, il devait en payer le prix.

Danny se baissa afin qu'il puisse passer un bras sur son épaule, avant de rejoindre péniblement l'endroit où gisait Gregor. Jack serra les dents et s'accroupit dans la boue, en craquant comme un vieillard. Il tendit la main pour empoigner l'épaule à l'épaisse fourrure. Sous ses doigts, elle se résorba et Gregor reprit forme humaine.

S'il avait assez de Nature Sauvage en lui pour cela, il survivrait. Il mettrait du temps à se remettre, puisqu'elle s'évanouissait avec le lever du jour, mais il guérirait. Et un jour, sans doute, il regretterait de ne pas avoir mis fin à leur querelle, ici et maintenant, mais…

Il n'y avait jamais eu d'amour de perdu entre lui et Gregor. Et jamais il n'y en aurait, probablement. Mais leur père, lui, l'aimait et il méritait mieux que de savoir son fils mort dans la boue à cause d'un conflit dont il était responsable.

— Tu survivras, lui souffla Jack, avec une tape sur sa tête.

Son frère grogna et roula, en étreignant sa cage thoracique cassée.

— Tu me demanderas plus tard si c'est une bonne chose. Aide-moi à me lever.

Avec Danny d'un côté et Jack de l'autre, ils remontèrent Gregor, dont les blessures s'étendaient sous la peau comme des taches d'encre. Ils rejoignirent difficilement l'homme sans vie. Mort calciné, à en croire l'odeur. Jack laissa Danny servir d'appui à Gregor et retourna le corps avec le pied. La foudre lui avait charbonné les lèvres et laissé des billes calcaires à la place des yeux. Des brûlures livides coupaient les tatouages dessinés sur son corps pâle et lourd. Ses cicatrices, gravées dans sa poitrine et ses cuisses, ressemblaient à l'écorce des arbres séculaires du monde sauvage. Jack le toisa un moment et tenta de ressentir une émotion. Seule apparut une lasse appréhension, car tout n'était pas terminé.

— Eh merde. Si P'pa vous pose la question, dites-lui que j'ai donné un discours digne de figurer dans un Edda.

Gregor se moqua de lui, puis grimaça de douleur. Après avoir jeté un dernier regard au cadavre, Jack l'abandonna et alla aider Danny à soutenir son frère.

— Tu devrais y aller, suggéra-t-il, et lorsque Danny eut l'air confus, Jack fit signe de la tête vers la maisonnette. Ton amie est encore à l'intérieur.

Danny réfléchit, en considérant les corps des monstres et du prophète.

— Et que fait-on d'eux ?

— Je m'en occupe, répondit Jack, en haussant les épaules. Tu dois t'assurer qu'elle va bien. Et je sais vers qui va ta loyauté, maintenant.

XXIV

LES PAROLES de Jack tournaient en boucle dans la tête de Danny tandis qu'il se dirigeait vers la maison. Jenny s'y était abritée une fois libérée de Job. Il lui aurait été plus facile de s'expliquer, si seulement il avait un début d'explication. Du sang et de la cervelle étaient étalés par terre, et il ne savait toujours pas. Du tout.

Il valait mieux ne pas y songer, mais il pouvait encore sentir le recul du pistolet à clous dans le coude et l'épaule, entendre le bruit sourd de l'explosion de la tête du monstre. La satisfaction de l'avoir tué lui remplit la bouche de salive, puis il se rappela que la chose était, ou avait été, une personne, pas son dîner.

Il en eut l'estomac tout retourné, le cœur serré également, comme si son sternum avait rétréci. Sa respiration était gênée. Il s'arrêta devant la porte, s'appuya contre le mur et ferma les yeux. Juste un instant, pour se concentrer sur la pluie qui le mouillait jusqu'aux os, et rien d'autre.

Les loups ne connaissaient pas de crises de panique. Les loups ne tremblotaient pas après avoir tué. Dommage qu'il ne soit qu'un chien. Il aurait souhaité être plus brave. À la place, il devait se contenter d'être responsable. Et présentement, cela signifiait retrouver Jenny.

— Jenny ? Jenny ? C'est moi. Tout va bien, maintenant.

Juste après, une voix tendue lui répondit du fond de la maison.

— Ici.

Il souffla de soulagement et se dépêcha de la rejoindre, la retrouvant recroquevillée dans le placard, sous l'escalier. Elle avait du rouge sur les mains, sur le manteau. Elles étaient écorchées, ses ongles arrachés jusqu'au sang.

— Tu n'as pas idée comme je suis heureux de te revoir, lui souffla Danny.

Son propre sourire lui parut déplacé. Jenny lui rappela pourquoi :

— Ton visage est couvert de sang, Danny.

— Oh, dit-il.

Il l'essuya avec le bras. Ce n'était probablement pas très efficace. Jenny le dévisageait encore, comme s'il était un monstre.

— Désolé. Je... Il y a eu une bagarre. J'ai... Bref, je vais bien. Allons te sortir de là.

Il s'accroupit devant elle et lui tendit les bras. Elle recula, en plaçant une jambe sous le mollet.

— Ne me touche pas. Qu'est-ce que tu es ?

La question tant attendue. Pourtant, elle lui fit plus mal que prévu.

— Ce n'est pas le moment, Jenny.

Il essaya de la tirer de là. Elle le frappa, son poing l'atteignant à la joue, puis le repoussa, avant de se remettre à le cogner. Ce n'était pas efficace, mais Danny fit semblant. Il tomba, ses hanches absorbèrent l'impact de la chute, et il plia les bras sur les genoux.

— Qu'est-ce que tu es ? répéta-t-elle. Es-tu comme eux ? Comme Job et Brock ?

— Je ne suis pas un monstre, Jenny. Je ne suis que Danny. Viens, ne reste pas ici. S'il te plaît, on pourra en reparler.

Il attendit, les bras ballants, tandis qu'elle l'étudiait avec un regard suspicieux. Après un long moment, elle prit une grande bouffée d'air et s'extirpa de sa niche poussiéreuse. Danny s'apprêtait à lui offrir de l'aide quand elle s'en détourna. Il dut la regarder se redresser avec effort. Elle passa une main sur son cou, où le sang s'étala.

— Je veux rentrer à la maison, dit-elle, crispée, le regard fuyant.

— Ça fait une trotte. Je pourrais te porter…

— Non.

Elle secoua la tête, ses cheveux emmêlés se balançant comme une masse sur ses épaules. Elle alla jusqu'à refuser son bras et rejoignit la porte en clopinant. Il neigeait toujours à l'extérieur, mais la faible lumière s'était intensifiée. Le jardin était désert, les cadavres avaient disparu. Où ? Danny ne savait pas et ne souhaitait pas le savoir. Pas pour l'instant.

— C'est fini, Jenny, confirma-t-il. Tout ira bien pour toi. Essaie juste d'oublier.

Elle soupira et posa la tête sur l'épaule de Danny. Sa respiration était chaude contre son cou, et il sentait à son odeur à quel point elle avait peur de lui.

— Es-tu humain ? lui demanda-t-elle.

Il hésita, ce qui répondait assez bien à la question.

— Oui, finit-il par dire. Mais pas que.

ILS PARCOURURENT un bon kilomètre avant qu'elle le laisse la porter le reste du trajet. Puis, il partit chercher Adil. Tous deux se posaient des questions auxquelles Danny ne pouvait pas répondre. Même si, techniquement, rien ne l'en empêchait. Comme Jack l'avait souligné, le monde était différent à présent, et le Numitor avait d'autres – et de meilleures – raisons de tuer Danny, s'il le voulait.

Mais il n'en fit rien.

— Tu étais en crise et fiévreuse quand je t'ai trouvée, préféra-t-il dire à Jenny. Peut-être que tu as eu des hallucinations. Pas étonnant, après tout ce que Brock t'a fait endurer.

Il mentait et ils le savaient tous les deux. Pourtant, Jenny choisit d'accepter son explication. Une nouvelle brèche dans leur relation. Sans Jenny… Lui qui prétendait que sa maison se trouvait auprès d'eux, il lui avait suffi de peu pour tout perdre.

Jack restait introuvable. Danny ne pouvait pas vraiment s'en plaindre. Après tout, c'était ce qu'il voulait, non ? Qu'on le laisse tranquille. Eh bien, maintenant, tout le monde s'y pliait. Lui, il nageait dans le bonheur, même si c'était un autre mensonge.

Il remit donc ses anciennes lunettes, plissant les yeux derrière son ordonnance vieille de quatre ans, et plaça son sac de voyage sous le lit. Pour la première fois depuis des années, il songeait à rentrer chez lui. Les retrouvailles ne seraient pas larmoyantes, mais il ne pouvait pas en vouloir à sa mère. Elle n'avait que son éducation à la dure, parfois cruelle, à offrir, et il en avait bénéficié.

La marche serait longue et fraîche, mais il devait la mettre en garde contre les manigances des prophètes.

UNE MAIN froide se posa sur sa bouche et le réveilla. Il inspira une bouffée surprise entre les doigts puissants et essaya de se libérer, se débattant violemment, jusqu'à ce que son cerveau s'accorde avec son nez. Une odeur de pin, de sang et de montagnes anciennes.

Il arrêta de lutter, son corps longiligne se détendit contre le matelas. Après s'être assuré qu'il ne faisait pas semblant, Jack retira sa main.

— Où étais-tu ? lui demanda Danny.

Il roula et tenta de distinguer la silhouette floue perchée au bout du lit. Et immédiatement, il se renfrogna en se rendant compte que sa question le faisait passer pour un garçon en manque d'affection.

— Je veux dire, que s'est-il passé après que je suis parti ?

— Je t'attendais, lui souffla Jack.

189

Il ramassa la bougie sur la table de nuit et la tint entre ses mains. La langue vacillante d'une flamme se refléta une seconde dans ses yeux, avant que la mèche crépite et prenne feu. À présent, il était simplement flou. Jack ramassa un objet sur la même table et le glissa sur le nez de Danny, rendant ainsi à la chambre ses détails.

— Tu es en retard, Danny dogue.

Danny se releva en position assise et remonta la couette sur ses épaules. Il réajusta ensuite ses lunettes et les poussa sur l'arête du nez.

— Je déteste quand tu m'appelles comme ça, avoua-t-il.

— Ah oui ? Moi, j'aime. Alors, commença Jack, en penchant la tête de côté, où son regard capta la lueur de la flamme. Tu ne recommences pas à jouer les humains, Danny dogue ?

Non. Pas d'après lui. Il avait passé ces dernières semaines allongé et isolé, trop rongé par la fièvre du changement pour se forcer à se rappeler comment feindre son humanité. Adil et Jenny n'avaient rien à lui reprocher. Ils ne l'avaient pas vu en pleine action. Malgré tout, ils savaient qu'il cachait des secrets. Ils savaient que, peu importe sa nature, il était différent.

— Je ne joue pas non plus les loups, rétorqua Danny.

Jack leva les yeux au ciel et poussa le jeune homme contre le matelas, en se mettant à califourchon sur ses hanches. Il plongea les doigts dans ses cheveux pour le retenir en place.

— Tant mieux, dit-il. Je l'aime bien, ce toutou loyal comme un chien qui a du chien.

— Va te faire, le louvard, jeta Danny, en sortant les crocs.

Jack éclata de rire et l'embrassa, en éraflant ses lèvres. Il appuya les pouces sur les côtés de sa mâchoire pour le forcer à ouvrir la bouche, qu'il vint réclamer sa langue. Danny poussa un soupir de frustration qui se perdit dans la bouche de Jack et se mit à caresser les muscles puissants dans le dos du loup. Il s'attarda sur son postérieur, enfonça ses doigts dans la courbe ferme de son fessier, puis sur son entrejambe, pour tirer sur la braguette de son jean.

— C'est toi que je préfère me faire, murmura Jack.

Il s'écarta de Danny pour baisser son propre pantalon et le jeter avec le pied. Il se débarrassa ensuite de la couverture de Danny et sourit en le trouvant nu en dessous. D'une main calleuse, il remonta sa cuisse, dont les muscles frissonnèrent au toucher, pour saisir ses testicules.

— Tu es mon chien, tu te rappelles ?

Danny s'arqua vers la main de Jack en empoignant les draps de ses doigts jusqu'au déchirement. Sa respiration était saccadée contre ses dents.

— C'est un peu blessant.

— Ah bon ? plaisanta Jack. Ta queue n'est pas du même avis.

Il l'enveloppa de sa main et traîna ses doigts serrés de la base à la pointe. Puis il s'allongea sur Danny, sa propre érection, humide, appuya contre la cuisse du jeune homme.

— Ni la mienne, ajouta-t-il.

Danny aurait pu trouver une série de remarques, mais abruti par les hormones, il parvint tout juste à prononcer un vague « hum ».

En changeant de position, Jack emprisonna leur membre d'une main et utilisa l'autre pour plaquer Danny contre le matelas lorsqu'il essaya de se relever.

— Ça me fait penser, on devrait montrer aux humains que tu es comblé sexuellement.

Il donna un coup de reins, son membre lisse et dur glissant contre celui de Danny, tous deux pris entre ses doigts rugueux.

— Je ne voudrais pas qu'ils s'imaginent qu'il faut te faire castrer, ou un truc du genre.

Danny avait les yeux clos, la respiration bloquée dans sa gorge tandis qu'un plaisir ardent lui contractait les muscles du ventre et des cuisses. Il ouvrit un œil assez longtemps pour viser l'épaule de Jack.

— Pas. Drôle.

Un sourire étira la bouche du loup et il se pencha pour embrasser Danny, puis pincer sa lèvre inférieure entre ses dents.

— Quoi ? Tu t'es déjà fait ramasser par la fourrière ?

En essayant de le renverser, Danny ne réussit qu'à frapper son membre contre le ventre plat de Jack. La sensation monta en lui comme du miel épicé, liquide et chaud, déversé sous sa peau. Il jura, tout haletant, et rejeta la tête en arrière contre l'oreiller afin de tenter de se maîtriser. Jack le mordilla du cou à la clavicule, un passage tout en dents et en succions brûlantes et mouillées.

Il ne bougea ni les hanches ni les mains, et attendit que Danny arrête de jurer. Il roula alors des premières et tourna les secondes. Et là… Le jeune homme se répandit sur les doigts de Jack et sa semence s'étira entre leurs ventres respectifs.

À mesure que l'euphorie se dissipait, Danny sentait mieux sa gorge douloureuse, certain de s'être fait entendre de tout l'immeuble.

— Il n'y a pas que les humains qui peuvent se montrer rusés, chantonna Jack, son accent si prononcé qu'on pouvait le goûter.

Il retourna Danny et colla ses cuisses l'une contre l'autre. Il glissa alors son sexe dans cette vallée de peau humide et de muscles fermes, et laissa échapper un petit grognement lorsque Danny resserra l'espace.

En empoignant le chien par la peau du cou, Jack frotta son sexe contre lui, avec des va-et-vient entre son ouverture et ses bourses. Pendant que les nerfs dans son membre fatigué tressautaient et s'enflammaient, Danny lançait des jurons à bout de souffle et se poussait à la rencontre de chaque coup.

Jack jouit en silence, trahi par sa respiration chaude et saccadée, et par le poids de son corps qui s'écroula sur le dos de Danny, alors que son sperme chaud se déversait encore sur le lit. Affalés là, ils reprenaient leur souffle et se calmaient. Finalement, Jack ne bougea pas et se contenta de grogner paresseusement lorsque Danny essaya de le pousser du coude.

— Je me contrefiche que tu sois un chien, souffla Jack.

Il se tortilla pour placer son genou entre les jambes de Danny et étirer le bras en travers du lit. De l'encre noire encore fraîche marquait sa peau, gonflée à cause de l'aconit injecté.

— Je ne prétends pas qu'il te poussera tout à coup une truffe pointue et que tu arrêteras d'avoir les oreilles tombantes.

— Elles ne sont pas *tombantes*, bredouilla Danny, qui cherchait son agacement quand son corps tout entier ne pensait qu'au repos.

Jack lui lécha l'oreille, puis passa les dents sur la courbe du cartilage.

— Si, un peu, sur le dessus. C'est assez mignon. Arrête d'être toujours sur la défensive.

— D'accord.

Un menton pointu se blottit contre l'épaule de Jack et il se contorsionna pour lui lancer un regard scrutateur.

— D'accord ? C'est tout ?

Danny haussa les épaules comme il put, sous le poids du loup.

— Qu'est-ce que tu veux de plus ?

Après un moment, Jack cligna des yeux et recommença à le prendre pour un oreiller.

— Nous devons retraverser le mur. P'pa...

— Je sais. J'ai fait mes valises, lança Danny en glissant ses doigts dans les cheveux de Jack, dont le souffle de satisfaction fit frémir leur corps. Ton frère nous tiendra-t-il compagnie ?

192

Jack renifla et haussa les épaules.

— Probablement. Il a filé dès qu'il a pu se tenir debout, mais s'il n'est pas rentré prévenir notre père, il nous accompagnera certainement pour avoir une chance de me tuer.

Cette bonne vieille hostilité était de retour dans sa voix. Apparemment, il fallait plus que des abominations et un prophète apostat pour réconcilier les fils du Numitor. Danny soupira et posa la tête contre l'oreiller, les yeux rivés sur le plafond, dont il n'aurait plus l'occasion de colmater la fissure.

— Je ne peux plus nier que l'hiver de loup est là, maintenant, finit-il par dire.

— Là ? reprit Jack, sans chercher à bouger. Danny, il a à peine commencé.

TA MOORE croyait réellement être née dans un chou, durant son enfance. Ce fut là le début d'un attachement de toute une vie à l'étrange et au fantastique. Aujourd'hui, elle habite dans un bourg côtier au nord de l'Irlande et ses amis lui imposent de ne leur envoyer que trois liens bizarres et dérangeants par mois – bien qu'elle maintienne qu'un guide pour bifurquer son pénis chez soi reste intéressant, pas dérangeant. Elle croit qu'ajouter « dans l'espace ! » rend tout plus cool d'au moins 40 %, essayera de caresser presque tous les animaux sur son chemin – serpents inclus, insectes exclus – et elle a menti une fois à son amie en racontant qu'elle était montée au sommet du château de Tintagel, en Cornouailles, quand en réalité, elle avait atteint la plage, s'était rendue compte de l'ascension qui l'attendait et s'était dégonflée.

Elle aspire à devenir une misanthrope cynique, mais malheureusement, sa personnalité rayonnante et son incapacité à se montrer méchante avec les étrangers l'en empêchent. Si TA Moore est méchante avec vous, c'est que vous êtes amis.

Site internet : www.nevertobetold.co.uk
Facebook : www.facebook.com/TA.Moores
Twitter : @tammy_moore

Par TA Moore

Une chienne de vie

Publié par Dreamspinner Press
www.dreamspinner-fr.com